Memory
House

虽 则 如 云　　匪 我 思 存

04

IF WE WERE STRANGERS

如果这一秒
我没遇见你

匪我思存 著

FEIWOSICUN
WORKS

新世界出版社

图书在版编目（CIP）数据

如果这一秒，我没有遇见你/匪我思存著.—北京：新世界出版社，
2010.9（2006.9初版）

ISBN 978-7-80228-118-9

Ⅰ.如… Ⅱ.匪… Ⅲ.长篇小说-中国-当代

Ⅳ.I247.5

中国版本图书馆CIP数据核字（2006）第092531号

如果这一秒，我没有遇见你

策　　划：记忆坊图书

作　　者：匪我思存

责任编辑：吕　晖

特约编辑：四　喜　小　歪

出版发行：新世界出版社

社　　址：北京市西城区百万庄路24号（100037）

总编室电话：（010）68995424（010）68326679（传真）

发行部电话：（010）68995968（010）68998733（传真）

本社中文网址：www.nwp.cn

本社英文网址：www.newworld-press.com

版权部电子信箱：frank@nwp.com.cn

版权部电话：+86（10）68996306

印　　刷：环球印刷（北京）有限公司

经　　销：新华书店

开　　本：880×1230　1/32

字　　数：135千　印张：7.5

版　　次：2010年9月第2版　2011年11月北京第20次印刷

书　　号：ISBN 978-7-80228-118-9

定　　价：26.00元

人生只若如初见，那么我又如何告诉你，
从前的从前，我曾经在遥远的人群里，
凝睇过你的容颜，而我未知此时此刻的交集。

梦回依约

【一】

雨水打在落地窗的玻璃上，发出"噼啪"的微响。留下一个椭圆的水痕。不等这个水痕散开去，又有一个椭圆叠上来。椭圆越来越多，越来越密，玻璃就会有一道道的水痕滑下去，滑下去……

母亲的妆台就在窗下。我听说她极爱雨。她的容貌我记不清了，我也从来没有见到过她的照片。但是很多长辈都说我长得像她，所以我常常照镜子。我长得很漂亮，但，仅止于漂亮，而这漂亮也只是因为我有一个极美丽的母亲。所有的人都说我母亲不是漂亮，是美丽。雷伯伯提到我妈妈时就对我说："一顾倾人城，再顾倾人国。懂么？"

我不认为他会夸张，因为随便向世交好友打听，对方多半会赞溢言表，"三公子夫人？美人啊，真正的美人……"

哦，我忘了说明，三公子是我父亲年轻时的花名，他会骑马倚斜桥，满楼红袖招。他也会冲冠一怒惊诸侯。我听过好多他的传奇，可是我从来没有听任何人讲过他和母亲的故事，他自己也不提。我可不认为是因为太平淡，正相反，一个像母亲那样的美人，一个像父亲那样的人物，怎么会没有一段轰轰烈烈的传奇？我不信！世伯们都说我外表像母亲，可是性格酷似父亲。我承认，我的性子浮躁，极易动怒，像极了急性子的父亲。每次我一提到母亲，父亲不是大发雷霆就是转身走开，这更让我确定这中间有一个秘密的故事，我渴望揭开这个谜，我一直在寻找、在探求。我不相信没有只言片语来证明这个故事。

那是个雨意缠绵的黄昏，我在大书房里找书。坐在梯顶翻看那些线装古籍，无意中打开一卷，却有张薄薄的纸片掉了下来，像只轻巧的蝴蝶，滑落于地。我本以为是书签，拾起来才发觉竟是张素笺，上面只有寥寥数语：

牧兰：原谅我不能去见你了。上次我们会面之后，他大发雷霆，那情景真是可怕极了。他不相信我，他说他再也不相信我，我真是要绝望了。

笺上笔迹细致柔弱，我从来没有见过这笔迹。我站在那里发呆，半晌才翻过那本书来看，那是《宋词》中的一卷，夹着素笺的那一页，是无名氏的《九张机》："八张机，回文知是阿谁诗？织成一片凄凉意，行行读遍，厌厌无语，不忍更寻思。"在这阕词旁，是那柔弱的笔迹，批了一行小字："不忍更寻思。千金纵买相如赋，哪得回顾？"我迟疑着想，这字迹不是奶奶的，亦不是两位姑姑的，那么，会是谁写的？谁会在书房里的藏书上写字？难道是母亲？

我有父亲说干就干的脾气，立刻从这个牧兰着手调查。我打电话给雷伯伯，他一听到我的声音就笑了，"大小姐，这次又是什么事？不要像上次一样，又替你找失去联络的同学。"

我笑着说："雷伯伯，这次还是要麻烦你替我找一个人。"

雷伯伯只叹气，"是谁有这么大的胆子，敢躲着不见你？待老夫去揪他出来，给大小姐赔罪！"

我被他逗笑了，"雷伯伯，这回比较麻烦，我只知道她叫牧兰，是姓牧叫兰还是叫牧兰我都不清楚，也不知道她多大年纪，更不知道她的样子，是生是死，我也不知道。雷伯伯，拜托你一定要想办法把她找出来。"

雷伯伯却不做声了，他沉寂了良久，忽然问我："你为什么要找她，你父亲知道吗？"

我敏锐地觉察出他话中的警惕，难道这中间还有什么阻碍，父亲设置的阻碍？我问："这跟父亲有什么关系？"

雷伯伯又沉默了好久，才说："囡囡，牧兰死了，早就死了，那部车上……她也在。"

我呆掉了，傻掉了，怔怔地问："她也在那车上……她和妈妈一起……"

雷伯伯答："是的，她是你母亲的好友，那天她陪着你母亲。"

惟一的线索又断了，我不知道我是怎样挂断电话的，我只怔怔地坐在那里发呆。她死了？和母亲一起遇难？她是母亲的好朋友，那天她凑巧陪着母亲……

我在那里一定呆了很久，因为连父亲什么时候回来的、天什么时候黑的我都不知道，还是阿珠来叫我吃饭，我才如梦初醒，匆匆地下楼到餐厅去。

来了几位客人，其中还有雷伯伯，他们陪父亲坐在客厅里说话，十分的热闹。父亲今天去埔门阅过兵，所以一身的戎装。父亲着戎装时极英武，比他穿西服时英姿焕发，即使他现在老了，两鬓已经略染灰白，可是仍有一种凌厉的气势。

父亲的目光老是那样冷淡，开门见山地说："刚刚你雷伯伯说，你向他打听牧兰。"被出卖得如此之快是意料之中的事，我瞧了雷伯伯一眼，他向我无可奈何地笑了一笑。我想找个借口，可是没有找到，于是我坦然望着父亲，"我听人说她是母亲的好朋友，就想打听一下，谁知雷伯伯说她死了。"

父亲用他犀利的眼神盯着我，足足有十秒钟，我大气也不敢出。

终于，他说："说过多少次了，不要老拿些无聊的事去烦你的伯伯们，他们都是办大事的人，听到没有？"

我"嗯"了一声，雷伯伯赶紧给我打岔解围，"先生，青湖那边的房子我去看过了，要修葺的地方不少。恐怕得加紧动工，雨季一来就麻烦了。"

父亲说："哦，交给小许去办吧。我们先吃饭去。"他转身向餐厅走去，我才向雷伯伯扮了个鬼脸。雷伯伯微笑，"猫儿一走，小耗子又要造反了？"我扬了扬眉，其他的几个伯伯都无声地笑了起来。我跟着雷伯伯走到餐厅里去，厨房已经开始上前菜了。

吃饭的时候父亲和伯伯们一直在说他们的事，我闷头吃我的饭。父亲的心情看起来不太好，不过我习惯了，他成年累月地总是坏心情，很少看见他笑，和爷爷当年一样。爷爷就总是心事重重——打电话、发脾气、骂人……

可是爷爷很喜欢我。我襁褓之中就被交给祖母抚养，在双桥官邸长大。爷爷每次拍桌子骂人，那些垂头丧气的叔叔伯伯们总会想法子把我抱进书房去，爷爷看到了我，就会牵着我去花园里散步，带我去看他种的兰花。

等我稍大一点儿，爷爷的脾气就更不好了，但每次见了我，他还是很高兴的，放下手边的事，叫人去拿朱古力给我吃，叫我背诗给他听。有时候，他也带我出去玩。风景河的青湖官邸、海边的枫港官邸、瑞穗官邸，都是他常常带我去的地方。他对我的疼爱和奶奶的不一样。奶奶疼我，是教我礼仪，请老师教我学琴、念书。爷爷疼我，是一种完全的溺爱，我要什么，他就给我什么。有一次他睡午觉，我偷偷地溜了进去，站在椅子上拿到了他书桌上的毛笔，在他的额头上画了一个"王"字。他醒了之后，大大地发了一顿脾气，还把侍从室主任叫去狠狠地骂了一顿，又叫人把我带到书房里去。我以为他会打我，所以我放声大哭，哪知道他并没有责备我，反而叫人拿了朱古力来哄我。那个时候我正在换牙，奶奶不许我吃糖，所以我立刻破涕而笑了，因为我知道，只要是爷爷给我的，谁也不敢不许我吃，包括奶奶。我说："当爷爷真好，谁都怕你，想做什么就做什么。"

爷爷哈哈大笑，抱起我亲我，叫我"傻囡囡"。

可是在我六岁那年，爷爷就得了重病。他病得很厉害，大家不得不把他送到医院去，家里乱得像到了世界末日。奶奶和姑姑们都在哭，我天天被保姆带到病房里去看爷爷，就是在爷爷的病房里，我懂事后第一次见到了父亲。

他刚刚从国外赶回来，奶奶让我叫他父亲。我像个闷嘴葫芦一样不开口，父亲打量着我，皱着眉，说："怎么长这么高？"

奶奶说："六岁了呢，当然有这么高了。"

父亲不喜欢我，从这一面我就知道。后来爷爷过世了，我被送回父亲身边。他不再出国了，可是我还是很少看到他，他很忙，天天都不回家，回家我也见不着他……

第二年他就又结了婚，我本能地反感这件事。我耍赖不去参加他的婚礼，他恼火极了，第一次打了我，把我揪在他膝上打屁股。就为这一次挨打，我和她的仇就结大了。

我想她一开始是想讨好我的，给我买了好多玩具和新衣服。我把玩具和衣服都从窗子里扔了出去，还偷偷跑到她的房里去，把她的漂亮旗袍统统用剪刀剪烂。她生气地告诉了父亲，结果就是我又挨了打。

我还记得当时的情形，我站在房间中央，一滴眼泪也没有掉，我昂着头，脊背挺得直直的，拳头攥得紧紧的，口齿清楚地咒骂她："你这个巫婆！你这个坏皇后！我的母亲会在天上看着你的！你会被雷劈死的！"

她气坏了，父亲脸色也变了，从那以后，父亲就很少管我和她的纠纷了。到后来父亲和她闹翻了，老是和她反着来，反而总是偏袒我了。

可是父亲到底是不喜欢我，每次和我说不了三句话就要动气。像今天晚上他的心情不是太好，我就装哑巴不插嘴。吃过饭后他和伯伯们坐在小客厅里喝茶闲聊，汪伯伯突然想起一件事来，说："先生，今天有件趣事呢。"

父亲问："什么趣事？"

他说："今天第二舰队的晋衔名册送上来了，他们在草审，看到一个人的照片，吓了一跳。恰巧我过去了，他们拉住我叫我看，我看了也吓了一大跳，还以为他们谁开玩笑，把您年轻时的旧照片混在里头和我们闹着玩呢——我是您的侍从官出身，那照片和您年轻时的样子真是神似极了。"

李伯伯笑道："会那么像？我有点儿不信。"

汪伯伯说："几个人都说像，只有继来一个人说不像，拿过去看了半天，才说：'哪一点儿像先生？我看倒是蛮像慕容沣先生。'大伙儿一下子全笑了。"

父亲也笑了，"只有继来爱抬扛，你说像我，他断断不会认同，非要和你唱对台戏不可，大约实在是很像，所以他也没法子否认，只好说不是像我，是像父亲——我可不是像父亲？"

伯伯们都笑了。陈伯伯说："这世上巧事就是多，上回我们也是查资料，翻出一个人的照片来，个个看了都说像我。老何说：'嗬！老陈，快点检讨一下年轻时的风流债，好好想想和人家令堂是不是旧相识，说不定老来还得一子呢。'足足笑话了三四天，才算放过我了。"

父亲心情渐渐好起来，他故作沉吟，"哦？那我现在岂不也该回忆一下，是不是认得人家令堂？"伯伯们都笑起来，我也低着头偷偷地笑。汪伯伯随口道："先生要是真认识人家令堂，可要对我透个风。我要抢先拍太子爷的马屁去——这回他是中尉升上尉——我可要告诉他们：'还升什么上尉？把表拿过来，我给他填上个上将得了！’”

父亲大笑，说：“胡闹！”

汪伯伯翻着他的公文包，笑着说：“人家的档案我都带来了，给您瞧瞧。”他拿出份卷宗，双手拿给父亲，“您看看，是不是很像？”

父亲的眼睛有些老花，拿得远远的才看得清楚，我乘机也转脸去瞧，别说父亲，我都是一怔。家里有不少父亲年轻时的照片，这一张如果混在其中，我打赌连小姑姑一眼都分不出来。他有着和父亲一模一样的浓浓的眉头，深凹进去的炯炯有神的眼睛，那个挺直的鼻梁是慕容家的人的标志，连我这个外貌上完全遗传自母亲的人，也在鼻子上像足了父亲。

如果非常仔细地看，区别只是他的唇和父亲不是很像，父亲的嘴唇很薄，他的稍稍浑厚，还有，父亲是方脸，他也是，可是下巴比父亲尖一些，不过——他真是个漂亮的年轻人！

父亲真的也吃了一惊，半晌才说：“是像！确实像。”他细细打量着，端详着，“我像他这年纪的时候，也是在军中，只不过那时候军装还是老样子，他要是穿上了那老式军装，那才像极了呢！”

雷伯伯笑着说：“您在军中时比他的军衔高——我记得最后一次晋衔是准将。”

父亲问：“这个人多大了？”

汪伯伯说：“二十三岁。去年从美国的NAVAL WAR COLLEGE回来的。”

父亲说：“现在的年轻人不得了啊，我们当年哪里升得了这么快。我算是走偏门了，十年里升了六级，人家还不知道说了多少闲话。"说着随手就将卷宗翻过一页，吃力地看了看上头的小字，"唔，七月七日生……"

父亲合上了卷宗还给汪伯伯。汪伯伯还在说笑话："完了，看样子没戏了。我还指望先生真认识人家令堂呢。"

父亲笑了一下。伯伯们又说笑起来，又讲了许多别的事情来博父亲开心。父亲今天晚上心情出奇的不错，听着他们东扯西拉，还时不时问上一两句。他们谈了许久，一直到我困得想睡觉了，他们才告辞。父亲站起来送他们，他们连声地道："不敢。"父亲就停了步，看着他们鱼贯而出。我困了，想和父亲道晚安好上楼睡觉去，就在这时，父亲却叫住了走在最后的雷伯伯，"少功，我有事和你说。"

我听见父亲这样叫雷伯伯就觉得好笑。雷伯伯是他的侍从官出身，所以他叫惯了他的名字，雷伯伯今日位高权重，两鬓也斑白了，可是父亲一叫他，他就很自然地条件反射般挺直了身子，"是。"

依旧是侍从官的那种唯唯诺诺的口气，我更觉得好笑了。鬼使神差一般，我留在了拐角的墙后，想等他们说完话后再去和父亲说晚安。

父亲却是长久地缄默着。我心里奇怪，他不是有事和雷伯伯说么？

雷伯伯却开了口，他的声音虽然很低，可是我还是听得见——"先生……这样巧……怎么就是七月七日的生日？"

我的心怦怦直跳。他在说什么？他这没头没脑的一句话，是什么意思？

父亲还是没出声。雷伯伯说："要不我叫人去查一下。"

我的心跳得像打鼓一样。哦！他们在说什么？！

父亲终于说话了，"那个孩子……不是三岁就死了吗？"

雷伯伯说："是的。是我亲自守在旁边看着他……"

我的耳中一片嗡嗡响，仿佛有一个空军中队的飞机在降落，呼啸的巨响令我眼前一片发花。我从牙齿缝里一丝一丝地吸着凉气。哦！天！我到底听见了什么？一个秘密？！是个惊天动地的秘密！是个埋藏了多年的秘密！

我强迫自己镇定下来，可是我已经错过了好几句话没听见了，我只听到雷伯伯不断地在应着："是！是！……"

我竭力地定下神来，听见父亲轻声地叹了口气，我听见他说："真是像，尤其是那尖尖的下巴，和他母亲长得一样……"

我用力地咬着自己的手掌，竭力阻止自己喘息。天！父亲真的有一个"旧识"！天！那个漂亮的上尉军官真的可能是父亲的儿子！

雷伯伯说："您放心，我马上派人去查。"

父亲的声音竟然是痛楚的，"当年他的母亲……"

天！

他那个旧识是谁？

一个又一个的炸雷在我头上滚过。我头晕目眩，我被这个秘密完全惊骇了！

雷伯伯在劝他："您不要想太多了。我这就去查。"

雷伯伯告辞走了，我蹑手蹑脚地走向楼梯，一口气狂奔回我的房间，倒在床上！

哦！天！怎么会有这样一个秘密？！怎么会有这样一个人？！

　　我不知什么时候睡着的，辗转反侧了一夜，做了一夜的噩梦。我出了一身的冷汗，汗湿了我的睡衣。等我从噩梦里醒过来，天早就亮了。我起床去洗澡。热水喷在我身上、脸上，令我清醒，令我坚定。我对自己说："我要去做点儿什么！我一定要去做点儿什么！他们去追查了，我也要去追查我想知道的真相！我要知道事情的真相！"

【二】

　　我说干就干。我洗了澡出来，换了一套出门的衣服，告诉梁主任我要去穆爷爷家里玩，他丝毫没有疑心，派了车和人送我出门。穆爷爷的孙子穆释扬是我从小的玩伴，也是个很有办法的人，我见到他，就悄悄告诉他："我想去府河玩。"

　　他说："好啊，我陪你去。"我暗暗指了指不远处的侍从们，小声地嘀咕："我不要带尾巴。"他笑了。这种事我们两个也干过几次，甩掉了侍从官溜出去吃宵夜什么的。他是雷伯伯的外甥，而雷伯伯又是侍从室的顶头上司，再加上父亲又很喜欢穆释扬，所以侍从室总是替我们担待了下来，只要我们不是太出格，他们就睁只眼闭只眼，只当不知道。

　　他说："我有办法。"

　　他真的有办法，他告诉侍从们我们要去二楼他的房间下棋，然后拉着我上楼去，吩咐用人该怎样应付侍从们后来的盘问。接着我们从用人用的小楼梯下来，再穿过花园溜到车库里，他亲自开了他那部越野吉普车，带着我神不知鬼不觉地溜出了穆家大门。

自由的空气万岁！我真想大声地叫出来。我们顺着公路长驱直下，一路畅行无阻。花了两个多小时就到了府河。他正要把车开进市区，我说："我要去万山。"他怔了一下，说："去万山？太晚了，我怕今天赶不回去。"

我说："我就要去万山！"

他说："不行。今天回不去的话我会被爷爷骂死的。"

我说："如果你不带我去，我就一辈子不理你！我说到做到！"

他叹了口气，我知道他会答应的。果然，他沮丧地说："好吧，算你狠。"

我们又顺着公路继续走，终于到达了万山。他问我："你要去万山的什么地方？"

我说："第二舰队基地。"

他吓了一大跳，扭过头来看我，"你去那里干什么？"

"你别管！"

他说："你进不了基地的。那是军事禁区，闲人免进。"

我从手袋里取出特别通行证扬了扬，"有这个我连双桥官邸都能进去，它不会比双桥官邸的安全级别还要高吧。"

他瞪着我，像瞧一个怪物，最后他说："你真是无所事事！"然后他就掉转了车头，我急得大叫："你做什么？"

他说："带你回乌池！我看你简直是在头脑发热，自己都不知道自己在做什么！"

我一字一句地说："我没有头脑发热，我也知道我在做什么。你不愿陪我的话，你就一个人回去好了。"

他嗤之以鼻，"你一个人跑到军事基地去做什么？我不把你立刻押回去的话，我才是头脑发热呢！"

我说："你要是现在把我押回去，我就真的一辈子不睬你了！"

他打量着我，估摸着我话里的坚定性有多少。我逼视着他，他终于投降了，嘀咕说："爷爷非剥了我的皮不可……还有舅舅。天哪！"

我说："我会帮你说情的。"

他斜睨了我一眼，"哼"了一声，言不由衷地说："那我先谢谢了。"

我们再一次转过车头，由于不知道路，我们边问边走，一直到天快黑了，才到了基地外头。黄昏中的军港真是美极了。隔着铁丝网的栅栏看进去，漫天都是玫瑰紫的晚霞，颜色越近天边越浓——在海天交接的地方，就成了凝重的黑红色，隐隐地泛着一层紫纱，海水也蓝得发紫，海浪的弧线均匀而优美。在那新月形的海湾里，静静地泊着整齐的军舰，一艘接一艘，像一群熟睡了的孩子。

穆释扬和大门的岗哨在交涉。他一向有办法，我知道的。他拿出了他和我的通行证，岗哨终于放行了。他将车开进基地，转过脸问我："现在你总应该告诉我你想做什么了吧。"

我说："我下车，你回去。"

他一脚踩下刹车，要不是系着安全带，我的头准会撞到车顶篷上。我瞪着他，"你怎么开车的？"他说："你准是疯了！我把你一个人扔在这里然后回去，那我也准是疯了。"

我撇撇嘴，"我接下来要做的事不想让任何人知道。"他说："你要是想单独留下来，我发誓，我立刻拖也要把你拖回去！就算你连下辈子都不理我，我也要把你弄回乌池去！"

我从来没见过他发这么大的脾气，我呆了一下，说："好吧。我要去找人。你要跟着就跟着吧。"他问："你要找什么人？"我苦恼地说："难的就在这儿，我不知道。"

他又像瞧一个怪物一样瞧着我了，他慢吞吞地说："人家说女大十八变，越变越漂亮，你却是越变越像怪物！"

我狠狠地瞪了他一眼，说："我不知道那个人的名字，可是我知道他今年二十三岁，是个上尉军官，生日是七月七日，长得……"我咽下一口口水，"长得很好看！"

"好看？"他若有所思，"你见过他？"

"没有。"我坦白，"我只在父亲那里见过他的照片。"

他陷入了沉思中，过了一会儿，他突然恍然大悟，"哦！我知道了！你对他的照片一见钟情，所以跑来想见见他本人！"他自以为是地下结论，"幼稚的小女生！"我要向他翻白眼了。我说："是！你真是聪明，连这个都猜得到！"我故意地嘲讽他，"不过这次你猜错了。那照片可是父亲拿来给我看的，他要替我相亲呢！"

他哈哈大笑，"相亲？你相亲？你今年才多大？丫头，撒谎多少也要合理才能骗得人相信。"我振振有词地说："怎么不合理了？我大姑姑十九岁出嫁，我小姑姑十八岁。我奶奶嫁给我爷爷时就更年轻了，只有十七岁。我们家的女生都是早早结婚的。我今年也十七了，父亲为什么就不能替我相亲？"

他无话可说了，过了半天才问："那个上尉……好看？"

我头一扬说："那当然，比我见过的所有男生都好看。"他很不以为然地说："情人眼里出西施！"我说："算你说得对吧。"我推开车门下车，他连忙也跟下来。海风真大，吹得我的头发都乱了。我咬着嘴唇，说："可是该怎么去找一个无名无姓的人呢？"

他又用那种斜睨的目光看我，说："求我呀，求我我就想办法去找你的心上人。"

我爽快地说："好，我求你。"他倒不防我这么一手，怔了一下，才说："给我点时间想办法。"我故意冷嘲热讽，"自以为是。哈哈！这次没法子了吧！"他被激怒了，"谁说我没法子了？！"

他说有办法就真的有办法，他打了几个电话，然后就告诉我："走吧！第二舰队只有一个人是七月七日出生的，他的名字叫卓正，住在仁区丁号楼207室。"

我欢喜雀跃，说："穆释扬，你真是个大大的好人！"他耸了耸肩，环顾四周，"仁区……应该是在那边吧……"

我们寻到了仁区，寻到了丁号楼，上了二楼。我们站在了207室的门口。我的心怦怦地跳，呼吸急促，我抓住穆释扬的手，有点怯意。他冲我笑，"你怕什么？他不是长得很好看吗？"我瞪他，可是情绪也不知不觉地放松了。我说："你帮我敲门好吗？"

他又耸耸肩，举手敲门。没有人应门。他又敲门，还是没有回应。

我失望极了，也拍了几下门。隔壁的门却开了，一位年轻的军官探出头来，"你们找卓正？"我问："他不在吗？"他说："他刚刚走开。"我失望地问："他去哪儿了？"他打量了一下我们，问："你们是……"

穆释扬将他的工作证取出来亮了一亮，"双桥官邸办公厅。"那军官诧异地问："卓正出了什么事吗？"穆释扬说："没有，只是一点儿公事找他聊聊。"他看了我一眼，故意说，"可是个好消息。"

那军官毫不犹豫地说："刚才接到电话，叫他去见司令长官了。"我们向他道了谢下楼去。站在楼下，穆释扬瞧着我，问我："我们是在这里等他，还是去找他？依我说，我们最好赶快回去，不然今天晚上赶不回乌池了。"我毫不迟疑地说："当然要等。我一定要见一见他。"

他说："我和你有十七年的交情了，可是我越来越不了解你了，你总有一天会变成一个小怪物的！"

我懒得向他解释，也不愿向他解释。我们就坐在车上等。天色渐渐暗下来，天边的晚霞渐渐幻成黑色的丝绒大幕，一颗一颗的星星露出它们调皮的眼睛。穆释扬车上的电话响了，是侍从室打来的，他们惊慌失措，"穆先生，你是和大小姐在一块儿吗？"

他瞅了我一眼，说："我当然和她在一起。"侍从们像是松了一口气，可是他们仍是极度不安地问："你们现在在哪里？"穆释扬打了个哈哈，说："你们到现在才发现大小姐丢了？小心梁主任扣你们的薪水。"侍从们更松了一口气，以为我们躲起来和他们闹着玩，于是说："穆先生，别吓我们了，大小姐该回家了。"我接过电话，对他们说："来找我吧，找到了我就回家。"不等他们再说什么，就关上了电话。

穆释扬说："我和他们都会被你害死的。"

我知道。如果午夜以后侍从们还找不到我们，绝对是天下大乱。我其实心里也怕极了，却胡乱地安慰他："没什么，大不了雷伯伯臭骂你，父亲臭骂我一顿。"他说："我没这么乐观，我看——我的半条命都会没了。"

我胡乱地说："有我陪葬呢。再说牡丹花下死，做鬼也风流。"他哈哈大笑，打量着我，讽刺地说："牡丹花下死倒罢了——我看你顶多只能算根狗尾巴草！"我白了他一眼，"你也只配在狗尾巴草下死！"我们争吵着，其实是在互相安慰。天渐渐黑透了，可是那个卓正仍旧渺无踪影。我有些着急起来，穆释扬看透了我的心思，他也想尽早遂了我的意好回乌池去，于是问："要不要去找他？"我问："怎么找？"穆释扬说："我们直接去见范司令，说不定卓正就在他那里，即使不在，叫他出面一定可以马上找到。"

我叫起来："不行！那个范司令说不定见过我，而且，他一定认识你。假若他知道我是偷偷跑出来的，一定会将我们两个押解回去。"穆释扬道："他认识我没多大关系，至于你，他一定只跟你打过一两次照面，咱们去找他，他不一定能认出你来。趁现在侍从室还没弄得举世皆知，我们速战速决。"

这样老等下去确实也不是办法，我同意了。我们刚刚踏上台阶，就遇上一位年轻军官和我们擦肩而过，穆释扬一眼看到他的肩章，脱口叫了一声："卓正。"那人果然回过头来，疑惑地望着我们两个。我的心跳得又快又急。太熟悉的眼睛了！父亲的眼睛！虽然目光不同，虽然年龄不同，可是它们是一样的。穆释扬也呆了一下，不过他反应极快地就问："请问你是卓正？"那人扬了扬眉。天哪！连这个表示疑惑的小动作也和父亲一模一样。我倒吸了一口凉气，听到他说："我是。"穆释扬又取出了他的工作证，"我们想和你谈谈。"

他瞥了那工作证一眼，说："是有什么公干吗？"穆释扬却仿佛开始狐疑起来，说："卓先生，我觉得你很面善，我们以前见过吗？"卓正笑起来，"很多人都说过我面善，我想我是长着一张大众脸。"

大众脸？不！根本不是！父亲的照片遍地都是，大家当然觉得你眼熟。穆释扬摇摇头，"不对！我一定见过你。"我想阻止他想下去，可是我找不着词来打断他。我脑子里乱糟糟的，有罢工的趋势。卓正却也在打量着我，他的神情也有些惊疑，他问我："小姐，贵姓？"

我胡乱地答："我姓穆。"穆释扬在微笑，我瞪了他一眼，就让他占点儿小便宜好了。这也是没法子的事。卓正轻轻地咳嗽了一声，问："两位有何公干？"穆释扬望着我。我张口结舌，不知要说什么。

最后，我问："卓先生，你……你父母是做什么的？"穆释扬与卓正两个人都诧异地看着我，我知道我像个查户籍的。可是……我该怎么措辞？卓正虽然不解，但仍旧回答我说："我是个孤儿，养母是小学教员。"

孤儿？我被弄糊涂了，"你是本姓卓吗？"他说："那是我养母的姓氏。"我看着他肖似父亲的面庞，突然怯懦起来。我说："谢谢你。"又对穆释扬说，"我们走吧。"

我的转变令穆释扬莫明其妙，我想他一定又在心里骂我是小怪物了。卓正也莫明其妙，他大概从来没有见过这样来公干的。他问穆释扬："你还有什么事吗？"穆释扬仍在专注地想什么，听见他问，脱口就答："是。"倒退了一步，这才反应过来。他的脸色一下子像见了鬼似的，他大约被自己吓着了，他迷惑地看着卓正，卓正也在迷惑地看着他。我赶紧拉他，"我们走吧。"

我拖着他很快告辞而去，一直到上了车，他还在大惑不解，"真奇怪！我是怎么了？活见鬼！这儿又不是办公厅，他又不是先生……"他突然一下子跳起来，"天！"他瞠目看我，我也看着他。

他的脸色铁青！他终于想出卓正为什么面熟了！我想他想到了！果然，他喃喃自语："怪不得……怪不得我一见他就心跳加速，他一皱眉我就心虚，他一发问我就……"他不敢置信地看着我，"我竟然……"说实话，刚刚看到卓正皱眉的样子，我也心里怦怦跳。他一板起脸来，酷似父亲。

他问我："这就是你说的长得很……好看？"

我点了点头。他长吁了口气，说："上了你的恶当！"马上，他就想到了，"你来找他做什么？"他实在是太聪明了，一下子就猜中了，他的脸色大变，"他……他……"

我认识了他十七年，这还是第一次看到他张口结舌。他在我们家世交中是出了名的有风度、有见识，号称什么"乌池四公子"之首，他们家也是出了名的有气质，自恃为世家，讲究"泰山崩于前不色变"，可这会儿他竟然呆成了这样。

他倒吸了一口凉气，说："囡囡，你这次真的会害死我的。"牵涉到我家的私事中是极度不智的，尤其是这样一件私事。他显然是想起了我父亲，长长地叹了口气。

我分辩说："我要一个人来找他，你偏要跟着我。"

他不说话，我想他是在生气。我有些害怕，说："对不起。"他甩了一下头，已经和平时一样不慌不忙了。他摸了摸我的头发，说："算了，反正已经来了。我们要商量一下，瞒天过海。"

【三】

我们连夜开车赶回乌池去，在天亮时分才赶到。一上了专用公路，我就害怕起来。他安慰我："我们商量好了的，对不对？只要我们异口同声，他们不会知道我们去做过什么。"我点了点头，极力调匀呼吸。车子已转过了拐弯，我们已经可以看到第一重院墙上的照明灯光。驶过岗哨，立刻就可以看到灯火通明的大宅了。现在家里还这样开着所有的灯，无疑是出了大事了，我知道，这件大事就是我一夜未归。

我快要哭了。穆释扬拍了拍我的背，低声说："别怕，我们背水一战。"我努力挺直了身子，深深吸了口气。车子终于驶到了宅前停下，梁主任亲自打开车门，一看见我就吁了口气，"大小姐。"

我点了点头，下车和穆释扬一起走进客厅。我吃力地咽了一口口水。父亲负手站在客厅里，脸上一丝表情也没有。雷伯伯站在他身后，还有史主任、游秘书、穆爷爷、何伯伯……他们都紧紧盯着我们两个人，尤其是父亲，他的目光简直像刀子一样，仿佛要在我身上剐几个透明的窟窿。我听到穆释扬低低地叫了一声："先生。"父亲狠狠地瞪着他，我从来没见过父亲那样凶狠过，他额头上的青筋一根根都暴起了，从灯光下看上去真是可怕。他咬牙切齿，说："好！你们两个好！"他盯着穆释扬，就好像要用目光杀死他，"你真是能干啊！"

我打了个寒噤，父亲的声音终于像炸雷一样响起来："囡囡！跟我上来！"

我惊惶地想找个援军。可是雷伯伯不敢帮我，因为穆释扬是他的外甥。何伯伯刚刚叫了一声"先生"，父亲就狠狠地瞪住了他，他也不敢说什么了。父亲转身上楼，我只好磨磨蹭蹭地跟上去。我偷偷地看穆释扬，他向我使眼色，鼓励我。

父亲进了书房，我只好慢吞吞跟进去。父亲问："你自己说，你跑到哪里去了？"

"好了，父女俩说话怎么发这么大的脾气呢？程医生说你血压高，叫你少生气呢。"软软的声音在我身后响起，我蓦地回过头去，是她！她还是穿着旗袍，暗蓝色起花料子，领口上别了一枚蓝幽幽的宝石别针。她款款生姿地走过来，还是那样的笑脸，"大小姐可回来了。"

我扭回头，父亲的脸色更不好了，"怎么不敲门就进来？不懂规矩！"

她有些悻悻的，又看了我一眼，笑着说："囡囡，街上好玩吗？怎么玩得忘了回家，和一个男人在外头过了一夜，啧啧……"

这一下子真是落井下石，火上浇油。父亲的目光刀一样剐过来，看得我心里直发寒。父亲狠狠瞪了我一眼，转脸冷冷地对她说："你出去，我的女儿不用你过问。"这下子她面子上下不来了，尤其是我也在场，她更是恼羞成怒，嗓门尖得刺耳，"慕容清峄，我不吃你这一套！你也别摆出这架子来唬我！好心好意来关心一下你的宝贝女儿，你狗咬吕洞宾……"

这下子父亲火了，可是他反倒笑了，那笑容令我毛骨悚然，我知道，这是他生气到了极点的征兆，只要他一发作，那准是一场雷霆万钧的暴怒。果不然，他一生气，连苏白都说出来了，"十三点！拎弗清的事体勿要把人当阿木林！"

"我怎么拎不清了？"她嘴里硬得很，却不敢正视父亲了，"你说！"

父亲从鼻子里"哼"了一声，却没有说什么。她的胆子大了，瞥了我一眼，冷嘲热讽地说："那是，我处处比不上人家，没有人家漂亮，没有人家会使手段，没有人家会勾引人，可是我到底没替你养出个野种来……"

她的话没有说完，父亲已经一巴掌打了上去，直打得她半边脸都肿了起来，她被打怔住了，半天才哭了出来。父亲气得浑身发抖，"你给我滚！滚得远远的！以后如果再让我听见这样的话，我就剥了你的皮，再剥了你那个网球教练的皮。"

她吓得浑身发抖，竟然没有说一句话分辩。我从来没有见过父亲这么凶狠过，我想他真的会说到做到的，我在心里打了一个寒噤，刚刚她说……我的母亲……不！不是那个样子！一定还有隐情！

她出去了，关门的声音足足吓了我一大跳，我抬起头，父亲那样子真是可怕。他突然顺手抽出了书桌上的尺，"我今天非打死你这个不懂事的东西！"我吓得呆了，等我反应过来，身上早已挨了一下子了，火辣辣的疼泛上来。我呜咽着用手去挡，他气得大骂："不懂事的东西！你翅膀硬了是不是？敢甩了侍从跑出去玩？我的话都是耳边风？"我呜呜哭着，又挨了两下。我一句话都不敢分辩，他却越打越生气，下手越来越重，"我打死你！省得你给我丢脸！和一个男人跑出去一夜！小小年纪跟谁学得这样下流？！"

他的话一句一句地钻进我的耳朵里，我的心在滴血，那尺子打在身上火辣辣地疼，我疼得发昏，终于忍不住顶了一句："你打死我好了！"

他大怒，"我不敢打死你？！少了你我不知道清净多少！少了你这个下流胚子，我不知多高兴！"他咆哮的声音在房子里回荡着，我听到游秘书在门外敲门，叫："先生！先生！"父亲吼道："你们谁敢进来？！"

游秘书见情形不对，还是进来了，他大惊失色地跑过去想拉住父亲。父亲像只发怒的狮子一样，一下子把他掀到一边去了。游秘书又跑了出去，父亲揪住我又重重地打了几下，游秘书、何伯伯、雷伯伯、穆爷爷他们就一涌而入，父亲更下重手。几个伯伯抢上去把父亲抱住了，只嚷："先生！先生！别打了。"父亲挣扎着，咆哮着："我今天就是要打死这个孽障！"

我哭得声堵气噎，痛不欲生，尖声嚷道："让他打死我好了！反正我和我母亲一样是个下流胚子！反正我不是他生的！"

屋子里突然静下来，所有的人全睁大了眼看着我。父亲的脸白得没了一丝血色，他嘴角哆嗦着，伸手指着我，他的那只手竟然在微微发抖，"你……"

他一下子向后倒去！屋子里顿时乱了套了，雷伯伯脸白得吓人，慌忙去解父亲领口的扣子，游秘书跺着脚喊："快来人哪！"史主任抓起电话就嚷："快！给我接程医生！"

侍从们全跑了进来，我也吓得懵了，想过去看看父亲，他们阻止了我，强行把我带出了书房，送我回自己的房间里去。我听见院子里汽车声、说话声、急切的脚步声乱成一片。我的医生很快赶来了，替我处理伤口。我问他："父亲呢？父亲呢？"他摇头，说："我不知道，程医生已经到了。"我哭着要见父亲，挣扎着要下床去，医生慌了手脚，护士们按住了我。我听到医生叫："注射镇定剂！"我又哭又叫，他们按着我打了针。眼前的一切都模糊起来，我抽泣着，终于睡去了。

醒的时候，天是黑的。我床头的睡灯开着，一个护士在软榻上打着盹儿。屋子里死一般的寂静，静得好可怕。睡灯淡蓝色的光幽幽地亮着，我的心缩成一团。我拔掉了手上的点滴管，坐了起来。我没有找到拖鞋，就光着脚下了床。

我出了房间，走廊上也静悄悄的。只有壁灯孤寂地亮着。我穿过长廊，跑到主卧室去，里面黑漆漆的。我开了灯，房里整整齐齐，床上也整整齐齐，没有人。我回头跑向书房，也没有人。冷汗一颗一颗地从我的额头上冒出来，我跑下楼去，楼下也没有父亲。梁主任从走廊那头过来，"大小姐。"

我抓紧他，问道："父亲呢？他在哪儿？你们把他弄到哪里去了？"我摇摇晃晃，眼冒金星。我好怕！怕他说出可怕的答案来。他说："先生过去双桥那边了。"

哦！我真的要疯了，我问："他怎么样？"

"没有事了。程医生说只是气极了，血压过高。打了一针就没事了……"

哦！我的一颗心落下了地。可是……天旋地转，我眩晕得倒了下去……

我在家里乖乖呆着，自从那天之后，和父亲见面的机会少得可怜。我歉疚得很，他也似乎不太想和我多说话。回家也只是蜻蜓点水，一会儿就又走了。我心里虽然难过，可是父亲再也没有问我那天晚上去了什么地方。但是穆释扬可倒了霉了，我听说雷伯伯把他调到埔门基地去了，还把他连贬六级，发配他去做了一个小小的参谋长。我垂头丧气，好多天打不起精神来。小姑姑来看我，我托她向父亲为穆释扬求情。小姑姑不肯答应，说："你父亲还在气头上呢，你还敢老虎嘴上拔毛？"我心里真的过意不去，他完全是被我连累的。我闷闷地说："埔门那么远，又那么艰苦，他又被贬了级，一定不快活极了。都是我不好。"小姑姑诧异地看着我，我皱着眉说，"反正他是被我害死了。一条被父亲的怒火烤焦了的池鱼。"

小姑姑笑了，说："可不要在你父亲面前这么说——保证他更有气，怕不把那条池鱼拿出来再烤一遍。你要是再为释扬说情去，我打赌他要被贬到爪哇国。"

我泄气，"父亲这回是棒打无辜。"小姑姑只是笑，"世上任何一个父亲，看到把自己的小女儿拐出去一夜未归的臭小子，不想杀之而后快那才叫稀罕。先生还算是给穆家面子，雷部长又会做人——不等先生说什么，就把他贬到埔门去了。"

我想起当晚的情形来，当时父亲瞪着穆释扬的时候，眼里真的有过杀机。我不由后怕地打了个寒噤。小姑姑说："我一听说，心里就吓了一大跳。你不知道，当年先生就是……"她突然住口，我怔怔地看着她。她说漏了嘴了！我知道她说漏嘴了！父亲当年怎么了？当年发生过什么事情？和我母亲有关吗？

我叫了一声"小姑姑"，她脸色难看极了，她说："囡囡，我不知道。我什么都不知道。"我抓住她的手,哀求她:"小姑姑,你最疼我。我从小也最喜欢你。你告诉我,到底是什么事,我有权力知道的。是有关我母亲的,对不对?"小姑姑摇着头,我苦苦地求她,"我都这么大了,你们不应该再瞒着我。你不告诉我,我会胡思乱想的。"

小姑姑摇着头,"我不能说的。"我瞧着她,静静地瞧着她,一直瞧得她害怕起来。她吃力地叫我:"囡囡!"我幽幽地说:"我知道。我知道我不是父亲的女儿。我是这个家族的耻辱,也是父亲的耻辱——他恨我,讨厌我,他恨不得杀了我。"

小姑姑惊叫:"你怎么这样想?傻孩子!你怎么能这样乱猜?你父亲其实最疼的就是你,他最在意的就是你……只是……你不知道罢了。"我摇了摇头,"我看不出来。我只知道他讨厌我。"

小姑姑把我搂进怀里,"哦!囡囡,他不是讨厌你。他是不愿看到你,你不知道,你和你的母亲有多像……一开始他总是对我说:'那孩子,那孩子的眼睛真要命,我不想看到。'他想起你的母亲就会难受,你不知道他有多伤心。"

我半信半疑,说:"因为我不是他的女儿,所以他不想面对我这个耻辱。"小姑姑说:"胡说!"她用力地搂紧了我,"你是我们慕容家的明珠,是你父亲的宝贝。"我闷闷地说:"可是……他说要打死我。"

小姑姑凝视着我,我的额头上还有一道淡淡的淤痕,她疼挛地在我的伤痕上吻了一下,说:"乖孩子,他是气坏了,对不对?人在气极了的时候,是什么事都会做出来的,是没有理智的。何况你不知道，我来的时候，你已经睡着了，你父亲刚醒，医生叫他静养，他不听，要去看你，几个人都拦不住。我扶着他去的，看到你好好地睡在那里，他才肯回去……你不知道他当时多害怕，他怕你和……"她突然又住口了，我想她又说漏嘴了，我哀哀地看着她，她闭上了眼睛，"呵！囡囡！你和你母亲这样的像！"

我心里乱极了，姑姑说的话我不信，但又希望是真的。父亲……威赫的父亲会害怕？我不相信！父亲从来是睥睨天下的，他什么都不曾怕过。只有人家怕他，连穆释扬那么聪明有本事的人都怕他。他会怕什么呢？

小姑姑陪我吃过饭才走。天黑下来，我一个人在那里胡思乱想。后来我睡着了，等我迷迷糊糊地醒过来，夜已经很深了。我的窗帘没有拉上，我听到汽车的声音，还有好几道光柱从墙上一闪而过。是父亲回来了！

我跳下床，跑到窗前去。果然是父亲回来了，我看着他从车上下来，我跑出房间去，在楼梯口等着。果不然，父亲上楼来了，我闻到他身上有酒气，我看到他脸红得很。我想他一定是和哪位伯伯喝过酒。他看到我，只淡淡地问："这么晚了不睡觉，杵在这里做什么？"

我舔了舔干涩的嘴唇，说："我可以和您谈一谈吗？"他皱着眉，"鞋也不穿，像什么样子？！去把鞋穿上！"

这就是姑姑口里疼我的父亲吗？她的话我一句也不信了！我的犟脾气又上来了，我说："我就是这个样子！"父亲说："三更半夜你等着我回来跟我顶嘴？你又想讨打？"

我哆嗦了一下，想起那天他恶狠狠的样子，想起那尺子打在身上的痛楚，想起他咬牙切齿地说："我打死你！"我冷冷地说："我不怕！你打死我算了。"我一字一句地说出他的话，"反正我是个下流胚子！"

他气得发抖，"好！好！那天你没有气死我，你还不甘心！我怎么生了你这个东西？！我怎么当年没有掐死你清净？！"

我幽幽地说："我不是你生的。"

【四】

他呆住了，在那么几秒，我有些害怕，怕他和上次一样昏过去，可是我极快地鼓起勇气来，等着他发作。我听着他呼哧呼哧地喘着气，等着他一掌打上来，可是竟然没有。他站在那里一动不动，他看着我，就像看一个外星人，他的声音竟然是无力的，"素素叫你回来的，是不是？她叫你回来质问我，叫你回来报复我，她要把她受过的一切讨回去，是不是？"

我毛骨悚然，在这样静的深夜里，听着父亲这样阴沉沉的声音，我害怕极了。父亲的脸通红，他的眼里也布满了血丝，他瞪着我，那目光令我身上的汗毛都竖了起来——"她要把她受过的一切讨回去，是不是？"

我惊恐地看着他，他却痛楚地转过脸去，"我那样对你，你一定恨死我了，可是为什么……素素！你不知道！"

我想父亲是喝醉了，我想去叫侍从上来把他弄回房间去。我叫了一声："父亲！"他怔了一下，慢慢地说："囡囡，我打你，打得那样狠，你也恨我是不是？你和你母亲一样恨我是不是？"

我吞了一口口水，"哦，父亲，我并不恨你。"他自顾自地说下去，"我知道你恨我，就像你母亲一样！你不知道我有多怕，我怕你和她一样！我一直亲眼看到你好好地睡着才安心。你不知道，当年你母亲有多狠心……她开了车就冲了出去……她有多狠心……她恨极了我——所以她就这样报复我——她用死来报复我……她有多狠心……"

我完全听呆了，父亲的醉语絮絮地讲述着当年的情形。我逐渐明白过来他说的是什么。"我不知道……她会这样……我根本不知道她恨我！"父亲的语气完全是绝望的，"你那么小……你在屋里哭……她都没有回头……她开了车就冲出去……她不会开车啊……她存心是寻死……她死给我看！她用死来证明她的恨……"父亲绝望地看着我，"你在屋里哭得那么大声，她都没有回头……她不要我，连你也不要了！"

我的心揪成一团，我看着父亲，在这一刻他是多么的无助和软弱。我威风凛凛、睥睨天下的父亲呵！他真的是在害怕！他真的是在绝望……我难受得想大哭，可是我没有。我不想再听了！我不想再听父亲那悲哀的声音了。我大声地叫着侍从官，他们很快来了。我说："先生醉了，扶他回房间。"

父亲顺从地由他们搀走了，我一个人呆呆地站在那里，半天没有动弹。走廊里的吊灯开着，灯光经过水晶的折射照下来，亮得有些晃眼。我只觉得脸上痒痒的，有冰凉的东西在蠕动着，我伸手去拭，才发现原来是哭了。

第二天下午父亲打电话回来，"晚上跟我到霍伯伯家里吃饭去。好好挑件衣服穿，梳个头，不要弄得蓬头垢面的。"我心下大奇，父亲从来没有在衣饰方面叮嘱过我什么，奶奶不在了之后，我的服饰由侍从室请了专人一手包办，偶然陪父亲出席外交场合也没有听他这样交代过。父亲怎么如此看重这个在霍伯伯家里的便宴？

父亲把电话挂上了，我却是满腹的狐疑。今天晚上霍伯伯家里的那个饭局是个什么样的鸿门宴？

一面心里七上八下地乱想着，一面叫阿珠替我开衣帽间的门。父亲既然如此郑重地叮嘱过我，那些乱七八糟的衣服是不敢穿了，我老老实实地选了一件杏黄缎金银丝挑绣海棠的短旗袍，又请了丰姨来替我梳头，淡淡地化了妆，照了镜子一看，只觉得老气横秋的。可是父亲那一辈的人最欣赏这种造型，真没办法。

不到六点钟侍从室派了车子来接，说是父亲还有一些事情，叫我先到霍家去，他过一会儿就到。我纵有一万个不愿意，也只有乖乖先上车。好在霍家的霍明友是我的学长，从小认识的，到了霍家之后，和他在一起还不太闷。

父亲快八点钟了才到，他一到就正式开席了。霍家是老世家作风，俗语说一代看吃，二代看穿，三代看读书。霍家几十年从未曾失势，架子是十足十，在他们家里，道地的苏州菜都吃得到，连挑剔的父亲都颇为满意，我更是美美地享受了一顿心怡的菜品。

吃过了饭，父亲的心情似乎非常好，因为他竟然提议说："囡囡，拉段曲子我们听吧。"我呆了一下，吞吞吐吐地说："我没带琴来。"霍伯伯兴致勃勃地说："我们家有一把梵阿铃。明友，你叫他们拿来给囡囡瞧瞧，要是能用的话，咱们听囡囡拉一段。"

看样子势成骑虎了，我硬着头皮接过霍明友取来的琴，是一把精巧的斯特拉迪瓦里，霍家的东西，果然件件都是传世珍品。我试了试音，鬼使神差一般，竟然拉出《吉赛尔》的一个旋律，我自己也吓了一跳，连忙看了父亲一眼。父亲是不听《吉赛尔》的，也不知道为什么，反正家里是严禁这个乐曲的。记得有一次陪父亲去听音乐会，到了最后乐团即兴加奏了一段《吉赛尔》的选段，父亲当时就变了脸色，只说头痛，在侍从的簇拥下匆匆退席，令在场的众多新闻记者第二天大大地捕风捉影了一番，猜测父亲的身体状态云云。

我望过去时，父亲的脸色果然已经变了，可是他很快便若无其事了，甚至还对我笑了笑，说："这曲子好，就拉这个吧。"

我在诧异之下惟有遵命，虽然因为疏于练习，开头一段拉得生硬无比，可是越到后面，越是流畅起来——再说在场的又没有行家，我大大方方地拉了两段，大家都一样拍手叫好。父亲却有些心不在焉似的，向雷伯伯耳语了一句，雷伯伯就走开了。我心里觉得有些怪怪的，有一种说不上来的感觉，总预感有事要发生。

晚宴后头接着是一个小型的酒会，父亲和一群伯伯们谈事情去了，我一个人溜到了霍家的兰花房里。霍家的兰花房除了比双桥官邸的兰花房稍稍逊色之外，在乌池实在可以称得上屈指可数。我记得他们这里有一盆"天丽"，比双桥官邸的那几盆都要好。现在正是墨兰的花季，说不定有眼福可以看到。

兰花房里有晕黄的灯光，真扫兴，说不定又会遇上几个附庸风雅的伯伯正在这里"对花品茗"。转过扶桑组成的疏疏的花障，目光所及，正是在那盆"天丽"前，有个人楚楚而立，似在赏花。她听到脚步声，蓦然转过身来，我一下子愣在了那里。

白衣胜雪，人幽如兰。

她只是站在那里，那种入骨入髓的美丽，却几乎令我无法正视。在她的身后，全是世界上最美丽、最名贵的兰花，可是她在众兰的环绕中，更加美得璀璨夺目。

我从来没有见过这样美的人。纵然岁月也在她的脸上留下过痕迹，但当她终于对着我浅浅而笑时，浮上我心际的，竟然只有一句："一顾倾人城，再顾倾人国。"

她的声音也非常的婉转轻盈，只是有些许怯意似的，"你是囡囡？"

我喃喃地问："你是谁？"

她低低地答："我叫任萦萦。"

任萦萦？

我迷茫地看着她。

"任素素是我表姐。"

任素素！

我喃喃地问："我妈妈是你的表姐？"

她似乎吁了口气，"是的，你妈妈是我表姐。"

我像一个傻瓜一样地看着她，张口结舌。她举起手来，全身仿佛有烟霞笼罩，我眩目地看着她的手，她的手白得像透明一样。她是真实存在的吗？她真的是人吗？她是不是兰花仙子？我听到她的声音："天丽开了，真是美丽。双桥花房里的那株'关山'今年开花了吗？"

我呆呆的，本能地回答她："还没有。今年也许不开花了。"

她轻轻地叹了口气，那声音真如洞箫凤吟，她脸上的表情却是茫然无依的，那种迷惘的样子，令人不忍再顾，她低低地呢喃："是啊，今年也许不开花了……"

我正想问她，突然听到霍明友在叫我的乳名："囡囡！"

我回头应道："在这里。"

霍明友走进来，说我："古灵精怪的，又一个人藏起来。"

我嘟起嘴，说："谁说我一个人在这里，这里还有……"我转过身来，却愣住了，在那盆开得正好的"天丽"前，空气里依然氤氲着兰花的香气，可是兰花前的人呢？

那位白衣飘飘的兰花仙女呢？怎么不见了？！我张口结舌。莫非真的遇上仙子了？

霍明友哈哈大笑，"还有谁在这里？怪不得穆释扬说你是个小怪物，你真是越大越调皮！"

我苦笑了一下，他说："出去吧。"我跟他走出花房，乐队还在奏着音乐。他绅士地弯一弯腰，"小姐，可以请你跳支舞吗？"我白他一眼，将手交到他手中。音乐是一支狐步，随着旋律转了几个圈，我突然看到一个熟悉的身影，不由"咦"了一声。霍明友那样精明的人，马上就顺着我的目光看过去，他倒只是笑了笑，"你认识？"

我摇头说："不认识。"我留心到，他身边谈笑的几个人都是我们家的世交子弟，时不时发出一阵阵笑声，已然是很熟稔的样子。霍明友却只是微笑着问我："你做什么老盯着他看？"

我又白了他一眼，说："难得看见一个生面孔，我多看两眼不行啊？"他突然停下舞步，说："那好，我来介绍你们认识。"我只好任由他拖着手走过去，只在心里哀叹。果然，卓正一看到我，就诧异地扬起眉，但他并没有出声。霍明友已经说："来，卓正，认识一下我们的慕容大小姐。囡囡，这一位是卓副舰长。"

他伸出手来跟我握，"幸会。"我也客套地说："幸会。"他的目光炯炯有神，我心里不知为什么有点心虚。几位世兄都跟我说话："囡囡，今天琴拉得不错啊。"我却只是盯着卓正，他坦然地看着我。最后他终于问："慕容小姐，可以请你跳舞吗？"

我点了点头，我们两个走下舞池去。老实说，他的舞跳得真不坏，说不定这一点也是像父亲，声色犬马，样样精通。我们配合得很默契，舞池里的人纷纷瞩目，真是大大地出了一番风头。一曲既终，他说："跟我来。"然后拖着我的手绕过蔷薇花架往后去，真是霸道。他问："我是谁？"

他的样子真滑稽，我忍不住哈哈大笑。他也笑起来，懊恼地说："我知道这话问得很蠢，可是只能问你。"

我叹了口气，说："老实说，我也不知道。"我问他，"你怎么在这里？"我这句话也问得蠢。他耸了耸肩，"我正休假。赵礼良邀我来的。"赵礼良也是我的一位世兄。我点了点头，他犹豫了一下，问："先生有没有对你说过什么？"我听得到他语气里的迟疑，他已经开始疑心了，不知道他猜到多少。

我摇头，"父亲拿我当小孩子，从来不对我说什么。"他怔了一下，说："上次你去找我，我还以为你知道什么呢。"我怔了一下，他说，"我第一次觉得不对，是前不久他到舰队，那天他来得很突然，事先没有通知，正巧到我们舰上来看，舰长休假不能赶回来，于是我陪着他……"

我不做声，没那么巧，一连串巧合全碰到一起，怪不得他疑心。他迷惑地看着我，我也看着他。我们两个面面相觑。他轻声说："你的母亲……"我口干舌燥，我想到了某个关键，可是我不知道为什么她也在这里。

我吸了口气，尽量让自己平静下来，"你知道的，现在我父亲的妻子，是他的续弦。我的母亲，按照官方的说法，在我不满周岁的时候死于车祸。"我说，"卓正，你看看你那里有没有线索。"

他说："我找过孤儿院了，但老早就拆除不在了，没有任何线索。"

我们再一次面面相觑。就在这个时候，花障外突然传来脚步声，是雷伯伯，看到我们两个站在这里，他怔了一下，旋即笑着说："囡囡，你该回家了呢。"同时望向卓正。他倒是很沉得住气，叫了一声："雷部长。"雷伯伯点点头，说："小卓，你跟我来，我有话跟你说。"

我笑着问："雷伯伯，这位卓哥哥人很好，你可不能骂他。"雷伯伯瞧了我一眼，说："小机灵鬼，还不快去，你父亲等着你呢。"

我和父亲同车回家去。一路上他都是沉默的，不过似乎心情不太坏，因为他竟然在车里抽起了烟。他叫随车的侍从将车窗放下，侍从将车窗放下了一点点，为着安全制度不肯再放低，他也没有生气。他几乎是高兴的了，我这么多年来从来没有看到他高兴过，所以我不能确认这种情绪。

车子到家后，我下车，父亲却没有下来，我听到他对侍从室主任讲："我去端山。"端山官邸离双桥官邸不远，我从来没有去过那里，听说那是父亲年轻时住过的房子。史主任答了一声："是。"走开去安排。我突然察觉到史主任一点也不意外，按理说，遇上父亲这样随意改变行程，他都会面露难色，有时还会出言阻止。

　　我转过身来，叫了一声："父亲。"父亲漫不经心地"唔"了一声，根本没有看向我。我心一横，不管我有没有猜对，不管我的猜测是如何的荒唐，我孤注一掷！我一字一顿地说："我要见我母亲。"

　　父亲抬起头来，路灯下可以清楚地看到他眼里锐利的光芒。我不害怕，重复了一遍："我要见我的母亲。"

　　父亲的脸色很复杂，我形容不上来。我鼓足勇气，"你不是正要去见她吗？她是不是在端山官邸？"

　　父亲没有发脾气，我反倒有点说不清的怯意了，我不知道我是不是猜对了——还是这个荒诞的念头根本是无稽透顶……我终于听到父亲的声音，他的声音嘶哑，他说："你的母亲——你要见她？"

　　我的一颗心狂跳，像是一面咚咚的小鼓。我觉得自己像是站在台风中心，四周的一切都迅速地被摧毁，下一个也许就轮到我。不过无论如何，我孤注一掷。我不晓得那个任萦萦是谁，但她令人感觉到一种无以言喻的向往。她不可能是与我无关的人，她一定与我有着最深刻的联系。

　　父亲终于叹了口气，说："上车。"

　　我一时不能相信自己的耳朵。太容易了，他答应我了？我猜对了？我真的猜对了，那白衣的兰花仙子，真的会是她？一切来得太突然，太快，太让我惊讶，我不敢相信。

　　车队向端山官邸驶去，夜色里道路两旁高大的树木是一团团深黑色的巨影，我的心也笼罩在这巨大的阴影里。我不知道等待着我的是不是母亲，即使那真是母亲，我不知道即将见到的，除了母亲，还有什么。

两重心字

夏天的蝉声渐渐稀疏，几场冷雨一下，秋意渐起。窗外是一株扶桑花，开得艳丽极了，她伏在把杆上，恍惚间便以为是玫瑰。早晨那枝玫瑰让她藏在更衣柜，馥郁的甜香似乎仍然萦绕在指尖。一抬头，镜子里看到周老师的目光正扫过来，她连忙做了几个漂亮的"朗德让"，流畅优美得令老师面露微笑。

更衣室是女孩子们公用的，大家免不了叽叽喳喳。晓帆眼睛最尖，声音也高，"素素！这是哪里来的？"笑着就将玫瑰抢到了手里，"好香！"牧兰笑嘻嘻探过头来，"还用得着问吗？当然是咱们的庄诚志送的。"晓帆挥着那枝花，一脸的调皮，"我要告诉老师去，庄诚志又偷偷折花坛里的玫瑰送心上人。"

牧兰微笑着勾住她的肩，"素素，我将A角让给你好不好？你和庄诚志跳《吉赛尔》，担保比我跟他跳默契一万倍。"任素素微笑说："你再说，我就要宣布你的秘密哦！"晓帆抢着问："什么秘密？"素素却不答话了，牧兰伸手拧她的脸，"坏蛋！只有你最坏！"

一帮人走出去吃晚饭，牧兰和素素落在后头。牧兰换了洋装，看素素换上那身珍珠白的裙子，不由说："你怎么老穿这些？"挽住她的手，"跟我去吃饭吧。"

素素摇头，"谢了，上次陪你去，闹得我直心慌。"牧兰道："你太拘泥了，人家不过开开玩笑，并没有别的意思。何况——那班人里头，随便挑一个也是好的，难道你真想跳一辈子的舞不成？"素素微笑，"知道知道，知道你是要嫁名门公子，将来不愁吃穿做少奶奶。我的命只好跳一辈子舞了。"牧兰嗤地一笑，说："你是愿意和庄诚志跳一辈子才对。"素素作势要打。两个人走出来，看到街对面停着一部黑亮的雪佛兰。车窗里只见一人向牧兰远远招手，牧兰眼睛一亮，向素素打个招呼，便急忙过去。

素素看着车子开走，在街边站了一会儿，庄诚志就过来了，问："等了很久了？"她仰起脸看他，白皙明亮的一张脸，像秋天里的太阳，直照到人心里去。她微笑说："我也才下来。"两个人一齐去吃馄饨。

紫菜清淡的香气，雪白透明的面皮，素素微微生了汗，掏出手绢来擦。只听诚志问她："牧兰最近怎么了？老是心不在焉。"他和牧兰是搭档，牧兰的心思不在练习上，他当然看得出来。素素说："她新交了男朋友。"诚志问："刚刚开车来的那一个？"素素点点头，诚志说，"是有钱人家的公子吧？"

何止是有钱——听说家里很有背景。素素有次拗不过牧兰，被她拖去吃饭。那是她第一次吃西餐，亮晶晶的水晶吊灯，亮晶晶的地板，亮晶晶的刀叉，那世界仿佛都是灿然生辉的。那些人物，也都是时髦漂亮的。牧兰落落大方，谁和她拼酒她都不怕，席间有位叫何中则的年轻公子，最爱和牧兰捣乱，非要她干杯。她说："干就干！"一仰脸就喝掉整杯，两只翡翠秋叶的坠子晃得秋千似的，灯光下碧绿幽幽。旁人轰然叫好，何中则就说："小许，你这女朋友爽快，够意思！"牧兰只是俏皮地笑笑。后来何中则又对她发话："方小姐喝了，任小姐也应该表示一下吧？"她哪里见过这样的场面，脸马上红了，最后还是牧兰的男朋友许长宁替她解围，"任小姐真不会喝酒，哪像你们胡闹惯了，别吓着人家。"

饭后许长宁叫车子送她和牧兰回去，牧兰还跟她说笑："素素，那位何先生似乎对你很有意思啊。"结果真让她说中了，第二天何中则就来约她吃饭。她不冷不热地拒绝掉了。牧兰替她惋惜了半晌，"小姐啊，那是何源程的长公子啊，你连他都不肯稍假辞色？"她反问："何源程是谁？"牧兰一脸的哭笑不得，好一会才道："你真是——你不会连慕容沣是谁都不知道吧？"惹得她笑起来，这才想起来何源程是大名鼎鼎的政界要人。这何公子到如今还时不时来约她，她只是避开罢了。

牧兰迟到，挨了老师的骂，被罚练。旁人都走了，素素一个人悄悄回来看她。她正练击腿，一见到素素，便停下来问她："周老师走了？"

"走了。"

牧兰吐吐舌头，一脸晶莹的汗，取了毛巾擦着汗，靠在把杆上懒懒地问："素素，明天礼拜天，跟我去玩吧。"素素摇头，"谢了，你的许公子的那班朋友，我应付不来。"牧兰说："明天没旁人，只有我和他。"素素微笑，"那我去做什么？当灯泡吗？"牧兰漂亮的眼睛向她一眨，"明天还有他妹妹，你陪陪我嘛，求求你了。"

她笑起来，"丑媳妇见公婆才害怕，你又不丑，为什么要怕小姑子？"

牧兰嗔一声："素素——"却回手按在胸上，说，"不知道为什么，一想到要见他家里人，我心就怦怦直跳。"她双手合十，"求求你啦，看在这么多年姐妹的分上，陪我去吧，我一个人准会害怕的。"

素素让她纠缠不过，只得答应下来。

第二天一早牧兰就来叫她，她打量一下，牧兰仍是穿洋装，不过化了淡妆，头发垂在肩上，只系根绸带，歪歪系成蝴蝶结，又俏皮又美丽。素素不由微笑，"这样打扮真是美。"牧兰却伸手掭起她胸前乌沉沉的发辫，"咦，你头发长这么长了？平时绾着看不出来。"

仍旧是吃西餐，四个人气氛沉闷。许长宁的妹妹许长宣一身得体洋服，没有多少珠光宝气，只手上一只约摸六卡的火油钻，亮得像粒星星嵌在指间。对牧兰倒是很客气，叫她"方小姐"，可是客气里到底有几分疏冷。素素本来话就不多，见牧兰不说话，更是不做声。只听许氏兄妹有一句无一句地说些闲话。许长宁见气氛太冷，有意地找话题，问许长宣："乌池有什么新闻没有，讲来听听。"许长宣说："能有什么新闻——倒有一件事，今天遇上锦瑞，她追着问上次打赌的事，说你还欠她一餐饭呢。锦瑞还说了，今天要去马场，大哥，过会儿我们也去骑马吧。"

许长宁略一沉吟，许长宣便道："方小姐、任小姐也一块儿去玩玩吧，反正要人多才好玩呢。"

许长宁看了牧兰一眼，牧兰不愿第一面就给许长宣小家子气的印象，连忙道："好啊，反正我和素素都是很爱热闹的人。"

吃完了饭就去马场，到了才知道原来是私家马场。背山面湖，风景秀丽。时值深秋，眼前绵延开去的却是进口的名贵草种，仍然碧绿油油如毯。道旁的枫树槭树都红了叶子。半人高的白色栅栏外，更有几株高大的银杏树，风吹来簌簌有声，落了一地的金黄色小扇子。素素见到景致这样美，不由觉得神清气爽。

去更衣室里换骑装，素素道："我还是不换吧，反正也不会骑。"牧兰说："很容易的啊，真的很好玩呢，上次我来玩过，真是有趣。你第一次骑，我叫人替你牵着缰绳，两圈跑下来你就会了。"

等换了衣服出来，果真有人牵了两匹温驯的马儿等在那里。许长宁笑着说："我特意为两位小姐挑了两匹最听话的马。"牧兰问："许小姐呢？"许长宁一扬脸，素素远远看去，阳光底下依稀有一骑已去得远了，当真是矫健绝尘。

素素从来没有尝试过接近马，只觉得是庞然大物，又怯又怕。好在骑师有绝好的耐性，"小姐，请从左前方上马，不要从后面接近，不然可能会让它踢到。"然后他抓住了缰绳教她上马的几个要领，她毕竟有舞蹈功底，轻盈盈就蹬上了马。骑师放松了缰绳慢慢遛着，一项项认真地纠正她的动作。等她遛了两个大圈回来，牧兰与许长宁早就不见踪影了，她知道他们必是躲到别处去说体己话了。只见那骑师在大太阳底下，已经是满头大汗。她心里不安，说："您休息一下吧，我自己遛一圈试试。"那骑师也是个年轻人，心性爽快，听她这样说，只以为她想独自试试，便笑道："那您可当心一些。"就将手里的缰绳交给她握住，自己走回马厩。

素素倒并不害怕，由着马儿缓缓走去，顺着跑马道一直往南走。只听那风吹得身边的树叶哗哗作响，那太阳光照在不远处碧蓝的湖面上，洒下碎金子一样的光纹。马厩已经离得远了，只遥遥看得到屋子的轮廓。四周都是静静的，听得到草地里的虫鸣声。她心里不自觉地有点发慌。就在这时，隐隐听到似乎是蹄声，那蹄声急奔而来，越来越近，越来越清晰。抬眼远远看见山坡上一骑直奔下来。见来势极快，她连忙想避在一旁，但手忙脚乱，却将缰绳一扯，用力太过，马顿时往后退了两步。她心里更慌，将缰绳拉得更紧，那马是一匹纯种的霍士丹，平日是极娇嫩的，受了这两次逼迫，长嘶一声就撒开四蹄向前冲去。她猝不及防，差一点从马上摔下来，幸好反应敏锐，身子用力前俯，才算没有跌下马来，可是马却发了狂一样横冲直撞向前狂奔，眼睁睁向对面那一骑冲去。

对方骑手却很冷静，见势不对，一提缰绳偏过马首让她过去，两骑相交的那一刹那，眼疾手快已牵住她的缰绳。那马又是一声长嘶，奋力一挣，她只觉得一颠，已失去平衡直跌下去，电光石火的一瞬间，一双臂膀已勾住她的腰。发辫散了，她瀑布似的长发在风中纷纷散落，划成乌亮的弧扇。天旋地转一样恍惚，只看到一双眼睛，像适才的湖水一样幽暗深邃，阳光下似有碎金闪烁，直直地望着她。

天与地都静下来，只剩下他和她。这样近，她从未离男子这样近，几乎已经是近得毫无阻碍。他身上有淡淡的烟草芳香与薄荷水的味道，他的手臂还箍在她腰际，隔着衣衫仍觉察得到那臂上温热的体温。他的额发让风吹乱了，绒绒地掠过明净的额头，他问："你是谁？"她惊恐到了极点，不知道该怎样解释一切，更不知道他是什么人。极度的慌乱里只一低头，如水的长发纷纷扬扬地垂落下来，仿佛想借此遮住视线，便很安全。

杂沓的马蹄声传来，两三骑从山坡上下来，几人都是一样的黑色骑装，远远就担心地喊："三公子，出事了吗？"

他回头说："没事。"又低头问她，"你有没有受伤？"她下意识摇了摇头。那几骑已经赶上来，在他们面前下马，几个人都用惊疑不定的神色看着她。她越发地慌乱，本能地向后一缩。他却是很自然地轻轻在臂上加了一分力道，仿佛是安慰她，口中说："没事，已经没事了。"

他转脸对那几人说话，口气顿时一变，极是严厉，"这位小姐不会骑马，谁放她独自在马场的？这样危险的事情，非要出了事故你们才称意？"几句话便说得那几人低下头去。素素渐渐定下神来，看到那边两骑并辔而来，正是牧兰与许长宁。看到熟人，她心里不由一松，这才发觉自己竟仍在他怀抱中，脸上一红，说："谢谢，请放我下来。"她又羞又怕，声音也低若蝇语。他却听见了，翻身下马，转过身不假思索地伸出手，她略一踌躇，终于还是将手交到他手里，只觉身体一轻，几乎是让他抱下来的。

刚刚站定，牧兰与许长宁也已纵马奔了过来。许长宁"咦"了一声，下马后也和那些人一样，叫了声："三公子。"又笑了一笑，"刚刚才和长宣说呢，说是锦瑞来了，你说不定也会过来。"牧兰也下了马，几步抢过来牵住素素的手，惊讶地连声问："怎么了？"她是极聪明的人，看情形也明白了几分，又问，"你没摔到吧？"

素素摇了摇头，只见那三公子漫不经心地用手中的鞭子敲着靴上的马刺，却冷不防突然转脸望向她。正好一阵风吹过，她用手理着长发，缓缓垂下头去。只听他说："你在我这里请客，却不好好招待人家小姐，万一摔到了人，看你怎么收场。"许长宁笑道："亏得你及时出现啊。"素素只在心里诧异，听他的口气，却原来是这马场的主人。这样气派非常的马场，万万想不到竟是这样一个年轻的主人。却听他道："长宁，晚上请我吃饭吧。你们家大司务的蟹粉狮子头，倒颇有几分真传。"许长宁笑逐颜开，"你这样一夸，我真是受宠若惊呢。"那三公子与他似是熟不拘礼的，只笑道："你会受宠若惊才怪，咱们一言为定。"旁边的侍从却趋前一步，在他耳畔轻轻地说了句什么。那三公子眉头一扬，许长宁问："怎么？"他笑着说："我自己忘了，父亲让我下午去芒湖看新机场呢。"抬头眯起眼看了看太阳，说，"左右是迟了，回头只好撒谎了。"

许长宁见几个侍从都是一脸的难色，便笑道："瞧你们这点胆量，真是给你们三公子丢人，他都不怕，你们怕什么？"三公子笑着说："你别在这里激将，我说话算话，今天晚上定要去府上叨扰的。回头我给老宋打个电话，万一父亲问起来，叫他替我圆谎就是了。"

许长宁听他这样说，果然高兴，突然想起来，说："竟没有替两位小姐介绍。"于是说，"牧兰、任小姐，这是慕容三公子。"那三公子却道:"外人面前也这样胡说?我有名字,慕容清峰。"

牧兰适才听他与许长宁对话,已隐约猜到他身份不一般,这才知晓竟是赫赫有名的慕容三公子。只见他年纪不过二十出头,手中把玩着那条蟒皮马鞭,虽是一脸的漫不经心,但当真是芝兰玉树一般风度翩翩。许长宁本来也是一表人才,竟是相形见绌。只在心里想,原来他长得还是像他的母亲,报纸上常常见到她的照片,雍容华贵。

许长宁果然即刻往家里挂了电话,叫人预备请客。及至傍晚时分,一切俱已妥当。素素本不欲去,但牧兰只觉得此去许府,虽非正式,但是是意外之喜,哪里肯依她,只软语央求她做陪。几乎是半求半劝,将她拉上汽车。

【六】

许府里的晚宴只算是便宴,但豪门世家,派头自然而然地在举手投足间。连牧兰都收敛了平日的声气,安安静静似林黛玉进贾府。好容易一餐饭吃完。仆人送上咖啡来,慕容清峰却一扬眉,"怎么喝这个?"许长宁笑道:"知道,给你预备的是茶。"果然,用人另外送上一只青瓷盖碗。慕容清峰倒是一笑,"你真是阔啊,拿这个来待客。"许长宁道:"我怕你又说我这里只有俗器呢!"慕容清峰道:"我平常用的那只乾隆窑的雨过天青,有回让父亲看到了,老人家不知为什么心里正不痛快,无端端说了一句'败家子',真是触霉头。"

一旁的许长宣却插话道："夫人日常待客用的那套，倒是极好的钧窑。"慕容清峰笑道："如今母亲也懒怠了，往年总是喜欢茶会与舞会，今年家里连大请客都少了。"一面说，一面却抬手看表，"要走了，父亲说不定已经派人找我了。"

许长宁也不挽留，只是亲自送出去。牧兰与素素不过多坐了一刻钟，也就告辞。许长宁派车送她们回去。牧兰家在市区里头，素素却住在市郊，于是车子后送她回去，她道了谢，目送许府的车子离开，才转身往巷子里走。

秋天的晚上，路旁草丛里都是虫声唧唧。倒是一轮好月，泼泼溅溅的银色月光，照得路面似水似镜一样平滑光亮。她借着那月色在手袋里翻钥匙，她住的房子是小小的一个院落，篱笆下种着几簇秋海棠，月色里也看得到枝叶葳蕤。院门上是一把小铁锁，风雨侵蚀里上了锈，打开有点费力，她正低头在那里开锁，却听身后有人道："任小姐。"

她吓了一跳，手一抖钥匙就掉在了地上。转身只见来人倒有三分面善，只想不起在哪里见过。那人微笑着说道："任小姐，鄙姓雷，鄙上想请任小姐喝杯茶，不知任小姐肯不肯赏脸？"她这才想起来，这位雷先生是那三公子的侍从，在马场与许府都不离左右，怪不得自己觉得面善。他既称鄙上，定是那慕容三公子了。她心中怦怦直跳，说："太晚了，下次有机会再叨扰慕容先生。"那雷先生彬彬有礼，说："现在只八点钟，不会耽误任小姐很久的。"她极力地婉言相拒，那雷先生只得转身向巷边走去，她这才看到巷边停着两部黑色的车子，都泊在墙壁的阴影里，若非细看，一时真看不到。过了片刻，只听到轻轻的脚步声，她以为是那雷先生回来了，心里怯意更深，只是那柄小小的钥匙不知掉在了哪里，越急越找不见。

　　来人走得近了，月色照在脸上清清楚楚，却是那慕容清峄本人。她做梦也想不到他会突然出现在这样的陌巷中，又惊又怕，往后退了一步。他却含笑叫了一声"任小姐"，举目环顾，道："你这里真是雅静。"

　　她心里怕到了极点，他伸出手来握住她的手，她又惊又怒，连挣扎都忘了。他却一抬手，拂过她的长发，纷纷扬扬重新栖落肩头，她大惊失色，跟跄着往后退，身后却是院门了。她一颗心几欲跳出胸腔，"慕容先生，请你放尊重一点，我有男朋友。"

　　他的眼睛在月光下闪烁不定，唇际似有笑意。她背心里沁出冷汗，他抓住她的手，往车子那边走。她心里只是恍恍惚惚，走到车前才想起来要挣开，只向后一缩，他却用力一夺，她立不住脚，趔趄向前冲去。他就势揽住她的腰，已上了车子。旁边的侍从关好车门，车子无声地开动了。她惊恐莫名，"你带我去哪里？"

　　他不答话，好在除了握着她的手，他并没有旁的令她不安的举动。车子走了许久许久才停，一停下来就有人替他们打开车门。他先下车，转身依然伸出手来，她背心里的衣裳已经全汗湿了，只像尊大理石雕像一样，坐在那里一动不动。他执意地伸着手，她到底是拗不过，终于还是下车来。四周都是参天的树木，拱围着一幢西洋式的建筑。疏疏密密的路灯与庭灯，只显得庭院深深。

　　他说："有样礼物送给你。"依旧携了她的手，顺着甬石小径往庭院深处走。她好似做梦一般，磕磕绊绊跟他走进另一重院落，只听他说："开灯。"瞬时华灯大放，她倒吸了一口气。

　　竟是一望无际的碧荷，两岸的灯像明珠成串，一直延伸开去。灯光辉映下，微风过处只见翠叶翻飞，亭亭如盖。时值深秋，这里的莲花却开得恬静逸美，挨挨挤挤的粉色花盏，似琉璃玉碗盛波流光，又似浴月美人凌波而立，这情景如梦似幻，直看得她痴了一般。

他微笑，"好看吗？这里引了温泉水，所以十月间还有这样的美景。"

她微微笑着，颊上浅浅梨涡忽现，长长的睫毛微微颤动，仿佛西风吹过芙蓉，露出疏疏密密的花蕊，过了半晌才轻声说道："好看。"

他轻轻一笑，停了一停，问："你叫什么名字？"

荷的香气似有若无，荷塘里缭绕着淡淡的水烟，一切恍若幻境。她低下头去，"任素素。"

他低声念道："素素……素衣素心，这名字极好。"她抬眼看他正瞧着自己，只觉得面上微微一红，又缓缓垂下头去。那灯光下只见凉风吹来，她颈间的碎发轻轻拂动，越发显得肤如凝脂。他不由问："为什么不笑了？你笑起来很好看。"素素听他这样说，心里不知为何害怕起来，只是垂首无语。他伸手轻轻抬起她的脸，说道："名花倾国两相欢，嗯……这诗虽然是旧喻，可是这芙蓉与你，正是两相辉映。素素，你不明白我的心意吗？"她仓促地往后退了一步，说道："三公子，我……"他却猝然吻上来，她只觉得呼吸一窒，唇上的温暖似乎能夺去一切思维，只剩下惊恐的空白。她挣扎起来，他的手臂如铁箍一般，她慌乱里扬手抓在他脸上，他"呀"了一声，吃痛之下终于放开手。

她又惊又怕，一双眼里满是慌乱。他用手按一按伤处，她只听到自己浅促的呼吸，一颗心像是要跳出来了。他只是沉默着，过了片刻方微笑道："我今天才知道，原来我这样令人讨厌。"

她吃力地呼吸着，背心里的衣裳汗湿了，夜风吹来瑟瑟生寒。她说："我要回家。"慕容清峰又沉默了片刻，才道："好吧，我叫人送你回去。"

到了车上，她才发现额头上都是涔涔的冷汗。手腕上让他捏出两道红痕，她心里隐隐只是后怕。只见车窗外的灯明灭忽闪划过视线，仿佛流星转瞬即逝，又仿佛夏日里的萤火，乍现乍隐。她腕上只是隐约地痛，可是心里的恐惧，却是越来越清晰。

上午十点钟，官邸里才渐渐见到用人走动。游泳池边的菊花开得正好，特意搭了花架子摆放，只见一片姹紫嫣红争奇斗艳，花开得繁乱如锦，朝阳的光线照出淡淡的金色，映在花上似成了一匹五色流溢的瀑布，分外好看。早餐台就摆在花架前，早餐照例都是西餐厨子的差事。三个人用餐，偶尔听见刀叉轻轻地一碰，重归沉寂，安静得连院落那头喷泉哗哗的吐水声都清晰可闻。正在这时候，走廊上遥遥传来皮鞋走路的声音。李柏则抬起头来，还没看到人，那脚步声走到拐角处，却听不见了，想必是从后门进宅子里去了。他不由面露微笑，对身旁的妻子说："准是老三回来了。"锦瑞放下刀叉，端起咖啡浅尝一口，才说道："母亲，你也不管管老三，由着他身边的人纵着他乱来。瞧他这偷偷摸摸的样子，要是叫父亲看到，准又得生气。"

慕容夫人微微一笑，将脸一扬，放下手里的餐巾。旁边的用人连忙走上前来，只听她吩咐："去看看，是不是老三回来了，若是他就叫他来见我。"用人依言去了，过了片刻，果然引着慕容清峰来了。他已经换了衣服，见了三人，笑容可掬，"今天倒是齐全，母亲、大姐、姐夫都在。"慕容夫人却道："少跟我这里嘻皮笑脸，我问你，你昨天晚上怎么没回来？你父亲昨天叫人四处找你，这回我不管了，回头你自己跟他交代去。"

慕容清峰却仍是笑着，"父亲找过我？他老人家定是忘了，我昨天奉命去芒湖了，天太晚没能赶回来。"一面说，一面拖了椅子坐下来。锦瑞却嗤地一笑，放下杯子道："老三，少在这里撒谎，你倒是说说，这是什么？"说着往他面上一指，慕容夫人这才留神注意，原来左边眼睛下却有一道细长血痕，连忙问："这是怎么弄的？"

慕容清峰笑着说："昨天在山上，树枝挂的。"慕容夫人却脸色一沉，说："胡扯，这明明像是指甲划的。"锦瑞仔细端详那划伤，抿嘴一笑，"我看准是让女人抓的。"

慕容清峰笑道："姐夫，你听听大姐这话，难为你受得住她这么多年。"慕容夫人道："你少在这里插科打诨想浑水摸鱼，你在外头的那些事，你父亲是不知道，要是知道了，看不要你的命。"

慕容清峰见她板起面孔来，却轻轻一笑，说："妈，别生气啊，医生不是说生气会生皱纹么？"一面说，一面向锦瑞使眼色，"大姐，母亲要是添了皱纹，就是你多嘴的缘故。"锦瑞笑道："你只会栽赃陷害，母亲生气，也是你惹的，关我什么事了？"

慕容清峰笑道："我哪里敢惹母亲不高兴，我还指望母亲替我说情呢。"慕容夫人道："我反正管不了你了，回头只有告诉你父亲，叫他教训你，你才记得住。"

慕容清峰便极力显出懊恼的神色来，说："左右是躲不过，罢了罢了，硬着头皮不过挨一顿打罢了。"慕容夫人叹了口气，道："你自己想想，上次你父亲发了那样大的脾气，你怎么就不肯改一改？外头那些人，都不是好东西，正经事不会办，只会出些花花点子。"

锦瑞又是嗤地一笑，说："母亲，您这话偏心。只不过天下的父母，都是这样偏心。总以为自己的孩子是好孩子，就算犯了错，那也是别人教唆。"

慕容夫人嗔道："你这孩子。"却明知她说的是实话，自己倒真是心存偏颇，只因为长子早夭，这小儿子未免失于骄纵。但到底是爱子心切，于是问慕容清峄："还没吃早餐吧？"回头对用人道，"叫厨房再做一份来。"

又细细看他脸上的伤，问："到底什么人抓的？这样下得了狠手，再往上去，怕不伤到眼睛？"又问旁边的人，"昨天跟老三的人是哪几个？"

慕容清峄却说："妈，又不是什么伤筋动骨的大事，您这样兴师动众地找他们来问，万一嚷嚷到父亲耳朵里去，只怕真要伤筋动骨了。"

这时李柏则方才笑道："母亲放心，老三说没事，就是没事。"锦瑞也笑，"他这也算吃了亏？咱们老三，从来都是女人吃他的亏，断然没有他吃女人亏的道理。"慕容清峄笑道："大姐，你今天怎么就不肯饶我了？"锦瑞道："我这是为了你好。"又说，"现如今你是野马，难道真没有套上笼头的一天？回头我要告诉康小姐，看她是什么想法。"

慕容清峄却怫然道："做什么要提她？她算是我什么人了？"他们姐弟斗嘴，慕容夫人是司空见惯，见儿子生了气，这才道："我正要问你呢，这两个月倒没见着她上家里来，你和她是怎么了？"

慕容清峄道："我和康敏贤早就一拍两散了，你们以后也别拿她来说。"锦瑞说:"敏贤人漂亮,又聪明和气,世交里头,难得有她这样出众的女孩子,连父亲都赞她'敏慧贤良,人如其名'。你为什么这样对人家?"慕容清峄只是不耐烦,说:"母亲,我还有公事,要先去一趟。"不待锦瑞再说什么,就站起来。

慕容夫人见他匆匆走了,方才道:"锦瑞,你今天是怎么回事?"锦瑞道:"我是为了他好,老三年轻荒唐,我怕他闹出什么事来,回头让父亲知道了,大家吃不了兜着走。"

慕容夫人道:"就是年轻,才成日拈花惹草的。谁不是这样过来的?只要他不弄出事端来,我就睁一只眼闭一只眼由他去。你父亲平日里最看紧他,我要是再逼他,只怕要弄僵的。老三的脾气你还不知道,性子上来了,谁的话都不听。上回你父亲那样生气,他连一声都不吭,若是肯说一句软话,何至于惹得你父亲大发雷霆?要不是我进去拦住,不知道你父亲还会怎样。"又说,"父子两个,一样的坏脾气。你父亲也是,顺手拿到什么就是什么,老三更是倔,眼睁睁瞧着拿了镇纸打过来,明知道会头破血流也不躲一躲,到如今那疤痕才叫头发挡住了。"

锦瑞笑道:"妈,父亲不过教训了他一次,您就说了多少回了?这才叫打在儿身,痛在娘心。"

却说素素旷了一日课,牧兰下了课就去找她。路太远,于是她坐了三轮车过来,在巷口下了车走进去,正是黄昏时分,家家户户都在做晚饭。路旁的煤球炉子上,炖着热气腾腾的砂锅,三五成群的小孩子在巷子里玩耍,笑声又尖又利。牧兰远远只见院门关着,心里于是思忖,难道不在家?走近了才看见,院门原来只是虚掩着的。她推门进去,在院子里叫了一声:"素素。"

不见回答，往前走了几步，只见门也只是虚掩的，于是又叫了一声："素素。"屋内并没有开灯，向西的窗子里射进来几缕斜阳，朦胧的光线里，只见她躺在床上，听见脚步声，才慢慢转过身起来，问："你怎么来了？"

牧兰听她说话的声音倒还似平常，她是常来的，随手就开了灯，"咦"了一声问："你脸色怎么这样难看，是不是病了？"

素素摇了摇头，"我只是头痛，所以想睡一会。"牧兰说："我就知道你是不舒服，不然不会旷课的。"又说，"晚上长宁请客，还打算请你一起呢。"

素素拢起纷乱的长发，不知为何就怔了一怔。牧兰又说："并没有别人，就是他和长宣，请我们两个吃扬州菜。"

素素说："我这样子，实在不能去了，牧兰，真对不起。"牧兰笑道："快快起来梳个头洗个脸，我保证你就有精神了。"又说，"你就是闷出来的病，出去吃饭走动走动，说不定就好了。"素素强自一笑，说："我实在是不想去。"牧兰拖着她的手，"再不舒服也得吃饭啊。我记得你最爱吃扬州菜的，这回是在二十四桥，正宗的淮菜馆子。"不由分说，将她推到洗脸架子前，"快洗把脸换件衣服。"

【七】

素素无奈，只得草草梳洗过了跟她出去。那二十四桥是眼下正时髦的馆子，她们在门口下车，侍者恭恭敬敬引她俩入三楼的包厢里去。那包厢里许氏兄妹早就到了，四人在桌旁坐定，自有人沏上茶来。先上点心，却是运司糕、洪府粽子、酥儿烧饼、甑儿糕四样。素素只见杯中茶色碧绿，闻着倒是有一股可喜的清香。旁边侍者轻声在许长宁耳边问了一句什么，只听许长宁道："再等一等，主人还没到呢。"素素听到他这样说，心里倒有一种说不出的烦乱。他的话音未落，只听那包厢的门已经打开，隔着屏风只听到脚步声，她心里怦怦直跳，果不然，许长宁笑着站起来，"三公子，你这做东的人，怎么反倒来得最迟？"

只听他笑道："临时有事耽搁了，让你们都等着，真是抱歉。"素素这才抬起头来，只见他一身的戎装，随手将帽子取下来，交给身后的侍从，那目光却向她望来，她连忙低下头去喝茶，不防那茶已经温吞了，喝在嘴里略略有点涩。只听许长宁说："连衣裳都没换就赶过来了，也算你真有几分诚意。"

他笑道："不止几分，是十足诚意。"

一样样上菜，那菜色果然精致，侍者服务亦是极殷勤的。素素没有心思，不过浅尝辄止。中式的宴席是极费时间的，等最后一道汤上来，差不多已经两个钟头。许长宁说："回头咱们打牌去吧。"牧兰道："我和素素可是要回去了，明天还有课。"许长宁说："也好，我送你回去。"停了一下，又道，"我的车子，咱们三个人就坐满了，三公子，麻烦你送任小姐吧。"

素素忙道："不用了，我搭三轮车回去，也是很方便的。"牧兰也道："我和素素一块儿搭车回去好了。"许长宁却说："已经这样晚了，路又远，你们两个女孩子，总归叫人不放心。不过是麻烦三公子一趟罢了。"说完站起来牵了牧兰的手，回头招呼许长宣，"我们走吧。"许长宣却向素素微微一笑，三人翩然而去。

包厢里顿时只剩了他们二人，她默默地站起来，手心里发了汗，只觉得腻腻的，那手袋也似有了千斤重，低着头跟着他走出来，直到了车上，他才问："听说你不舒服，是不是病了？"她摇一摇头。她今天是匆忙出来的，穿着一件白底丁香色碎花的短旗袍，倒衬出尖尖的一张瓜子脸，格外楚楚可怜。她见他目不转睛看着自己，越发觉得窘迫，只得缓缓低下头去。只听他轻轻笑了一声，说："你真是孩子脾气，还为我的唐突生气呢？"停了一停，又说，"好了，就算是我的不是吧。"她听他这样说，只是低着头。路并不好走，车子微微颠簸，他却伸手过来，说："送你的。"

是只小小锦盒，她不肯接，他打开来让她看。原来是一对手镯，绿盈盈如两泓碧水。她虽不识得所谓"玻璃翠"，但看那样子宝气流光，于是摇了摇头，"这样贵重的东西，恕我不能收。"他倒也不勉强，只问她："那么这个礼拜，再去骑马？"

她只是摇头。车子里安静下来，过了片刻，已经到了巷口了，她倒似轻轻吁了口气，下车后仍是很客气地道了谢。慕容清峰见她进了院门，方才叫司机："开车吧。"

雷少功只见他将锦盒上的缎带系上，又解开，过了片刻，又重新系上，如是再三，心里诧异，于是问："三公子，回双桥？"

慕容清峰道："回双桥去，母亲面前总要应个卯才好。"

官邸里倒是极热闹，慕容夫人请了几位女客来吃饭，宴席刚散，一众女客都聚在西廊外侧的客厅里喝茶，听昆曲的一位名家清唱《乞巧》。慕容清峰见都是女客，于是在门外略停了一停。锦瑞一抬头看见了他，叫："老三，怎么不进来？"他便走进去，叫了一声："母亲。"慕容夫人却笑着说："今天回来得倒早，怎么连衣服都没换？"

他答："一回来就过来了。"只见慕容夫人目不转睛望着台上，乘机道，"我去换衣服。"于是走出来上楼去。等换了西服下来，见西客厅里依旧是笑语喧哗，便从走廊一直向左，走到宅子前头去，吩咐要车。侍从室不防他刚刚回来就要出去，雷少功问："是去端山吗？"他沉着脸说："啰嗦！"

雷少功知道他的脾气，于是不再多问，叫人又开了车出来。等上了车，才听他吩咐："我不管你用什么法子，将任小姐带到端山来见我。"雷少功听了这一句，口里应着"是"，心里却很为难，不过素知这位三公子的脾气，没有转圜的余地。

他是最得用的侍从，跟在身边久了，到底是半友的身份。慕容清峄见他的样子，终究是绷不住脸，笑着说："没出息，上次叫你去约叶芳菲，也没见你为难成这样子。"雷少功听他这样说，知道事情已经算摆下了，于是也笑容可掬地答："叶小姐虽然是大明星，可是听说三公子请她吃饭，答应得不知有多痛快。可是这任小姐……"

一面说，一面留神慕容清峄的脸色，果然他心里像是有事，只是怔忡不宁的样子，过了片刻，倒叹了口气。雷少功听他声气不悦，不敢做声。见他挥了挥手，示意他可以离去，于是退出来回侍从室的值班室里去。

晚上公事清闲，值班室里的两个同事正泡了一壶铁观音，坐在那里聊天。见他进来，问他："三公子要出去？"雷少功答："原本是要出去的，又改了主意。"一位侍从就笑起来，"咱们三公子，也有踢到铁板的时候。"侍从室的规定很严格，虽然都是同事，但也只说了这一句，就连忙一笑带过，讲旁的事情去

了。雷少功坐下来喝茶，心里也在思忖，那位任小姐，果然是
有一点脾气——只愿三公子不过是一时心血来潮，明日遇见了旁
人，自然就撂开了才好。

第二日是雷少功轮休，正好他的一位同学回国来，一帮朋友
在凤凰阁接风洗尘。年轻人经年不见，自然很是热闹，他回家去差
不多已经是晚上七八点钟。刚刚一到家，就接到侍从室的电话，便
连忙赶回端山去。远远看见当班的侍从站在雨廊下，而屋里已静悄
悄的，于是悄无声息地走进去。只见地上一只花瓶摔得粉碎，瓶里
原本插着的一捧红衣金钩狼藉地落在地上，横一枝竖一枝，衬着那
藏青色的地毯，倒似锦上添花。他小心地绕开七零八落的折枝菊
花，走到房间里去，只见慕容清峄半躺在紫檀榻上，手里拿着一本
英文杂志，可是眼睛却望在屏风上。他叫了一声："三公子。"他
"唔"了一声，问："今天你不是休假吗？"

雷少功看这光景，倒猜到了几分。知道他脾气已经发完了，
于是笑着道："左右在家里也是闷着，就过来了。"又说，"何
苦拿东西出气，我老早看上那只雍正黄釉缠枝莲花瓶，一直没敢
向你开口，不曾想你今天就摔了。"他一脸惋惜的样子。慕容清
峄知道他是故意说些不相干的事情，手里翻着那杂志，就说：
"少在这里拐弯抹角的，有什么话就说。"

雷少功应了一声："是。"想了一想，说，"三公子，要
不这个礼拜打猎去，约霍宗其和康敏成一起。"慕容清峄放下手
中的杂志，欠身起来，说："叫你不用拐弯抹角，怎么还是啰
嗦？"雷少功这才道："那任小姐虽然美，到底不过是个女人，
三公子不用放在心上。"

慕容清峄问："谁又多嘴告诉你了？"雷少功道："三公子

这样发脾气，他们自然不敢隐瞒。"慕容清峰道："少在这里跟我打官腔。"到底心里还是不痛快，停了一停，才说："我原以为，她说有男朋友只是一句托词。"

雷少功看他脸上，竟有几分失落的神色，心里倒是一惊。只见他左眼下的划伤，伤痕已只剩了淡淡的一线，却想起那日荷花池畔的情形来，连忙乱以他语："晚上约冯小姐跳舞吧，我去打电话？"慕容清峰却哼了一声。雷少功怕弄出什么事情来，慕容沣教子是极严厉的，传到他耳中，难免是一场祸端。只说打电话，他走出来问侍从："今天到底是为了什么？"他兼着侍从室副主任的职位，下属们自然不会隐瞒，一五一十地向他说明："下午五点多钟，三公子去凡明回来，车子在码头等轮渡，正巧看见任小姐和朋友在河边。"他又问了几句，心里有了数，想着总归是没有到手，才这样不甘心罢了。一抬头看见慕容清峰走出来，连忙迎上去，问："三公子，去哪里？"

慕容清峰将脸一扬，说："哪儿也不去，我就在这里，你去。"他听了这一句话，心里明白，可是知道不好劝，到底年轻，又不曾遇上过阻逆，才养成了这样的性子。雷少功沉默了半晌才说："万一先生……"

慕容清峰却道："我们的事，父亲怎么能知道？除非你们去告密。"说出这样的话来，可见是又动了气，雷少功只得应了一声"是"，要了车子出去。

雷少功走了，宅子里又静下来。这里只是他闲暇时过来小住的地方，所以并没有什么仆佣之辈，侍从们也因为他发过脾气的缘故，都在远处。他顺着碎石小径往后走，两旁都是花障，那些藤萝密实的暗褐色叶隙间开了一朵一朵白色的小花，仔细看去才知道是菊花夹在中间。他一直走到荷池前，一阵风过，吹得池中荷叶翻飞，像无数的绿罗纱裙。忽然想起那日，她穿一身碧色的衣裳，乌沉沉的长发垂在胸前，眼睛似是两泓秋水，直静得令人出神——笑起来，亦是不露齿的轻笑，可是嘴角向上轻轻一扬，像是一弯新月，引得他想一亲芳泽——脸上的划痕，如今已经淡下去了，却到底叫他平生第一次遇上反抗。心里的焦躁不安，叫凉凉的秋风吹得越发喧嚣。

他又站了片刻，侍从已经寻来，"三公子，任小姐到了。"

端山别墅的房子虽然小，但是布置得十分精致。房间里倒是中式的陈设，紫檀家俬，一色的苏绣香色褥垫，用银色丝线绣出大朵大朵的芙蓉图案，看去灿然生辉。近门处却是一架十二扇的紫檀屏风，那屏风上透雕的是十二色花卉，木色紫得隐隐发赤，润泽如玉。落地灯的灯光透过纱罩只是晕黄的一团，像旧时的密炬烛火照在那屏风上，镂花的凹处是浓深的乌色，像是夜的黑。听到脚步声，素素的惧意越发深了，轻轻退了一步。慕容清峰见她面孔雪白，发鬓微松，显是受了惊吓。于是说："不要怕，是我。"她却惊恐地连连往后退，只退无可退，仓皇似落入陷阱的小鹿。乌黑亮圆的一双眼睛写满惊恐慌乱，直直地瞪着他，"我要回家。"他轻笑了一声，"这里不比家里好？"牵了她的手，引她走至书案前，将一只盒子打开，灯下宝光闪烁，辉意流转，照得人眉宇澄清。

他低声说："这颗珠子，据说是宫里出来的，祖母手里传下来，名叫'玥'。"他拈起链子，向她颈中扣去，她只仓促道："我不要，我要回家。"伸手去推却，却叫他抓住了手腕。他低低地叫了一声："素素。"她站不住脚，被他拉得向前失了重心，直扑到他怀里。她挣扎起来，可是挣不脱。他低头吻下来，她挣扎着扬起手，他却是早有防备，将脸一偏就让过去。她只想挣脱他的禁锢，但气力上终究是不敌。他的吻密密地烙在她唇上，烙在脸上，烙上颈中。她绝望里只是挣扎，指尖触到书案上冰冷的瓷器，却够不着。她拼尽了全力到底挣开一只手，用力太猛侧扑向书案，书案上那只茶杯"咣"一声叫她扫到了地上，直跌得粉身碎骨。

恐惧直如铺天盖地，她只觉身子一轻，天旋地转一样被他抱起。惶然的热泪沾在他的手上，她顺手抓住一片碎瓷，他眼明手快地握住她的手腕，夺下那碎片远远扔开。她急促地喘息，眼泪刷刷地流下来，可是到底敌不过他的力气。她呜咽着，指甲掐入他的手臂，他全然不管不顾，一味强取豪夺。她极力反抗着，眼泪沾湿了枕上的流苏，冰凉地贴在脸畔，怎么也无法避开的冰凉，这冰凉却比火还要炙人，仿佛能焚毁一切。窗外响起轻微的雨声，打在梧桐叶上沙沙轻响，渐渐簌簌有声。衣衫无声委地，如风雨里零落的残红。

到六点钟光景，雨势转密，只听得四下里一片哗哗的水声。乌池的秋季是雨季，水气充沛，但是下这样的急雨也是罕见。雷少功突然一惊醒来，掀开毯子坐起来，凝神细听，果然是电话铃声在响。过了片刻，听到脚步声从走廊里过来，心里知道出了事情，连忙披衣下床。值班的侍从已经到了房门前，"双桥那边的电话，说是先生找三公子。"

他心里一沉，急忙穿过走廊上二楼去，也顾忌不了许多，轻轻地敲了三下门。慕容清峰本来睡觉是极沉的，但是这时却醒来听到了，问："什么事？"

"双桥那边说是先生找。"

听了他这样说，慕容清峄也知道是出了事情了。不过片刻就下楼来，雷少功早已叫人将车子备好，上了车才说："并没有说是什么事，不过——"说到这里，顿了一下。天色还这样早，必是突发的状况，大约不是好的消息。

雨正下得极大，车灯照出去，白茫茫的汪洋似的水。四周只是雨声，哗哗响着像天漏了一样，那雨只如瓢泼盆浇，一阵紧似一阵。端山到双桥并没有多远的路程，因为天色晦暗，雨势太大，车速不敢再快，竟然走了将近一个钟头才到毕充河。毕充河之上，一东一西两座石拱长桥，便是双桥地名的来由。此时雨才渐渐小了，柏油路面上积着水，像琉璃带子蜿蜒着，只见河水混浊急浪翻滚，将桥墩比平日淹没了许多。而黑沉沉的天终于有一角泛了蓝，渐渐淡成蟹壳青，天色明亮起来。过了桥后，远远就看到双桥官邸前，停着十数部车子。

本来他们惯常是长驱直入的，但雷少功行事谨慎，见了这情形，只望了慕容清峄一眼。慕容清峄便说："停车。"叫车子停在了外头，官邸里侍从打了伞出来接。此时天色渐明，顺着长廊一路走，只见两旁的花木都叫急雨吹打得零落狼藉。开得正好的菊花，一团团的花朵浸了水，沉甸甸地几乎要弯垂至泥泞中。双桥官邸的房子是老宅，又静又深的庭院，长廊里的青石板皮鞋踏上去嗒嗒有声，往右一转，就到了东客厅了。

【八】

雷少功在客厅前就止步，从甬石小路走到侍从室的值班室里去。值班室里正接收今日的报纸信件——分类检点，预备剪切拆阅。他本来只是挂职，用不着做这些事，但是顺手就帮忙理着。正在忙时，只听门口有人进来，正是第一侍从室的副主任汪林达，他与雷少功是极熟络的，这时却只是向他点一点头。雷少功问："到底是什么事？"汪林达说："芒湖出了事——塌方。"雷少功心里顿时不安起来，问："什么时候的事？"汪林达说："五点多钟接到的电话，马上叫了宋明礼与张围过来——难免生气。"雷少功知道不好，可是嘴上又不能明说。

汪林达说："还有一件事呢。"雷少功见他迟疑了一下，于是和他一起走出值班室。此时已经只是毛毛细雨，沾衣欲湿。院子里的青石板地让雨水冲刷得干干净净。一只麻雀在庭院中间，一跳一跳地迈着步子，见两人走过，却扑扑飞上树枝去了。汪林达目视着那鸟儿飞起，脸上却隐有忧色，说道："昨天晚上，先生不知从哪里知道了三公子透支的事情，当时脸色就不好看。这是私事，论理我不该多嘴的，但今天早上又出了芒湖的事，先生只怕要发脾气。"雷少功知道大事不妙，只急出一身冷汗来。定了定神，才问："夫人呢？"

汪林达说："昨天上午就和大小姐去穗港了。"

雷少功知道已经是远水救不了近火，于是问："还有谁在？"

"现在来开会的，就是唐浩明他们。"

雷少功顿足道："不中用的，我去给何先生打电话。"汪林达说："只怕来不及。"话音未落，只见侍从官过来，远远道："汪主任，电话。"汪林达只得连忙走了。雷少功马上出来给何叙安打电话，偏偏是占线，好在总机一报上来电，那边就接听了。他只说："我是雷少功，麻烦请何先生听电话。"果然对方不敢马虎，连声说："请稍等。"他心里着急，握着听筒的手都出了汗。终于等到何叙安来接听，他只说了几句，对方是何等知头醒尾的人物，立刻道："我马上过来。"他这才稍稍放下心来，挂上电话走回值班室去。

侍从室里一个人都没有，静悄悄的越发叫人心里不安。他不知道里面的情形，正着急时一位侍从官匆忙进来了，说："雷主任你在这里——先生发了好大脾气，取了家法在手里。"他最怕听到的是这一句，不想还是躲不过，连忙问："他们就不劝？"

"几个人都不敢拦，三公子又不肯求饶几句。"

雷少功只是顿足，"他怎么肯求饶，这小祖宗的脾气，吃过多少次亏了？"却知道无法可想，只是着急。过了片刻，听说众人越劝越是火上浇油，越发下得狠手，连家法都打折了，随手又抓了壁炉前的通条——那通条都是白铜的。侍从室的主任金永仁抢上去挡住，也被推了一个趔趄，只说狠话："你们都给我滚出去！"那金永仁是日常十分得用的人，知道这次是闹得大了，连忙出来对侍从官说："还愣在那里？还不快去给夫人打电话。"

侍从官连忙去了。雷少功听金永仁这样说，知道已不可收拾。只得一直走到廊前去，老远看见何叙安的汽车进来，忙上前去替他开了车门。何叙安见了他的脸色，已经猜到七八分，一句话也不多问，就疾步向东边去。金永仁见到他，也不觉松了口气，亲自替他打开门。

雷少功在走廊里徘徊，走了好几个来回，才见两人搀了慕容清峄出来，急忙迎上去。见他脸色青灰，步履踉跄，连忙扶持着，吩咐左右："去叫程医生。"

慕容夫人和锦瑞下午才赶回来，一下车就径直往二楼去。雷少功正巧从房间里出来，见了慕容夫人连忙行礼，"夫人。"慕容夫人将手一摆，和锦瑞径直进房间去，看到伤势，自是不禁又急又怒又痛，垂泪安慰儿子，说了许久的话才出来。

一出来见雷少功仍在那里，于是问："到底是为什么，下那样的狠手打孩子？"雷少功答："为了芒湖的事，还有擅自向银行透支，另外还有几件小事正好归到一起。"慕容夫人拿手绢拭着眼角，说："为了一点公事，也值得这样？！"又问，"老三透支了多少钱？他能有多少花钱的去处，怎么会要透支？"

雷少功见话不好答，还未做声，锦瑞已经说道："母亲，老三贪玩，叫父亲教训一下也好，免得他真的无天无地胡闹。"慕容夫人道："你看看那些伤，必是用铁器打的。"又落下眼泪来，"这样狠心，只差要孩子的命了。"

锦瑞说："父亲在气头上，当然是抓到什么就打。"又说，"妈，你且回房间里休息一下，坐了这半日的汽车，一定也累了。"慕容夫人点一点头，对雷少功说："小雷，你替我好好看着老三。"这才去了。

黄昏时分又下起雨来，卧室窗外是一株老槐，雨意空濛里婆娑如盖。慕容清峄醒过来，倒出了一身的汗。见天色已黑，问："几点钟了？"雷少功连忙走上前答话："快七点钟了，是不是饿了？"慕容清峄道："我什么都不想吃。"又问，"母亲呢？"

雷少功答："夫人在楼下。"又说，"下午夫人去和先生说话，侍从们都说，这么多年，第一次看到夫人对先生生气。"

慕容清峄有气无力地说："她是心疼我——我全身都疼得厉害，你替我去跟母亲说，父亲还在气头上，多说无益，只怕反而要弄僵。"

雷少功道："先生说要送你出国，夫人就是为这个生气呢。"

慕容清峄苦笑了一声，说："我就知道，父亲这回是下了狠心要拾掇我了。"

雷少功道："先生也许只是一时生气。"正说话间，慕容夫人来了。雷少功连忙退出去。慕容清峄见母亲犹有泪痕，叫了一声："妈。"倒勾得慕容夫人越发地难受，牵了他的手说："你父亲不知是怎么了，一定要叫你出国去，你叫我怎么舍得。"

慕容清峄听她这样说，知道事情已经无可挽回，心里倒静下来，"出国也不算是坏事啊。"慕容夫人听了，点一点头，"你父亲的意思，是叫你出国再去念两年书。我想过了，替你申请一所好的学校，学一点东西回来，总会是有用处的。"停了一停又说，"你父亲也是为了你好，我虽然不赞成他的方式，但你有时候也太任性了，到了国外，就不像在家里了，拗一拗你这性子也好。"

慕容清峄就说："父亲打得我半死，您不过心疼了一会儿，又替父亲说教我。"

慕容夫人道："瞧你这孩子，难道你父亲不心疼你吗？你做错了事，好好认错才是，为什么要惹得你父亲大发雷霆？"

慕容清峄知道她嘴上这样说，心里到底是偏袒自己。于是笑嘻嘻岔开话说："母亲要替我申请哪所大学呢？要不我也去念母亲的母校好了。"终于惹得慕容夫人笑起来，"才刚疼轻了些又调皮，明知道我的母校是教会女校。"

他养了几日的伤，到底年轻，又没伤到筋骨，所以恢复得很快，这一日已经可以下楼。闷了几日，连步子都轻松起来。但走下楼去小客厅，倒规规矩矩地在门口就站住了。慕容夫人一抬头见了他，笑道："怎么不过来？"慕容沣也抬起头来，见是他，只皱了皱眉。慕容清峄只得走近叫了声："父亲。"

慕容沣说："我看你这轻浮的毛病，一点也没改。枉我将你放在军中，想以纪律来矫正你，却一点用处也没有。"慕容夫人怕他又生气，连忙说："出国的事我跟老三说过了，他自己也愿意去学习。"

慕容沣"哼"了一声，说道："这几日你就在家里复习英文，你那班人，我叫金永仁另外安排。要是你还敢出去生事，看我不打折你的腿！"

慕容夫人见慕容清峄只是垂头丧气，对丈夫说："好了，老三都伤成这样子，难道还会出门？"又对慕容清峄说道，"你父亲都是为你好，你这几日静下心来，将英文复习一下，出国用得上。"

慕容清峄只得答应着。这下子真是形同软禁，又将他的一班侍从全部调走，他每日在家里，只是闷闷不乐。待得他伤好，慕容夫人亲自送他去国外求学。

秋去冬至，冬去春来，岁月荏苒，光阴如箭，有去无回。流水一样的日子就像扶桑花，初时含苞待放，渐渐繁花似锦，开了谢，谢了又再开，转瞬已是四年。

又下起雨来，窗外雨声轻微，越发叫人觉得秋夜凉如水。化妆室里几个女孩子说笑打闹，像是一窝小鸟。素素一个人坐在那里系着舞鞋的带子，牧兰走过来对她讲："素素，我心里真是乱得慌。"素素微微一笑，说："你是大明星了，还慌场么？"牧兰说道："不是慌场啊，我刚刚才听说夫人要来，我这心里顿时就七上八下。"素素听到这一句，不知为何，怔了一怔。牧兰只顾说："听说慕容夫人是芭蕾舞的大行家，我真是怕班门弄斧。"素素过了半晌，才安慰她，"不要紧，你跳得那样好，红透了，所以她才来看你啊。"

场监已经寻过来，"方小姐，化妆师等着你呢。"牧兰向素素笑一笑，去她专用的化妆室了。素素低下头继续系着鞋带，手却微微发抖，拉着那细细的缎带，像绷着一根极紧的弦。费了好久的工夫，才将带子系好了。化妆室里的人都陆续上场去了，剩了她独自抱膝坐在那里。天色渐渐暗下来，窗外雨声却一阵紧似一阵。遥遥听到场上的音乐声，缠绵悱恻。戏里的人生，虽然是悲剧，也总有一刹那的快乐。可是现实里，连一刹那的快乐都是奢望。

化妆台上的胭脂、水粉、眉笔、唇红……横七竖八零乱地放着。她茫然地看着镜子，镜子里的自己宛若雕像一样，一动不动，脚已经发了麻，她也不觉得。太阳穴那里像有两根细小的针在刺着，每刺一针，血管就突突直跳。她不过穿着一件薄薄的舞衣，只是冷，一阵阵地冷，冷到全身的血液都似乎凝固了。她坐在那里，死死咬着下唇，直咬出血来，却想不到要去找件衣裳来披上。

外面走廊里突然传来喧哗声，有人进来，叫着她的名字："素素！"一声急过一声，她也不晓得要回答，直到那人走进来，又叫了一声，她才有些茫然地抬起头来。

是气急败坏的场监，"素素，快，牧兰扭伤了脚！最后这一幕你跳吉赛尔。"

她只觉得嗡的一声，天与地都旋转起来，她听到自己小小的声音，"不。"

场监半晌才说："你疯了？你跳了这么多年的B角，这样的机会，为什么不跳？"

她软弱地向后缩一缩，像只疲惫的蜗牛，"我不行——我中间停了两年没有跳，我从来没有跳过A角。"

场监气得急了，"你一直是方小姐的B角，救场如救火，只剩这最后一幕，你不跳叫谁跳？这关头你拿什么架子？"

她不是拿架子，她头疼得要裂开了，只一径摇头，"我不行。"导演和老师都过来了，三人都劝着她，她只是拼命摇头。眼睁睁看着时间到了，场监、导演不由分说，将她连推带揉硬推到场上去，大红洒金大幕缓缓升起，来不及了。

来不及了，音乐声响彻剧场，她双眼望出去，黑压压的人，令人窒息。几乎是机械的本能，随着音乐足尖滑出第一个朗德让。多年的练习练出一种不假思索的本能，arabesques、fouette、jete……流畅优美，额头上细密的汗濡濡湿，手臂似翼掠过轻展。灯光与音乐是充斥天地的一切，脑中的思想只剩了机械的动作。时间变成无涯的海洋，旋转的身体只是飘浮的偶人，这一幕只有四十分钟，可是却更像四十年、四百年……不过是煎熬，她只觉得自己像一尾鱼，离了水，被放在火上慢慢烤，皮肤一寸一寸绷紧，呼吸一分一分急促，却挣不脱，逃不了。结束是遥不可及的奢望，她想起来，想起那可怕的噩梦，仿佛再次被撕裂。绷紧的足尖每一次触地，都像是落在刀尖上，一下一下，将心慢慢凌迟。

音乐的最后一个颤声落下，四下里一片寂静，她听得到自己急促的呼吸声，她根本不敢望向台下，灯光炽热如日坠身后，有汗珠正缓缓坠落。

终于掌声如雷鸣般四起，她竟然忘记谢幕。仓促转身，将庄诚志晾在中场，场监在台畔急得脸色雪白，她这才想起来，回身与庄诚志一齐行礼。

下场后大家众星捧月一样围住她，七嘴八舌地称赞："素素，你今天真是跳得好极了。"她几乎已经在虚脱的边缘，任凭人家拖着她回化妆室。有人递上毛巾来，她虚弱地拿它捂住脸。她得走开，从这里走开。黑压压的观众中有人令她恐惧得近乎绝望，她只想逃掉。

导演兴奋地走来，"夫人来了。"

毛巾落在地上，她慢慢地弯下腰去拾，却有人快一步替她拾起，她慢慢地抬起头，缓缓站起身来。慕容夫人微笑着正走过来，只听她对身旁的人说："你们瞧这孩子生得多好，舞跳得这样美，人却更美。"

她只紧紧抓住化妆台的桌角，仿佛一放手就会支持不住倒下去。慕容夫人握了她的手，笑道："真是惹人爱。"导演在旁边介绍："夫人，她叫任素素。"一面说，一面从后面轻轻推了她一把。

她这才回过神，低声说："夫人，你好。"

慕容夫人笑着点一点头，又去和旁的演员握手。她站在那里，却似全身的力气都失尽了一样。终于鼓起勇气抬起眼来，远远只见他站在那里，依旧是芝兰玉树一般临风而立。她的脸色刹那雪白，她原来以为再也不会见到他，他的世界已经永远离她远去。狭路相逢，他却仍然是偏偓公子，连衣线都笔直如昔。

她仓促往后退一步，绝望的恐惧铺天盖地席卷而至。

小小的化妆室里，那样多的人，四周都是嘈杂的人声，她却只觉得静，静得叫人心里发慌。有记者在拍照，有人捧了鲜花进来，她透不过气来，仿佛要窒息。同伴们兴奋得又说又笑，牧兰由旁人搀着过来了，握着她的手跟她说话，她一个字也没听进去。她垂着眼睛，可是全身都绷得紧紧的，人家和她握手，她就伸手，人家和她拍照，她就拍照，仿佛一具掏空的木偶，只剩了皮囊是行尸走肉。

慕容夫人终于离开，大批的随员记者也都离开，一切真正地安静下来。导演要请客去吃宵夜，大家兴奋得七嘴八舌议论着去哪里，她只说不舒服，一个人从后门出去。

雨正下得大，凉风吹来，她打了个哆嗦。一把伞替她遮住了雨，她有些茫然地看着撑伞的人——他彬彬有礼地说："任小姐，好久不见。"她记得他姓雷，她望了望街对面停在暗处的车。雷少功只说："请任小姐上车说话。"心里却有点担心，这位任小姐看着娇怯怯的，性子却十分执拗，只怕她不愿意与慕容清峄见面。却不料她只犹豫了片刻，就向车子走去，他连忙跟上去，一面替她打开车门。

一路上都是静默，雷少功心里只在担心，慕容清峄虽然年轻，女朋友倒有不少，却向来不曾见他这样子，虽说隔了四年，一见了她，目光依旧专注。这位任小姐四年不见，越发美丽了——但这美丽，隐隐叫人生着担心。

【九】

端山的房子刚刚重新翻新过，四处都是崭新的精致。素素迟疑了一下才下车，客厅里倒还是原样布置。雷少功知道不便，替他们关上门就退出来。走廊上不过是盏小小的灯，晕黄的光线，照着新浇的水门汀地面。外面一片雨声。他们因为陪慕容夫人出席，所以穿着正式的戎装，衣料太厚，踱了几个来回，已经觉得热起来，他烦躁地又转了个圈子。隐约听到慕容清峄叫他："小雷！"

他连忙答应了一声，走到客厅的门边，却见素素伏在沙发扶手上，那样子倒似在哭。灯光下只见慕容清峄脸色雪白，他从来没有见过他这样子，吓了一跳，连忙问："三公子，怎么了？"慕容清峄神色复杂，目光却有点呆滞，仿佛遇上极大的意外。他越发骇异了，连忙伸手握着他的手，"三公子，出什么事了？你的手这样冷。"

慕容清峄回头望了素素一眼，这才和他一起走出来，一直走到走廊上。客厅里吊灯的余光斜斜地射出来，映着他的脸，那脸色还是恍惚的，过了半晌他才说："你去替我办一件事。"

雷少功应了"是"，久久听不见下文，有点担心，又叫了一声："三公子。"

慕容清峄说："你去——去替我找一个人。"停了片刻又说，"这件事情，你亲自去做，不能让任何人知道。"

雷少功又应了一声："是。"慕容清峄又停了一停，这才说："你到圣慈孤儿院，找一个孩子，七月七日生的，今年三岁了。"

雷少功应："是。"又问，"三公子，找到了怎么办？"

慕容清峄听了他这一问，却像是怔住了，良久才反问："找到了——怎么办？"

雷少功隐隐觉得事情有异，只是不敢胡乱猜测。听慕容清峄说道："找到了马上来报告我，你现在就去。"他只得连声应是，要了车子即刻就出门去了。

慕容清峄返回客厅里去，只见素素仍伏在那里一动不动，神色恍惚，就伸出手去，慢慢摸着她的头发。她本能地向后一缩，他却不许，扶起她来，她挣扎着推开，他却用力将她揽入怀中。她只是挣扎，终究是挣不开，她呜呜地哭着，就向他臂上狠狠咬下去，他也不松手，她狠狠地咬住，仿佛拼尽了全身的力气。他一动不动，任凭她一直咬出血来，他只是皱眉忍着。她到底还是松了口，依旧只是哭，一直将他的衣襟哭得湿透了，冰冷地贴在那里。他拍着她的背，她执拗地抵着他的胸口，仍然只是哭泣。

她直到哭得精疲力竭，才终于抽泣着安静下来。窗外是凄清的雨声，一点一滴，檐声细碎，直到天明。

天方蒙蒙亮，雨依旧没有停。侍从官接到电话，蹑手蹑脚走进客厅里去。慕容清峄仍然坐在那里，双眼里微有血丝，素素却睡着了，他一手揽着她，半靠在沙发里，见到侍从官进来，扬起眉头。

侍从官便轻声说："雷主任打电话来，请您去听。"

慕容清峄点一点头，略一动弹，却皱起眉——半边身体早已麻痹失去知觉。侍从官亦察觉，上前一步替他取过软枕，他接过软枕，放在素素颈后，这才站起来，只是连腿脚都麻木了，半晌待血液流动，这才去接电话。

雷少功一向稳重，此刻声音里却略带焦灼，"三公子，孩子找到了，可是病得很厉害。"

慕容清峄心乱如麻，问："病得厉害——到底怎样？"

雷少功说："医生说是脑炎，现在不能移动，只怕情况不太好。三公子，怎么办？"

慕容清峄回头去，从屏风的间隙远远看着素素，只见她仍昏昏沉沉地睡着，在睡梦之中，那淡淡的眉头亦是轻蹙，如笼着轻烟。他心里一片茫然，只说："你好好看着孩子，随时打电话来。"

他将电话挂掉，在廊前走了两个来回。他回国后身兼数职，公事繁杂，侍从官一边看表，一边心里为难。见他的样子，倒似有事情难以决断，更不敢打扰。但眼睁睁到了七点钟，只得硬着头皮迎上去提醒他："三公子，今天在乌池有会议。"

他这才想起来，心里越发烦乱，说："你给他们挂个电话，说我头痛。"侍从官只得答应着去了。厨房递上早餐来，他也只觉得难以下咽，挥一挥手，依旧让他们原封不动撤下去。走到书房里去，随手拣了本书看，可是半天也没有翻过一页。就这样等到十点多钟，雷少功又打了电话来。他接完电话，头上冷冷的全是汗，心里一阵阵地发虚，走回客厅时没有留神，叫地毯的线缝一绊，差点跌倒，幸好侍从官抢上来扶了一把。侍从官见他脸色灰青，嘴唇紧闭，直吓了一大跳。他定一定神，推开侍从官的手，转过屏风。只见素素站在窗前，手里端着茶杯，却一口也没有喝，只在那里咬着杯子的边缘，怔怔发呆。看到了他，放下杯子，问："孩子找到了吗？"

他低声说："没有——他们说，叫人领养走了，没有地址，只怕很难找回来了。"

她垂下头去，杯里的水微微漾起涟漪。他艰难地说："你不要哭。"

她的声音低下去，"我……我不应该把他送走……可是我实在……没有法子……"终于只剩了微弱的泣声。他心里如刀绞一样，自己也不明白为何这样难受，二十余年的光阴，他的人生都是得意非凡，予取予求，到了今天，才蓦然发觉无能为力，连她的眼泪他都无能为力，那眼泪只如一把盐，狠狠往伤口上撒去，叫人心里最深处隐隐牵起痛来。

雷少功傍晚时分才赶回端山，一进大门，侍从官就迎上来，松了一口气，"雷主任，你可回来了。三公子说头痛，一天没有吃饭，我们请示是否请程医生来，他又发脾气。"雷少功"嗯"了一声，问："任小姐呢？"

"任小姐在楼上，三公子在书房里。"

雷少功想了一想，往书房去见慕容清峰。天色早已暗下来，却并没有开灯，只见他一个人坐在黑暗里。他叫了一声"三公子"，说："您得回双桥去，今天晚上的会议要迟到了。"

他却仍坐着不动，见他走近了，才问："孩子……什么样子？"

雷少功黑暗里看不出他的表情，听他声音哑哑的，心里也一阵难受，说："孩子很乖，我去的时候已经不能说话了，到最后都没有哭，只是像睡着了。孤儿院的嬷嬷说，这孩子一直很听话，病了之后，也不哭闹，只是叫妈妈。"

慕容清峰喃喃地说："他……叫妈妈……没有叫我么？"

雷少功叫了一声"三公子"，说："事情虽然叫人难过，但是已经过去了。您别伤心，万一叫人看出什么来，传到先生耳中去，只怕会是一场弥天大祸。"

慕容清峰沉默良久，才说："这件事情你办得很好。"过了片刻，说："任小姐面前，不要让她知道一个字。万一她问起来，就说孩子没有找到，叫旁人领养走了。"

他回楼上卧室换衣服，素素已经睡着了。厨房送上来的饭菜不过略动了几样，依然搁在餐几上。她缩在床角，蜷伏如婴儿，手里还攥着被角。长长的睫毛像蝶翼，随着呼吸微微轻颤，他仿佛觉得，这颤动一直拨到人心底去，叫他心痛。

素素睡到早晨才醒，天却晴了。窗帘并没有放下来，阳光从长窗里射进来，里头夹着无数飘舞飞旋的金色微尘，像是舞台上灯柱打过来。秋季里难得有这样的好天气，窗外只听风吹着已经发脆的树叶，哗哗的一点轻响，天高云淡里的秋声。被子上有隐约的百合薰香的味道，夹着一缕若有若无的薄荷烟草的气息。滑腻的缎面贴在脸上还是凉的，她惺忪地发着怔，看到镂花长窗两侧垂着华丽的象牙白色的抽纱窗帘，叫风吹得轻拂摆动，这才想起身在何地。

屋子里静悄悄的，她洗过脸，将头发松松绾好。推开卧室的门，走廊里也是静悄悄的。她一直走下楼去，才见到侍从，很客气地向她道："任小姐，早。"她答了一声"早"，一转脸见到座钟，已经将近九点钟了，不由失声叫了一声："糟糕。"侍从官都是极会察言观色的，问："任小姐赶时间吗？"

她说："今天上午我有训练课，这里离市区又远……"声音低下去，没想到自己心力交瘁之后睡得那样沉，竟然睡到了这么晚。只听侍从官说："不要紧，我去叫他们开车子出来，送任小姐去市区。"不等她说什么就走出去要车。素素只在担心迟得太久，幸好汽车速度是极快的，不过用了两刻钟就将她送到了地方。

她换了舞衣舞鞋，走到练习厅去。旁人都在专注练习，只有庄诚志留意到她悄悄进来，望了她一眼，倒没说什么。中午大家照例在小餐馆里搭伙吃饭，嘻嘻哈哈地涮火锅，热闹吵嚷着夹着菜。她倒没有胃口，不过胡乱应个景。吃完饭走出来，看到街那边停着一部黑亮的雪佛兰，车窗里有人向她招手，"素素！"正是牧兰。

她高兴地走过去，问："脚好些了吗？"牧兰微笑说："好多了。"又说，"没有事，所以来找你喝咖啡。"

她们到常去的咖啡馆，牧兰喜欢那里的冰激凌。素素本来不爱吃西餐，也不爱吃甜食，但不好干坐着，于是叫了份栗子蛋糕。只是拿了那小银匙，半晌方才挖下小小的一块，放在嘴里细细抿着。牧兰问："你昨天去哪里了？到处找你不见。"素素不知该怎么说，只微微叹了口气。牧兰笑着说："有人托我请你吃饭呢，就是上次在金店遇见的那位张先生。"素素说："我最不会应酬了，你知道的。"牧兰笑道："我就说不成，导演却千求万请的，非要我来说。"又说，"这位张先生，想赞助我们排《天鹅湖》，导演这是见钱眼开，你不要理睬好了。"

素素慢慢吃着蛋糕，牧兰却说："我不想跳了——也跳不动了。这么多年，倒还真有点舍不得。"素素惊诧地问："你不跳了，那怎么成？导演就指望你呢。"牧兰笑着说："前天晚上你跳得那样好，导演现在可指望你了。"

素素放下小匙，问："牧兰，你生我的气了？"

牧兰摇摇头，"你是我最好的朋友，我巴不得你红。怎么会生你的气？我是这么多年下来，自己都觉得满面风尘，实在是不想跳了，想回家嫁人。"

素素听她这样说，既惊且喜，忙问："真的吗？许公子家里人同意？那可要恭喜你了。"

牧兰又是一笑，倒略有忧色，"他们还是不肯，不过我对长宁，倒是有几分把握。"她端起咖啡来一饮而尽，放下杯子说，"咱们不说这不痛快的事了，去逛百货公司吧。"

素素与她逛了半日的百货公司，两个人腿脚都逛得酸软了。牧兰买了不少新衣新鞋，长的方的都是纸盒纸袋，扔在汽车后座上。牧兰突然想起来，"新开了一家顶好顶贵的餐厅，我请你去吃。"素素知道她心里不痛快，但这种无可奈何，亦不好劝解，只得随她去了。在餐厅门口下车，素素只觉得停在路旁的车子有几分眼熟，犹未想起是在哪里见过，却不想一进门正巧遇上雷少功从楼上下来，见了她略有讶意，叫了一声："任小姐。"

牧兰见了他，也是意外，不由得望向素素。只听他说："三公子在里面——正叫人四处找任小姐呢。"素素不想他说出这样的话来，心里一片迷惘。雷少功引她们向内走，侍应生推开包厢的门，原来是极大的套间。慕容清峄见了她，撇下众人站起来，"咦，他们找见你了？"又说，"我昨晚开会开到很晚，所以没有回去。以后你不要乱跑，叫他们找你一下午都找不到。"

席间诸人从来不曾听他向女人交待行踪，倒都是一怔，过了半晌身后方有人笑道："三公子，我们都替你作证，昨晚确实是在双桥开会，没有去别处。"那些人都哄笑起来，打着哈哈。另外就有人说："幸得咱们替三公子说了话，这鸿门宴，回头必然变成欢喜宴了。"素素不料他们这样误会，粉面飞红，垂下头去。慕容清峄回头笑道："你们少在这里胡说八道，真是为老不尊。"一面牵了她的手，引她至席间，向她一一介绍席间诸人。因皆是年长的前辈，于是对她道："叫人，这是于伯伯，这是李叔叔，这是汪叔叔，这是关伯伯。"倒是一副拿她当小孩子的声气，却引得四人齐刷刷站起来，连声道："不敢。"他的女友虽多，但从来未曾这样介绍于人前，偶然遇上，皆是心照不宣，一时间四人心里只是惊疑不定。慕容清峄却不理会。素素本来话就甚少，在陌生人面前，越发无话。牧兰本是极爱热闹的人，这时却也沉默了。席间只听得他们几人说笑，讲的事情，又都是素素所不懂的。

等到吃完饭走出来，慕容清峄礼仪上受的是纯粹的西式教育，替素素拿了手袋，却随手交给侍从。问："你说去逛百货公司，买了些什么？"

素素说："我陪牧兰去的，我没买什么。"慕容清峄微笑，说："下次出门告诉小雷一声，好叫车子送你。若是要买东西，几间洋行都有我的账，你说一声叫他们记下。"素素低着头不做声。牧兰是个极乖觉的人，见他们说体己话，借故就先走了。

素素跟着他下楼来，走到车边踌躇起来，见侍从开了车门，终于鼓起勇气，"我要回去了。"慕容清峄说："我们这就回去。"他很自然地揽了她的腰，她心慌气促，一句话始终不敢说出口，只得上了车。

上了车他也并没有松开手，她望着窗外飞快后退的景色，心里乱得很，千头万绪，总觉得什么也抓不住，模糊复杂得叫她害怕。他总是叫她害怕，从开始直到如今，这害怕没来由地根深蒂固。

　　回到端山，他去书房里处理公事，她只得回楼上去。卧室里的台灯是象牙白的蝉翼纱罩，那光是乳色的，印在墙上恍惚像蜜一样甜腻。今夜倒有一轮好月，在东边树影的枝丫间姗姗升起。她看着那月，团团的像面铜镜，月光却像隔了纱一样朦胧。灯光与月光，都是朦胧地沁透在房间里，舒展得像无孔不入的水银，倾泻占据了一切。她在朦胧里睡着了。

　　月色还是那样好，淡淡地印在床头。她迷糊地翻了个身，心里突然一惊，这一惊就醒了。黑暗里只觉得他伸出手来，轻轻抚在她的脸颊上。她的脸顿时滚烫滚烫，烫得像要着火一样，下意识地向后一缩。他却抓住了她的肩，不容她躲开。他唇上的温度炽热灼人，她本能地想抗拒，他却霸道地占据了她的呼吸，唇上的力道令她几乎窒息。她伸手去推他，他的手却穿过松散的衣带，想要去除两人之间的阻碍。她身子一软，他收紧了手臂，低低地叫了一声："素素。"

　　微风吹动抽纱的窗帘，仿佛乍起春皱的涟漪。

【十】

　　黄昏时分起了风，乌池的冬季并不寒冷，但朔风吹来，到底有几分刺骨。众人乍然从有暖气的屋子里出来，迎面叫这风一吹，不禁都觉得一凛。只听走廊上一阵急促的皮鞋声"嗒嗒"响过来，慕容清峄不由面露微笑，果然的，只见来人笑脸盈盈，走得急了，粉白的脸上一层红扑扑的颜色。他却故意放慢步子说："维仪，怎么没有女孩子的样子，回头叫母亲看到。"维仪将脸一扬，笑着说："三哥，你少在这里五十步笑百步。你们的会议开完了？"

慕容清峄说："不算会议，不过是父亲想起几件事情，叫我们来问一问。"维仪说："听说你最近又高升啦，今天请我吃饭吧。"旁边都是极熟悉的人，就有人叫了一声："四小姐，别轻饶了三公子，狠狠敲他一顿。"她常年在国外念书，且是家里最小的孩子，所以全家人都很偏爱她。慕容清峄最疼这个妹妹，听她这样说，只是笑，"谁不知道你那点小心眼儿，有什么事就直说。"维仪扮个鬼脸，说道："三哥，你越来越厉害了，简直是什么之中，什么之外。"他们兄妹说话，旁边的人都有事纷纷走开。维仪这才说："今天是敏贤的生日呢。"慕容清峄笑道："我今天真的有事，刚才父亲吩咐下来的。你们自己去吃饭，回头记我账上好了。"维仪扯了他的衣袖，说："这算什么？"一双大眼睛骨碌碌乱转，"莫非外头的传闻是真的？"

慕容清峄说："你别听人家胡说。外头什么传闻？"

维仪说："说你迷上一个舞女，美得不得了呢。"

慕容清峄说："胡扯。人家胡说八道你也当真，看回头传到父亲耳中去，我就惟你是问。"

维仪伸一根手指指住他，"这就叫此地无银。你今天到底肯不肯去？不去的话，我就告诉母亲你的事。"

慕容清峄说："你少在这里添乱，为什么非得替敏贤说话？"

维仪"咦"了一声，说："上次吃饭，我看你们两个怪怪的啊，定然是吵了嘴了，所以我才好心帮你。"

慕容清峄说："那可真谢谢你了，我和敏贤的事你不要管。"

维仪说："听这口气就知道是你不好，母亲说得没错，你总要吃过一次亏，才知道女人的厉害。"

慕容清峄说："看看你，这是未婚小姐应该说的话么？"

维仪嘴角一弯，倒是笑了，"你这样子，顶像父亲。你们是只许州官放火，不许百姓点灯。"

慕容清峄说："越说越不像话了。"回身就欲走，维仪问："你真的不去？"

他只答："我有公事。"

他确实有公事，到了晚间，还有一餐半公半私的应酬饭，一席七八个人都能喝。酒是花雕，后劲绵长，酒意早上了脸，面红耳赤只觉得热，回去时开了车窗吹着风，到底也没觉得好些。到了家一下车，见熟悉的车子停在那里，转脸看到雷少功，将眉一扬。雷少功自然明白，向侍从们使个眼色，大家都静静地走开。慕容清峄一个人从回廊上的后门进去，轻手轻脚地从小客厅门口过去，偏偏慕容夫人看到了，叫了一声："老三。"他只得走进去，笑着说："妈，今天真是热闹。"

确实是热闹，一堂的女客。见他进来，顿时鸦雀无声。人群里独见到一双眼睛，似嗔似怨向他望来。他见过了慕容夫人，便有意转过脸去和锦瑞说话："大姐，你这新旗袍真漂亮。"锦瑞将嘴一努，说："今天的事，插科打诨也别想混过去，怎么样给我们的寿星陪罪呢？"

慕容清峄酒意上涌，只是渴睡。可是眼前的事，只得捺下性子，说："是我不对，改日请康小姐吃饭陪罪。"这"康小姐"

三个字一出口，康敏贤脸色顿时变了。锦瑞见势不对，连忙说："老三真是醉糊涂了，快上楼去休息一下，我叫厨房送醒酒汤上去。"慕容清峰正巴不得，见到台阶自然顺势下，"母亲、大姐，那我先走了。"

康敏贤见他旁若无人扬长而去，忍了又忍，那眼泪差一点就夺眶而出。幸好她是极识大体的人，立刻若无其事地与锦瑞讲起别的话来。一直到所有的女客走后，又陪慕容夫人坐了片刻才告辞而去。她一走，锦瑞倒叹了一声。维仪最心直口快，兼之年幼无遮拦，说："三哥这样子绝情，真叫人寒心。"一句话倒说得慕容夫人笑起来，"你在这里抱什么不平？"停了一下又说，"敏贤这孩子很识大体，可惜老三一直对她淡淡的。"锦瑞说道："老三的毛病，都是叫您给惯出来的。"

慕容夫人道："现在都是小事，只要他大事不糊涂就成了。"说到这里，声音突然一低，"我在这上头不敢勉强他，就是怕像清渝一样。"提到长子，眼圈立刻红了。维仪心里难过，锦瑞说道："母亲，无端端的，怎么又提起来。"慕容夫人眼里闪着泪光，轻轻叹喟了一声："你父亲虽然嘴上没有说，到底是后悔。清渝要不是……怎么会出事。"说到最后一句，语音略带呜咽。锦瑞的眼圈也红了，但极力劝慰："母亲，那是意外，您不要再自责了。"慕容夫人道："我是一想起来就难受。昨天你父亲去良关，回来后一个人关在书房里好久——他只怕比我更难受。我还可以躲开了不看不想，他每年还得去看飞行演习。"

锦瑞强笑道："维仪，都是你不好，惹得母亲伤心。"维仪牵了母亲的手，说："妈，别伤心了，说起来都是三哥不好，明天罚他替您将所有的花浇一遍水。"锦瑞道："这个罚得好，只怕他浇到天黑也浇不完。"维仪说："那才好啊，谁叫他成日不在家，忙得连人影也不见。抽一天时间陪母亲也是应当的。"锦瑞说："就指望他陪母亲？算了吧，回头一接电话，又溜得没影了。"两个人有一句没一句说着，只是一味打岔。慕容夫人道："我上去看看老三，我瞧他今天真是像喝醉了。"走到楼上儿子的卧室里去，慕容清峄正巧洗了澡出来。慕容夫人说："怎么头发也不吹干就睡？看回头着凉头痛。"慕容清峄说："我又不是小孩子。"又说，"母亲，我和敏贤真的没缘分，你跟大姐说，以后别再像今天这样刻意拉拢我们。"慕容夫人道："我看你们原来一直关系不错，而且自从你回国后，你们也老在一块儿玩，怎么现在又这样说？你父亲挺喜欢那孩子，说她很得体。"慕容清峄打个哈欠，说："父亲喜欢——母亲，你要当心了。"

慕容夫人轻斥："你这孩子怎么没上没下地胡说？"

慕容清峄说："反正我不喜欢。"

一句话倒说得慕容夫人皱起眉来，隔了好一阵子才问："你是不是心里有了别人？"半晌没有听到他答话，只听到均匀的呼吸，原来已经睡着了。慕容夫人轻轻一笑，替他盖上被子，这才走出去。

因为是年底淡季，团里停了演出，不过每礼拜四次的训练还是照常。练习厅里没有暖气，不过一跳起来，人人都是一身汗，倒不觉得冷。牧兰脚伤好后一直没有训练，这天下午换了舞衣舞鞋来练了三个钟头，也是一身的汗。时间已经差不多了，于是坐在角落里拿毛巾拭着汗，一面看素素练习。

素素却似有些心不在焉，动作有点生硬，过了片刻，到底也不练了，走过来喝水擦汗，一张芙蓉秀脸上连汗珠都是晶莹剔透的。牧兰见众人都在远处，于是低声问："你是怎么了？"

素素摇一摇头没有说话，牧兰却知道缘故，有意问："是不是和三公子闹别扭了？"

素素轻声说："我哪里能和他闹别扭。"牧兰听在耳里，猜到七八分，说："我听长宁说，三公子脾气不好，他那样的身份，自然难免。"素素不做声，牧兰道，"这几日总不见他，他大约是忙吧。"

素素终于说："我不知道。"牧兰听这口气，大约两人真的在闹别扭。于是轻轻叹了口气，说："有句话，不知道该不该告诉你。"停了一停，才说，"还是要劝你，不必在这上头太认真。我听说他有一位关系极好的女朋友，是康将军的六小姐，只怕年下两个人就要订婚了。"

素素听了，倒也不做声。牧兰说："我看三公子对你倒还是真心，只不过慕容是什么样的人家？这几年我将冷暖都看得透了，许家不过近十年才得势，上上下下眼睛都长得比天还高。长宁这样对我，到现在也不能提结婚的话，何况三公子。"

素素仍是不做声。牧兰又叹了一声，轻轻拍拍她的背，问她："今天是你生日，我真不该说这样的话。回头我请你吃饭吧？"

素素这才摇头，说："舅妈叫我去吃饭。"牧兰说："你答应她？还是不要去了，不然回来又怄气。"素素说："不管怎么样，到底还是她养了我一场。不过就是要钱，我将这两个月薪水给她就是了。"

牧兰说："我不管你了，反正你也不肯听。"

素素换了件衣服去舅舅家里，路很远，三轮车走得又慢，到的时候天已经黑了。她就在杂货铺门前下了车，柜上是表姐银香在看店铺，见了她回头向屋里叫："妈，素素来了。"舅妈还是老样子，一件碎花蓝布棉衣穿在身上，越发显得胖。看到了她倒是笑逐颜开，"素素快进来坐，去年你过二十岁，没有替你做生日，今年给你补上。"又说，"银香给你妹妹倒茶，陪你妹妹说说话，我还有两个菜炒好就吃饭了。"

银香给她倒了杯茶，搭讪着问："你这身衣裳是新做的吧？这料子颜色真好，是在洋行里买的吧？"又说，"我上次和隔壁阿玉在洋行里看过，要八十块钱一尺呢。"素素说："这个是去年牧兰送我的，我也不知道这么贵。"银香就问："方小姐出手这么大方，是给有钱人做姨太太的吧。"素素听她这样说，心里不由生气，便不答话。银香又说："长得漂亮到底有好处，叫有钱人看上，做姨太太虽然难听，可是能弄到钱才是真的。"

素素生了气，恰好舅母出来，"吃饭了。"牵了她的手，殷勤地让她进屋内，"瞧你这孩子，瘦得只剩一把骨头了，有空多过来，舅妈给你补一补。"又说："金香，叫弟妹们来吃饭。"金香在里面屋里答应了一声，两个半大孩子一阵风似的跑出来，吵吵嚷嚷围到桌边。金香这才走出来，见到素素，仍是正眼瞧也不瞧。舅妈说："怎么都不叫人？"两个孩子都叫："表姐。"伸手去拿筷子。那棉袄还是姐姐们的旧棉衣改的，袖口的布面磨破了，露出里面的棉花来。素素心里一酸，想起自己这样大的时候，也是穿旧衣服，最大的金香穿，金香穿小了银香穿，然后才轮到她。几年下来，棉衣里的棉花早就结了板，练舞练出一身汗，这样的天气再叫风一吹，冻得叫人一直寒到心里去。

最小的一个孩子叫东文，一面扒着饭一面说："妈，学校要交考试费呢。"舅妈说："怎么又要交钱？我哪里还有钱。"又骂，"连这狗屁学校都欺侮咱们孤儿寡母！"素素放下筷子，取过手袋来，将里面的一叠钱取出来递给舅母，说："要过年了，舅妈拿去给孩子们做件新衣服。"舅母直笑得眉毛都飞起来，说："怎么好又要你的钱。"却伸手接了过去，又问，"听说你近来跳得出名了，是不是加了薪水？"

素素说："团里按演出加了一点钱。"舅妈替她夹着菜，又说："出名了就好，做了明星，多认识些人，嫁个好人家。你今年可二十一了，那舞是不能跳一辈子的，女孩子还是要嫁人。"金香一直没说话，这时开口，却先是嗤地一笑，"妈，你瞎操什么心。素素这样的大美人，不知道多少有钱的公子哥等着呢。"停了一停，又说，"可得小心了，千万不要叫人家翻出私生子的底细来！"话犹未落，舅母已经呵斥："金香！再说我拿大耳掴子掴你！"见素素面色雪白，安慰她说，"好孩子，别听金香胡说，她是有口无心。"

这餐饭到底是难以下咽。从舅舅家出来，夜已经深了。舅妈替她叫的三轮车，那份殷勤和以往又不同，再三叮嘱："有空过来吃饭。"

三轮车走在寒夜里，连路灯的光都是冷的。她心里倒不难受，却只是一阵阵地烦躁。手指冰冷冰冷的，捏着手袋上缀着的珠子，一颗一颗的水钻，刮在指尖微微生疼。

等到了家门口，看到雷少功，倒是一怔。他还是那样客气，说："任小姐，三公子叫我来接你。"

她想，上次两个人应该算是吵了架，虽然她没做声，可是他发了那样大的脾气。她原以为他是不会再见她了。她想了一想，还是上了车。

端山的暖气很暖，屋子里玻璃窗上都凝了汽水，雾蒙蒙的叫人看不到外头。他负手在客厅里踱着步子，见了她，皱眉问："你去哪里了？舞团说你四点钟就回家了。"她迟疑说："我去朋友家了。"他问："什么朋友？我给长宁打过电话，牧兰在他那里。"

她垂首不语，他问："为什么不说话？"她心里空荡荡的，下意识扭过脸去。他说："上回我叫你辞了舞团的事，你为什么不肯？"上次正是为着这件事，他发过脾气拂袖而去，今天重来，却依然这样问她。她隔了半晌，才说道："我要工作。"他逼问："你现在应有尽有，还要工作做什么？"

应有尽有，她恍惚地想着，什么叫应有尽有？她早已经是一无所有，连残存的最后一丝自尊，也叫他践踏殆尽。

雷少功正巧走进来，笑着说："三公子，我将蜡烛点上？"他将茶几上的一只纸盒揭开，竟是一只蛋糕。她吃了一惊，意外又迷惘地看着他。他却说："你先出去。"雷少功只得将打火机放下，望了她一眼，走出去带上门。

她站在那里没有动，他却将蛋糕盒子拿起来向地上一掼。蛋糕上缀着的樱桃，落在地毯上红艳艳的，像是断了线的珊瑚珠子。她往后退了一步，低声说："我不知道你知道今天是我生日。"他冷笑，"看来在你心里，我根本就不用知道你的生日。"她声音低一低，再低一低，"你是不用知道。"他问："你这话什么意思？"她不做声，这静默却叫他生气，"你这算什么意思？我对你还不够好？"

好？好的标准也不过是将她当成金丝雀来养：给钱，送珠宝，去洋行里记账。他是拿钱来买，她是毫无尊严地卖，何谓好？她的唇际浮上悲凉的笑容。和倚门卖笑又有什么区别？若不是偶然生下孩子，只怕她连卖笑于他的资格都没有。他确实是另眼看她，这另眼，难道还要叫她感激涕零？

他见到她眼里流露出的神气，不知为何就烦乱起来，冷冷地说："你还想怎么样？"

她还想怎么样？她心灰意懒地垂着头，说："我不想要什么。"他说："你不想要什么——你少在这里和我赌气。"她说："我没有和你赌气。"他捏住她的手腕，"你口是心非，你到底要什么？有什么我还没让你满意？"

她低声地说："我事事都满意。"声音却飘忽乏力。他的手紧紧的，"你不要来这一套，有话你就直说。"她的目光远远落在他身后的窗子上，汽水凝结，一条条正顺着玻璃往下淌。她的人生，已经全毁了，明天和今天没有区别，他对她怎么样好，也没有区别。可是他偏偏不放过她，只是逼问："你还要怎么样？"

她唇角还是挂着那若隐若现的悲凉笑容，"我有什么资格要求？"他到底叫她这句话气到了，"我给你，你要房子、要汽车、要钱，我都给你。"

她轻轻地摇一摇头，他咄咄逼人地直视她的眼，"你看着我，任何东西，只要你出声，我马上给你。"只要，她不要这样笑，不要这样瞧着他，那笑容恍惚得像梦魇，叫他心里又生出那种隐痛来。

她叫他逼得透不过气来，他的目光像利剑，直插入她身体里去。她心一横，闭上眼睛，她的声音小小的，轻不可闻，"那么，我要结婚。"喉中的硬块哽在那里，几乎令人窒息。他既然这样逼她，她只要他离开她——可是他不肯，她只得这样说，她这样的企图，终于可以叫他却步了吧。

果然，他松开了手，往后退了一步。他的脸色那样难看，他说："你要我和你结婚？"

她几乎是恐惧了，可是不知哪里来的勇气，仍是轻轻地点了点头。他会怎么样说？骂她痴心妄想，还是马上给一笔钱打发走她，或者说再次大发雷霆？不论怎么样，她求仁得仁。

他的脸色铁青，看不出来是在想什么。可是她知道他是在生气，因为他全身都紧绷着。她终于有些害怕起来，因为他眼里的神色，竟然像是伤心——她不敢确定，他的样子令她害怕，她的心里一片混乱。长痛不如短痛，最可怕的话她已经说出来了，不过是再添上几分，她说："我只要这个，你给不了，那么，我们之间就没什么说的了。"

他的呼吸渐渐凝重，终于爆发出来，一伸手就抓住她的肩，一掌将她推出老远，"你给我滚！"她跟跄了几步，膝盖撞在沙发上，直痛得眼泪都差点掉下来。她抓住手袋，转身出去，只听他在屋里叫侍从官。

【十一】

她腿上撞青了一大块，第二天无意间碰在把杆上，痛得轻轻吸了口气。练了两个钟头，腿越发痛得厉害，只得作罢。因为是年关将近，大家都不由得有三分懒散，下午的练习结束，导演宣布请客，大家都高高兴兴去了。去了才知做东的是几位赞助舞团的商人，好在人多极是热闹，说笑吵嚷声连台上评弹的说唱歌声都压下去了。

素素坐在角落里，那一字一字倒听得真切。她久离家乡，苏白已经是记忆里散乱的野花，这里一枝，那里一枝，零落在风里摇曳。那琵琶声铮珑动听，像是拨动在心弦上一样，一餐饭就在恍惚里过去，及至鱼翅上来，方听身旁有人轻声问："任小姐是南方人吗？"倒将她吓了一跳，只见原来是牧兰提到过的那位张先生。她只轻轻说了声："是。"那张先生又说："真是巧，我也是。"就将故乡风物娓娓道来，他本来口齿极为动人，讲起故乡的风土人情，甚是引人入胜，倒将身旁几个人都听住了。素素年幼就随了舅舅迁居乌池，儿时的记忆早就只剩了模糊的眷恋，因而更是听得专注。

吃完了饭大家在包厢里打牌，素素本来不会这个，就说了先走。那位张先生有心也跟出来，说："我有车子，送任小姐吧。"素素摇一摇头，说道："谢谢了，我搭三轮车回去，也是很近的。"那张先生倒也不勉强，亲自替她伸手叫了三轮车，又抢着替她先付了钱。素素心里过意不去，只得道谢。

到了第二日，那位张先生又请客，她推说头痛，就不肯去了。一个人在家里，也没有事情做，天气很冷，她随手拿了一只桔子在炉边烘着，烘出微酸的香气来，可是并不想吃，无聊之下只得四处看着。到底要过年了，屋子里的墙因为潮气，生了许多的黑点，于是她拿面粉搅了一点糨糊，取了白纸来糊墙。只贴了几张，听到外面有人问："任小姐在家吗？"她从窗子里看到正是那位张先生，不防他寻到家里来，虽然有些不安，但只得开门请他进来。微笑说："真对不住，我正弄得这屋子里乱糟糟的。"那张先生看这阵势，顿时就明白了，马上卷起袖子，说："怎么能让你一个女孩子家做这种事情。"不由分说搬了凳子来，替她糊上了。

她推却不过，只好替他递着纸，他一边做事，一边和她说话。她这才知道他叫张明殊，家里是办实业的，他刚刚学成回国不久。她看他的样子，只怕也是十指不沾阳春水的人，更别提做这样粗重的活了，心里倒有几分歉意。等墙纸糊完，差不多天也黑了。他跳下凳子拍拍手，仰起头来环顾屋子，到底有几分得意，"这下敞亮多了。"

素素说："劳烦了半日，我请你吃饭吧。"张明殊听在耳中，倒是意外之喜，并不客套，只说："那行，可是地方得由我挑。"

结果他领着她去下街吃担担面。他那一身西装革履，坐在小店里格外触目，他却毫不在意，只辣得连呼过瘾，那性子十分豁达开朗。吃完面，陪着她走回来。冬季里夜市十分萧索，只街角几个小小的摊位，卖馄饨汤圆。一个卖风车的小贩背了架子回家，架子上只剩了插着的三只风车，在风里呜呜地转，那声音倒是很好听。他看她望了那风车两眼，马上说："等一下。"取了零钱出来，将三只都买下来递给她。她终于浅浅一笑，"都买了做什么？"他说："我替你想好了，一只插在篱笆上，远远就可以听到，一只插在窗台上，你在屋里就可以听到，还有一只你拿着玩。"

这样小孩子的玩具，因为从来没有人买给她，她拿在手里倒很高兴。一路走回去，风吹着风车呜呜地响，只听他东扯西拉地讲着话，她从来不曾见那样话多的人，可以滔滔不绝地讲下去。讲留学时的趣事，讲工厂里的糗事，讲家里人的事，一直走到她家院子门外，方才打住，还是一脸的意犹未尽，说："哎呀，这么快就到了。"又说，"明天你们没有训练，我来找你去北城角吃芋艿，保证正宗。"他看着是粗疏的性子，不曾想却留心昨天她在席间爱吃芋艿。

第二天他果然又来了，天气阴了，他毛衣外头套着格子西服，一进门就说："今天怕比昨天冷，你不要只穿夹衣。"她昨天是只穿了一件素面夹衣，今天他这样说，只得取了大衣出来穿上。两个人还是走着去，路虽然远，可是有他这样热闹的人一路说着话，也不觉得闷。等走到北城角，差不多整整走了三个钟头，穿过大半个城去吃糖芋艿，素素想着，不知不觉就笑了。他正巧抬头看到了，倒怔住了，半晌才问："你笑什么？"

素素说："我笑走了这样远，只为了吃这个。"他歉疚起来，说："是我不好，回头你只怕会脚疼，可是如果坐汽车来，一会就到了，那我就和你说不上几句话了。"她倒不防他坦白地说出这样的话来，缓缓垂下头去。

他见她的样子也静默了好一阵子，才说："任小姐，我知道自己很唐突，可是你知道我这个人藏不住话，上次见了你的面，我心里就明白，我梦想中的妻子，就是任小姐。"

素素心乱如麻，隔了半晌才说："你是很好的人，只是我配不上你。"

张明殊早就想到她会这样说，于是道："不，我是没有任何门户之见的，我的家里也是很开明的。假如现在说这些太早，只要你肯给我一点时间，我会证明给你看，我是很真心的。"

素素只觉得心里刮过一阵刺痛，那种令人窒息的硬块又哽在了喉头。她只是低声说："我配不上张先生，请你以后也不必来找我了。"他茫然地看着她，问："是我太冒失了吗？"又问，"是嫌弃我提到家里的情形吗？"

无论他说什么，素素只是摇头。他只是不信不能挽回，到底并没有沮丧，说："那么，做个普通的朋友总可以的吧。"眼里几乎是企求了。素素心里老大不忍，并没有点头，可是也没有摇头。

下午坐三轮车回来，她也确实走不动了。车子到了巷口，她下车和他道别，说："以后你还是不要来找我了。"他并不答话，将手里的纸袋递给她。纸袋里的糖炒栗子还是温热的，她抱着纸袋往家里走，远远看到篱笆上插着的那只风车，呜呜地像小孩子在那里哭。她取钥匙开门，门却是虚掩着的，她怕是自己忘记了锁，屋门也是虚掩着的。她推开门进去，怀中袋子里的栗子散发着一点薄薄的热气，可是这热气瞬间就散发到寒冷空气里去了。她抱着纸袋站在那里，声音低得像是呓语，"你怎么在这里？"

他问："你去哪里了？"

她没有留意到巷口有没有停车，她说："和朋友出去。"

他又问："什么朋友？"

栗子堆在胸前，硬硬地硌得人有些气促，她低下头，"你没必要知道。"果然一句话激得他冷笑起来，"我确实没必要——"

她沉默着，他也立在那里不动。天色暗下来，苍茫的暮色从四处悄然合围。光线渐渐模糊，他的脸也隐在了暗处。她终于问："你来有什么事？"这里不是他应该来的地方，玉堂金马的人物，从来是万众景仰的荣华富贵、光彩照人的华丽人生。

他不说话，她反倒像是得了勇气，说："你走吧。"他的眼睛里像是要喷出火来，她心里反倒安静下来，只在那里看着他。他却转开脸去，那声音竟然有几分乏力，"你说，要和我结婚，我答应你了。"

她骇异惊恐地往后退了一步，他那样子，倒像是要吃人似的，眼里却是一种厌恶到极点的神气，仿佛她是洪水猛兽，又仿佛她是世上最令他憎恶的妖魔，只紧紧地闭着嘴，看着她。

她极度地恐惧起来，本能地脱口而出："我不要和你结婚。"

在黑暗里也看得到他利如鹰鸷的眼神突然凌厉，连额头上的青筋都暴了起来，呼吸声急促得像是在喘息。他一扬手就给了她一耳光，打得她耳中嗡嗡直响，眼前一黑，差一点向前跌倒，腕上却一紧，只觉得剧痛入骨，仿佛腕骨要被他捏碎了一般。他的声音几乎是从齿缝间挤出来的，"你够了没有？"

她痛得眼泪也刷刷落下来，他却一把将她推在墙上，狠狠地吻下去，那力气仿佛不是要吻她，而是想要杀死她。她一面哭泣一面挣扎，双手用力捶着他的背，叫他捉住了手腕使不上力，只得向他唇上咬去，他终于吃痛放开她，她瑟瑟发抖，哽咽着缩在墙角。他看着她，像看着一条毒蛇一样，她不知道他为何这样恨她，他全身都散发着凛冽的恨意，仿佛屋外尖锐的朔风，冷到彻骨的寒气。

他咬牙切齿地说："你耍我,你不过是耍我。"他却为她该死的眼泪在心痛!这样的女人,怎么会有这样的女人,而他竟然就被她玩弄于股掌之上,让她戏弄得团团转。

她说要结婚,他答应了她,她也不过轻松再说一句不要结婚,她根本就是得意,得意看到他这样辗转不宁,这样送上门来让她耍弄。

他终于掉头而去。

雷少功在车旁踱着步子,见到他出来连忙打开车门。看他脸色不好,不敢多问,自作主张地叫车子回端山去。一进门慕容清峰拿起烟缸就掼在地上,直掼得那只水晶烟缸粉身碎骨,也不觉得解气。取了马鞭在手里,随手就向墙上抽去。雷少功见他一鞭接一鞭,狠狠抽得那墙皮不过片刻工夫就花了,露出里面的青砖来。直抽得粉屑四溅,纷纷扬扬往下落。他却一鞭重似一鞭,一鞭快似一鞭。只听到长鞭破空的凌厉风声,击在砖上啪啪如阿雷霹雳。他脾气虽然不好,但雷少功从未见过他这样生气,担心起来,抢上一步抱住他的臂膀,几乎是语带哀求了,"三公子,三公子,你要是再这样,我只能给夫人打电话了。"

他的手一滞,终于垂下来。鞭子落在地毯上,他额头上全是汗,面上却一丝表情也没有。雷少功担心地说:"您去洗个澡,睡一觉就好了。"他按在自己汗涔涔的额头上,嘶哑地说:"我一定是中了魔了。"

雷少功说:"不要紧,您睡一觉,明天就好了。"

他缓缓点了点头,走上楼去洗澡。出来时屋子里只开了幽幽一盏小灯,照着半屋晦暗。他揭开被子,被上隐隐的香气,像是花香,又不像花香,更不是熏香的味道。那香气陌生却又似熟悉，他将头埋入枕中，枕上的香气更淡薄幽远。他本来已经是精疲力竭，不过片刻就睡着了。这一觉睡得并不十分沉稳，半夜里朦胧醒来，那香气若有若无，萦绕在四周，仿佛一直透进骨子里。暖气很暖和，他在迷糊的睡意里突然叫了声："素素。"四下里都是静静的，黑暗里只听得到他自己的呼吸。他伸出手去，她蜷在床那头，她睡着时总是像孩子一样蜷缩着，蜷缩在离他最远的角落。可是却摸了个空，连心里都空了一半。

他想起雷少功说："明天就好了。"彻骨的寒意涌上来，明天不会好，永远都不会好了。

这一天是腊月十四，城隍庙会开始的日子。张明殊想着要约素素去逛庙会，偏偏家里来了许多客人不能走开，几位表兄弟都拉他打牌，他只得坐下来陪他们。他心不在焉，只听大表兄问他："听说你出钱赞助一个芭蕾舞团，是哪一个？"

他答："云氏。"

大表兄却说："云氏倒是有一个极出众的美人，不知你有没有见过？"他听了这话，不知为何耳廓热辣辣地发烫，支吾了一声问："什么美人？那些跳芭蕾舞的女孩子，个个都是很美的。"大表兄说："就是前几个月上演《吉赛尔》里的吉赛尔，啧，真是美，比起好些电影明星来都要出色。"

另一位四表兄就笑，"听听你这口气，简直是垂涎三尺，既然这样垂涎，为何不去追求她呢？"

大表兄摇着头说："这事外人知道的不多，你们知道她是谁的女人？借我十个胆子我也不敢去觊觎啊。"

张明殊问："这位小姐是不是姓方？"一面说，一面放下牌，问，"五条你们要不要？"大表兄连忙说："放下，清一色。"大家推倒了牌算番给钱，哗啦哗啦推着麻将牌，四表兄笑着说："明殊今天手气背，赌场失意啊，说不准是为着情场得意。听你那口气，你和方小姐挺熟？"

张明殊还没有说话，大表兄却说："我说的不是方小姐，我说的是姓任的一位小姐。"

张明殊听了这一句，直如晴天霹雳一样，手里码牌不由慢了一拍，停在那里。四表兄依旧嬉皮笑脸地，"你这样色胆包天的人都称不敢，我倒想知道这任小姐的来头。"

大表兄说："我也是听我们家老爷子说的——听说是三公子的禁脔，谁敢去老虎嘴里夺食？"

四表兄问："哪个三公子？难道是慕容三公子？"

大表兄说："除了他还有谁？那任小姐确实生得美，可惜不爱笑，不然，一笑倾国也当真。"

他们两个讲得很热闹，不曾留神张明殊的表情。直到他站起来，大表兄才错愕地问："你这是怎么了，一脑门子的汗？"张明殊说："我头痛得厉害。"大家看他面如死灰，都说："定然是受了风寒了，脸色这样难看，快上去休息一下。"张明殊十分吃力地说："你们在这里玩，我去躺一躺。"然后走到楼上去。屋子里很安静，听得到楼下隐约传来客人的说笑声，小孩子的嬉闹声，麻将牌清脆的落子声。他心里像有一柄尖刀在那里搅着，更似有一只手，在那里撕裂着。那种滋味，第一次令他难受得无法控制。他如困兽般在屋子里兜着圈子，最后终于忍不住，拿了大衣就从后门出去。

他出来不愿让家里人知道，走到街口才坐了一辆三轮车。一路上思潮起伏，本来每次走这条路，总觉得是漫漫长途，恨不得早一点能够见到她。今天却突然害怕起来，害怕这条路太短，害怕表兄所说的竟是事实。他从来不是懦弱的人，可是不知为何这一刻却懦弱起来，只想着自欺欺人。

那条熟悉的小巷已经在眼前了，他给了车夫一块钱，远远看到她屋外篱笆上还插着那只风车，心里越发如刀割一样难过。却看到她从院子里出来，并不是独自一人，她前面一个陌生的男子，虽然穿着西服，看那步伐却像是军人的样子，侧身替她打开车门。那车子是一部新款的林肯，她一直低着头，看不到她是什么神色。他的胸口宛若被人重重一击，连五脏六腑都被震碎了一样，眼睁睁看着那部汽车扬长而去。

【十二】

素素安静地看着车窗外，车子穿过繁华的市区，走上了一条僻静的柏油路，她终于隐约觉得有点不对，问："这是去哪里？"

来接她的侍从说："任小姐，到了您就知道了。"

此时路旁的风景极为幽静。路侧都是极高大的枫树与槭树，中间夹杂着亭亭如盖的合欢树，此时落叶季节已过，只剩下树冠的枝丫脉络。想来夏秋之季，这景致定然美不胜收。清浅如玉的河水一直蜿蜒伴随在路侧，哗哗的水流在乱石间回旋飞溅。车子一直走了很久，拐了一个弯，就看到了岗亭，车子停下来接受检查后才继续往前。这时路旁都是成片的松林，风过松涛如涌。素素心里虽有几分不安，但乌池近郊，想不到竟还有这样幽雅逸静的去处。

汽车终于停下来，她下了车，只见树木掩映着一座极雄伟的宅邸，房子虽然是一幢西式的旧宅，但门窗铁栏皆是镂花，十分精致。侍从官引了她，从侧门走进去，向左一转，只见眼前豁然开阔，一间西洋式的大厅，直如殿堂一样深远。天花板上垂下数盏巨大的水晶枝状吊灯，青铜灯圈上水晶流苏在风里微微摆动，四壁悬挂着大大小小不计其数的油画，向南一列十余扇落地长窗，皆垂着三四人高的丝绒落地窗帘，脚下的大理石光可鉴人，这样又静又深的大厅，像是博物馆一样令人屏息静气。侍从官引着她穿过大厅，又走过一条走廊，却是一间玻璃屋顶的日光室。时值午后，那冬日的阳光暖洋洋的，花木扶疏里，藤椅上的人放下手头的一本英文杂志。素素恍若在梦境一样，下意识低声叫道："夫人。"

慕容夫人却没有什么表情，那目光在她身上一绕，旋即说："任小姐，请坐。"

女仆送上奶茶来，素素不知就里，慕容夫人说："我们见过面——任小姐的芭蕾，跳得极美。"素素低声说："夫人过誉了。"慕容夫人道："你这样冰雪聪明的女孩子，我很喜欢。今天找你来，想必你也明白是为了什么。"

素素心中疑云顿起，带她前来的是慕容清峰身边的侍从官，她并不知道是要来见慕容夫人，听她的口气淡淡的，猜测不到是什么事情，只得低声道："夫人有话请明说。"

慕容夫人轻轻叹了口气，说："老三那孩子，从小脾气就倔。他认准的事情，连我这做母亲的都没法子。可是这一次，无论如何我不能答应他这样胡来。"素素静静地听着，只听她说道："任小姐，我也并不是嫌弃你，也并非所谓门户之见，可是我们慕容家的媳妇，一举一动都是万众瞩目，老实说，你只怕担当不了这样的重任。"

素素震动地抬起头来，心里一片迷惘，万万想不到慕容夫人会说出这样一番话来。就在此时，女仆走过来在慕容夫人身边耳语了一句什么，慕容夫人不动声色，点了点头。素素只听一阵急促的皮鞋声从走廊那端过来，那脚步声越来越近，她听出来了，下意识转过脸去。果然是慕容清峰，他一进来，叫了一声："母亲。"那声音里倒竟似有几分急怒交加。她抬起头来，只见他脸色苍白，直直地看着慕容夫人。慕容夫人若无其事轻轻笑了一声，说："怎么了？这样匆忙回家来，为了什么事？"

慕容清峰的声音沉沉的，像暴雨前滚过的闷雷，"母亲，您要是做出任何令我伤心的事情，您一定会后悔。"慕容夫人脸色微变，说："你就这样对你母亲说话？我看你真是失心疯了，昨天你对我说要娶她，我就知道你是入了魔障。"

慕容清峰冷冷地说："我知道你们的法子——你已经失去了一个儿子，你若是不怕再失去一个，你们就重蹈覆辙好了。"

慕容夫人脸色大变，身体竟然微微发颤。她本来是极为雍容镇定的，可是听了慕容清峰这样一句话，那一种急痛急怒攻心，直戳到心里最深的隐痛。但不过片刻，旋即从容地微笑，"你这孩子说的什么糊涂话，我都是为了你好。"

慕容清峰说："你以为你也是为了二哥好，可是结果呢？"

慕容夫人静默了半晌，方才道："好吧，你的事我不管了，随便你怎么胡闹去，我只当没有生过你这不成器的东西。"说到最后一句，已经犹带呜咽之音。素素听她语意凄凉，心里老大不忍，待要出语劝解，可是她本就拙于言辞，不知从何劝起。慕容清峄却极快地接口，说："谢谢母亲成全。"他抓住素素的手臂，说："我们不扰您清净了。"

慕容夫人伤心到了极点，心里是万念俱灰，知道事情无可挽回，原来还想着釜底抽薪，没料到儿子竟以死相挟。只觉得心碎乏力，什么也不愿意再说了，只是无力地挥一挥手，任他们自去了。

慕容清峄抓着素素的手臂，一直到上车了才放开。素素心里乱成一团，根本理不出头绪来。他却仍是那种冷冷的腔调，"你怎么随便跟着人走？"

她不知为何他这样生气，低声说："是你身边的侍从官。"

他隐忍着怒气，"我身边那么多人，你就这么笨？几时送命你都不知道！"

她轻轻咬着下唇，仿佛想从他面前逃掉。这神色往往会惹怒他，可是今天不知为何，他却按捺着不再理睬她，掉过头去看车窗外。车子里静默起来，即将进入市区时，她再也忍耐不住，轻轻呻吟了一声。他这才回过头来，立即觉察到不对——她的额头上已经全是细密的汗珠。他脸色大变，问："怎么了？"

她摇一摇头，说："有点不舒服。"他抓住她的手，眼睛里似有两簇火苗跳动，"他们给你吃了什么？"雷少功担心地叫了一声："三公子。"他根本不理睬，只是抓着她，那样子像是要捏碎她一样，"快说，你刚才吃过什么没有？"她直痛得两眼发花，望出去是他的脸，一张面孔几乎扭曲。他为什么这样问？她虚弱地说："我什么都没吃过——只喝过奶茶。"

他的样子可怕极了，像是落入陷阱的野兽一般绝望愤怒。他低低地咆哮了一声，雷少功立即对司机说："调头，去江山医院。"

车子掉转方向往江山去。她痛得厉害，不知他为何这样，他死死地搂着她，手臂如铁箍一样紧，那样子像是要将她硬生生嵌进自己身体里去一样。她听到他将牙齿咬得咯咯有声，那样子像是要吃人一样。雷少功的脸色也是极难看的，他艰难地说："三公子，不会的。"她不懂他们的意思，但慕容清峰的眼里像是要喷出火来。他咬牙切齿地说："我知道你们，你们算计了二哥，又轻车驾熟地来算计我。"

雷少功的脸色越发难看了，又叫了一声："三公子。"她一阵一阵冒着虚汗，耳里轻微的鸣声在嗡嗡作响，他的话她不懂，可是他的样子实在太可怕，令她觉得恐惧。车子驶到江山医院，长驱直入停在急诊楼前。她已经痛得近乎虚脱，他一把将她打横抱起，雷少功连忙赶在前面去找医生。

四周都是杂沓的人声，嘈杂里只听到他粗重的呼吸，近在耳畔，又似遥在天涯。他的汗一滴一滴落下来，这样冷的天气，他的额头上全是涔涔的冷汗。医生来了他也不放开她，雷少功急切地说："三公子，放下任小姐，让他们看看。"他这才将她放到病床上去。三四个医生连忙围上来替她作检查，她无力地抓住他的衣角，仿佛那是剩下的惟一支撑。

他竟然抽出佩枪，啪一声将枪拍在药盘上，吓得所有人惊恐地看着他。他的眼睛里几乎要滴出血来，那声音也似是从牙缝里挤出来的，"我告诉你们，今天谁要是敢玩花样，她有个三长两短，我就陪她一起！你们看着办吧！"

她渐渐地明白了，巨大的痛楚与前所未有的惊恐令她眩晕，她勉强想睁开眼睛，只见雷少功抢上来抱住慕容清峄的手臂，却不敢去夺那枪。医生们也紧张起来，她仍攥着他的衣角，两行眼泪顺着脸颊无声地滑落。

他竟然这样说……要陪她一起……眼泪刷刷地落下来，身体的痛楚似乎转移成了心底的痛楚，一步之遥的死亡狰狞；她的手里惟有他的衣角——只有他——而这一切这样仓促，仓促得什么也来不及。她不敢再看他的脸，那脸上的神色灼痛她。她从来不曾知道，直到今天，而今天一切都迟了。他竟然是这样，连死也要她。太迟了，心跳成了最痛楚的悸动，视线与意识已模糊起来……

醒来已是深夜，右手温热地被人握在手心，她有些吃力地转过脸，他那样子，憔悴得像变了个人。她的眼泪成串地滚落，声音哽咽，"我没有事。"他的声音也哑哑的，"是我吓着你了——医生说，你只是急性肠炎——我那样害怕……竟然以为……"

她只是无声地掉着眼泪，点滴管里的药水一滴滴落下，却似千钧的重锤，直直地向她心上锤去。他的怀抱那样温暖，他温柔地吻上来，仿佛碰触到最娇艳花瓣般地小心翼翼。她在泪光迷离里闭上眼睛，无力地沉溺。

慕容夫人叫了雷少功去，他原原本本地将经过情形说了一遍。慕容夫人良久方才叹息了一声，说："我这做母亲的，还有什么意思？"

雷少功静默不语，一旁的锦瑞说道："看这样子，老三确实是动了真格了，只怕真的要由着他去了。"

慕容夫人挥一挥手，示意雷少功下去。怔忡了半晌，才对锦瑞道："只能由他了，老三这样疑神疑鬼，想想真叫我难过。"

锦瑞低声劝道："他是真入了魔，才会这样以为。"知道慕容夫人不乐提及旧事，所以只泛泛地道："母亲岂会再错。"

果然，慕容夫人长长叹了口气，说道："他这样一心地要娶，只怕谁也拦不住。我们倒罢了，只怕你父亲那里，他轻易过不了关。"

素素出院之后，又休养了数日。日子已经是腊月底了，慕容清峄这天派人接她去宜鑫记吃苏州菜。宜鑫记楼上皆有暖气，素素进门来，侍者就帮忙接过大衣，只穿一件蜜色碧花暗纹的旗袍，走进去才知道除了他，还另有一位客人。慕容清峄对她道："叫人，这是何伯伯。"她低声按他的吩咐称呼，那人照例客气道："不敢。"上下打量她片刻，对慕容清峄笑道，"三公子好眼光。"

素素脸上微红，在慕容清峄身边坐下。慕容清峄道："何先生，我是宁撞金钟一下，不敲木鱼三千。只想请何先生帮忙拿个主意。"

那人正是有"第一能吏"之称的何叙安，他听了这话，微笑道："承蒙三公子瞧得起——不过，这是桩水磨功夫，心急不得。先生面前，容我缓缓地想法子，三年两载下来，或许能有所松动。"

慕容清峄道："何先生是知道我的脾气——不说三年两载，一年半载我也不愿等，这事情怕是夜长梦多。何先生不看僧面看佛面，替我想想法子。"

何叙安沉吟道："有一个法子或许能成，只不过……"

慕容清峄忙道："请先生明言。"

何叙安说道："实在太过于冒险，顶多只有三成把握。而且结果不好说，只怕会弄巧成拙。"

慕容清峄却道："置之死地而后生，不冒险一试怎么知道不成？"

何叙安微露笑容，说："三公子决然果断，有将门之风。"

慕容清峄也笑了，说道："得啦，什么法子快说来听听。"

何叙安却说："你得答应，我安排的事情，你不能问为什么，而且，事前事后且不管成与不成，都不能在任何人面前透露。"慕容清峄求成心切，只说："万事都依先生。"

何叙安想了一想，这才道："明天是腊月二十七，先生要去青湖。"

青湖官邸坐落在风景河之侧，依山面水，对着青湖的一泓碧波，风景十分幽静。慕容沣有饭后散步的习惯，顺着那攒石甬道一直走到山下，恰好风过，山坡下的梅坞，成片梅林里疏疏朗朗的梅花开着，隐隐暗香袭人。侍从们都远远跟着，他负着手慢慢踱着步子，只见一株梅花树下，一个淡青色的身影，穿一件旧式的长旗袍，袅袅婷婷如一枝绿萼梅。风吹来拂起她的额发，一双眼睛却是澄若秋水，耳上小小的两只翡翠蝴蝶坠子，沙沙打着衣领。

他恍惚地立住脚，像是梦魇一样，梦呓般喃喃："是你——"

慕容清峄却从身后上前一步，说："父亲，这就是素素。"

他望了儿子一眼，慕容清峄见他眼中竟有几分迷茫，夹着一丝奇异的神色，错综复杂令他看不懂，倒像是生气，却又不像，一刹那目光却仿佛是痛楚。慕容清峄记着何叙安的话，只说："求父亲成全。"

慕容沣面无表情地看着他，始终一言不发。慕容清峄只觉得不妙，可是不敢做声。仿佛过了一个世纪那样久，只听慕容沣长长叹了口气，说："婚姻大事，非同儿戏，你真的考虑好了？"

慕容清峄喜出望外，却仍捺着性子规规矩矩地应了声："是。"

慕容沣缓缓点了点头，慕容清峄未料到居然如此轻易获得首肯，大喜过望，牵了素素的手，笑逐颜开，"多谢父亲。"

那一种喜不自胜，似乎满园的梅花齐齐吐露着芬芳，又仿佛天与地豁然开朗，令人跃然欲上九重碧霄，只是满满的欢喜要溢出心间，溢满世间一样。

紫陌青门

【十三】

　　因着旧历年放假，双桥官邸越发显得静谧。慕容夫人自幼受西式教育，在国外多年，于这旧历年上看得极淡。不过向来的旧例，新年之后于家中开茶会，招待亲朋，所以亲自督促了仆佣布置打扫。慕容清峄回家来，见四处都在忙忙碌碌，于是顺着走廊走到西侧小客厅门外。维仪已经瞧见他，叫了声："三哥。"回头向素素做个鬼脸，"你瞧三哥都转了性了，原先成日地不见影，如今太阳没下山就回家了。"素素婷婷起立，微笑不语。维仪也只得不情不愿地站起来，说："未来的三嫂，你真是和母亲一样，立足了规矩。亏得母亲留洋那么多年，却在这上头变守旧派。"这一句却说得素素面上一红，低声道："家里的规矩总是要的。"维仪笑嘻嘻地道："嗯，家里的规矩，好极了，你终于肯承认这是你家了么？"她心性活泼，与素素渐渐熟稔，订婚之后又和她做伴的时间最长，所以肆无忌惮地说笑。见到素素脸红，只是笑逐颜开。

慕容清峄伸手轻轻在维仪额上一敲，说："你见到我不站起来倒也罢了，只是别懒怠惯了，回头见了母亲也赖在那里不动弹。"维仪向他吐吐舌头，说："我去练琴，这地方留给你们说话。"然后站起来一阵风一样就走掉了。

素素这才抬起头来，微笑问："今天怎么回来这么早？"慕容清峄见她穿秋色织锦旗袍，用银丝线绣着极碎的花纹，越发显出明眸皓齿，直看得她又缓缓低下头去。他笑了一笑，问："今天在做什么？"她说："上午学英文和法文，下午学国学和礼仪。"他便轻轻笑了一声，说："可怜的孩子。"素素道："是我太笨，所以才叫母亲这样操心。"慕容清峄牵着她的手，说："那些东西日常都得用，所以母亲才叫人教你。其实时间一久，自然就会了。"又说，"今天是元宵节，咱们看灯去吧。"

上元夜，月上柳梢头，人约黄昏后。她心里微微一甜，却轻轻摇头，"不成，晚上还要学舞。"他说："不过是狐步华尔兹，回头我来教你。"这样说话，却闻到她颈间幽幽的暗香，淡淡的若有若无，却萦绕不去，不由低声问："你用什么香水？"她答："没有啊。"想了一想，说，"衣柜里有丁香花填的香囊，可能衣裳沾上了些。"他却说："从前衣柜里就有那个，为什么我今天才觉得香？"太近，暖暖的呼吸拂动鬓角的碎发，她脸上两抹飞红，如江畔落日的断霞，一直红至耳畔，低声说：

"我哪里知道。"

吃过晚饭，趁人不备，他果然走到楼上来。素素虽然有些顾忌，但见他三言两句打发走了教舞的人，只得由他。两个人悄无声息地出了宅子，他自己开了车。素素担心地问："就这样跑出去，一个人也不带？"他笑着说："做什么要带上他们？不会有事，咱们悄悄去看看热闹就回来。"

街上果然热闹，看灯兼看人。一条华亭街悬了无数的彩灯灯笼，慢说两侧商家店铺，连树上都挂着满满的灯，灯下的人潮如涌，那一种车如流水马如龙的熙熙攘攘，当真是东风夜放花千树，更吹落，星如雨。只见商铺门前争着放焰火，半空中东一簇，西一芒，皆是火树银花不夜天。花市的人更多，慕容清峄牵着她，在人潮中挤来挤去，只是好笑，叮嘱她："你别松手，回头若是不见了，我可不寻你。"素素微笑道："走散了我难道不会自己回去么？"慕容清峄紧紧握着她的手，说："不许，你只能跟着我。"

两个人在花市里走了一趟，人多倒热出汗来。他倒是高兴，"以前从来不知道，原来过年这样热闹。"素素说："今天是最后的热闹了，明天年就过完了。"他于是说："瞧你，老说这样扫兴的话。"

一转脸看到人家卖馄饨，问她："你饿不饿？我倒是饿了。"素素听他这样讲，知道他留意到晚上吃西餐，只怕她吃不惯饿了，所以这样说。她心里却是满满的，像鼓满风的帆，摇头说："我不饿。"他偏偏已经坐下去，说："一碗馄饨。"向着她微笑，"你慢慢吃，我在这里等你。再过一阵子等婚礼过后，只怕想溜出来吃也不能够了。"

她低声说："母亲要是知道我们坐在街边吃东西，一定会生气。"慕容清峰笑一笑，"傻子，她怎么会知道？你慢慢吃好了。"

馄饨有些咸，她却一口一口吃完。他坐在那里等她，四周都是华灯璀璨，夜幕上一朵一朵绽开的银色烟花，照得他的脸忽明忽暗。她的心却明亮剔透，像是水晶在那里耀出光来。他只见到她抬起头来笑，那笑容令人目眩神迷，令她身后半空的焰火亦黯然失色。

双桥官邸内的玉兰花首先绽放第一抹春色。宅前宅后的玉兰树开了无数的白花，像是一盏一盏的羊脂玉碗，盛着春光无限。玉兰开后，仿佛不过几日工夫，檐前的垂丝海棠又如火如荼，直开得春深似海。素素坐在藤椅上，发着怔。维仪却从后头上来，将她的肩一拍，"三嫂！"倒吓了她一跳。维仪笑嘻嘻地问："三哥走了才一天，你就想他了？"素素转开脸去，支吾道："我是在想，春天在法语里应该怎么讲。"维仪"哦"了一声，却促狭地漫声吟道："忽见陌头杨柳色——"

那边的锦瑞放下手上的杂志，笑着说："这小鬼头，连掉书袋都学会了。文绉绉的，难为她念得出来，我是听不懂的。"她亦是从小在国外长大的，中文上头反不如西语明了。素素几个月来一直在恶补国学，这样浅显的诗句自然知道，脸上顿时潮红泅起，只说："大姐别听四妹胡说。"

锦瑞笑吟吟地说道："真不知道他们是什么头脑，新婚蜜月的安排老三出差。"素素越发窘迫，只道："大姐也取笑我么？"锦瑞知她素来害羞，于是笑笑罢了。维仪拖开椅子也坐下来，说："这样的天气，真是舒服，咱们出去玩吧。"锦瑞问素素："去不去？到岐玉山看樱花吧。"素素摇头，"我不去了，下午还有法文课。"维仪说："心急吃不了热豆腐，我看你太顶真了。"素素道："上次陪母亲见公使夫人，差一点露怯，我到现在想来都十分惭愧。"维仪如扭股糖一样，黏在素素臂上，"三嫂，咱们一块儿去吧。人多才好玩啊。你要学法文，我和大姐教你，大不了从今天开始，咱们三个人在一块儿时只讲法文好了，包你学得快。"锦瑞也微笑，"出门走一走，老在家里闷着也怪无聊的。"

维仪因着年纪小，家里人都很宠爱她，连慕容沣面前也敢撒娇。素素知道拗不过她，锦瑞又是长姐，她既然发了话，于是随她们一起去。

岐玉山的樱花花季时分，山下公园大门便设立禁卡，告示汽车不得入内。她们三个人坐着李柏则的汽车，公园认得车牌，自然马上放行。车风驰电掣一样长驱直入，一路开到山上去。素素没有留心，等下了车才问："不是每年花季，这里都不许汽车进来么？"维仪怔了一怔，问："还有这样的说法？早些年来过两次，并没有听说。"锦瑞微笑道："旁人的汽车，当然不让进来。回头别在父亲面前说露了嘴，不然老人家又该罚咱们抄家训了。"

三人顺着石砌山路，一路逶迤行来，后面侍从远远跟着，但已经十分触目了。素素不惯穿高跟鞋走山路，好在锦瑞和维仪也走得慢，行得片刻看到前面有凉亭，维仪马上嚷："歇一歇。"侍从们已经拿了锦垫上来铺上，锦瑞笑着说："咱们真是没出息，吵着出来爬山，不过走了这一点路，已经又要休息。"

维仪坐下来，说："不知道为什么，一回家人就变懒了。前年冬天我跟同学在瑞士天天滑雪，连腿都僵了也不觉得累。"素素出了一身汗，迎面熏风吹来，令人精神一爽。只见四周樱花纷纷扬扬，落英缤纷，直如下雨一般，落在地上似薄薄一层绯雪，那景致美得令她不由轻叹。忽听有人唤她的名字："素素。"

她转过脸来，又惊又喜，"牧兰。"

牧兰亦是惊喜的神色，说道："原来真的是你。"她身后的许长宁上前一步，微笑着招呼："大小姐、三少奶、四小姐，今天三位倒是有雅兴，出来走一走。"

锦瑞向他笑道："长宁，上次在如意楼吃饭，你答应我的事情呢？"长宁微笑道："大小姐吩咐下来，哪里敢耽搁，一早就办妥了。"他既不介绍牧兰，锦瑞与维仪却也不问。倒是素素道："大姐、四妹，这是我的朋友方牧兰。"

锦瑞与维仪都向牧兰笑着点点头。牧兰对素素道："在报纸上见着你们婚礼的照片，真是美。"

素素不知如何接口，于是微笑问："你呢？什么时候和许公子请咱们喝喜酒？"话一出口，只见牧兰望向许长宁，许长宁却咳嗽一声，问："三公子是昨天走的吧？"

素素深悔造次，连忙答："是昨天动身的，这会子只怕已经到了。"只听身旁的维仪说饿，侍从打开食篮，素素倒想不到会这样周全。只见皆是精致的西洋点心，保温壶里的咖啡倒出来，还是热气腾腾的。五个人喝过了咖啡，一路走下山来。牧兰见锦瑞与维仪走在前面，便轻声对素素说："你倒是瘦了。"

素素说道："真的吗？我自己倒不觉得。"牧兰却说："只是做了三公子夫人，越发光彩照人，刚才我差一点没认出来呢。"素素微笑，"你只会取笑我。"牧兰见她腕上笼着一串珠子，绕成三股式样别致的一只软镯，那珠子虽然不大，但粒粒浑圆，最难得是每一颗都大小均匀，光泽柔和，在阳光下发出淡淡的珠辉，不由道："你这串珠子真好，定然是南珠。"素素低头瞧一瞧，说："我也不知道是不是南珠，因为是母亲给的，所以日常戴着。"牧兰道："既是夫人给的，定然是极好的，必是南珠无疑。"

此时已是近午时分，游人渐少。牧兰回头望了远远跟着的侍从官一眼，忽然说道："上次张先生又请大家吃饭。"素素"嗯"了一声，问："舞团排新剧了吗？大家都还好么？"牧兰笑道："大家在席间说到你，都羡慕不已。"又问，"慕容家行西式的婚礼，这样的大事，竟也不大宴亲朋？"

素素道："是父亲的意思，母亲也赞同。西式的婚礼简朴，当年父亲与母亲结婚也是行西式的婚礼。老人家的意思是不想铺张，谁知道报纸上还是登出来了。"牧兰微笑，"这样的大事，报纸当然要大作文章。"两人这样一路说着话，走至山路旁。锦瑞与维仪已经在车边等着，素素老大不好意思，连忙走过去，"我只顾着聊天，走得这样慢。"

锦瑞道："我们也才到。"侍从官早已打开了车门，锦瑞先上了车，对长宁远远点头道，"有空到家里喝茶。"素素因她上了车，维仪才会上车，于是匆匆和牧兰道别。三人上了车子，侍从官坐了后面的汽车，两部汽车依旧风驰电掣一样开下山去。

回到家里，维仪嚷着脚疼，一进小客厅就窝在沙发里。锦瑞笑她，"年纪轻轻的，这样没有用。"女仆走过来对素素道："三少奶奶，三公子打了几个电话回来呢。"素素一惊，问："他说了什么事没有？"女仆答："没有说什么事，只叫您一回来就打电话给他。"素素问："他那里电话是多少号？"女仆怔了一怔，摇头道："三公子没有说。"

锦瑞就笑道："哪里用得着这么麻烦。"伸手拿起电话来，对总机讲，"接埔门，找三公子。"然后将听筒递给素素："你瞧，不用知道号码就可以。"总机果然立刻接到埔门去，那边总机听说是双桥官邸的电话，马上接至慕容清峰话线上。

听到他问："素素？"她连忙答："是我。你打了几个电话，有什么要紧事？"他说："没有什么事，不过已经到了，所以打电话回来告诉你一声。"素素问："路上还好么？"他说："还好。他们说你和大姐、四妹出去了，去哪里了？"她答："去看樱花了。"他便说："就要经常出去玩玩才好，闷在家里对身体也不好的。你昨天说头痛，有没有叫医生来看？"素素低声道："只是着了凉，今天已经好了。"

沙发那头锦瑞已经笑起来，"我受不了这两个人了，巴巴的原来是为了说上几句闲话。你们慢慢讲吧，维仪，咱们走。"维仪向素素眨一眨眼，一本正经地说道："三嫂，有什么体己话千万别说，两边的总机都听得到。"

素素听着她们打趣，到底不好意思，于是对慕容清峰道："没有别的事？那我收线了。"慕容清峰知道她的意思，于是说："我晚上再给你打过去。"

素素挂上电话，回头见锦瑞姐妹已经走掉。于是问女仆："夫人回来了吗？"女仆道："回来了，在花房里。"素素连忙说："我去见母亲。"走到花房里去，慕容夫人正在那里招待女客，远远就可以听到那笑语喧哗。她走进去，叫了声："母亲。"慕容夫人微笑着点头，问："听说你们出去看樱花了？就应该经常这样，年轻人还是活泼一些的好。"素素应了声："是。"

郭夫人在一旁插话："夫人这样疼她，真叫视若己出。"慕容夫人牵着素素的手，微笑道："这孩子最叫人怜爱，又听话，比我那老三，不知强上多少倍。"康夫人笑道："夫人也是爱屋及乌。"慕容夫人道："我倒不是当着人前说客套话，我那老三，及不上素素让我省心。"正巧锦瑞走进来，笑着说："母亲，你这就叫敝帚自珍，自家的孩子媳妇都是好的。"慕容夫人道："是我偏心了，康夫人的几个媳妇，也都是极出色的。"

康夫人笑道："她们几个，比起三少奶奶来，是天上地下，乌鸦凤凰，哪里能够相提并论。"锦瑞知道为着敏贤的事，康夫人颇有些心病，于是对素素说："法文老师来了，在那里等你呢。"素素听她这样说，就对慕容夫人道："母亲，那我先去了。"见慕容夫人点头，她便对众客人道，"诸位夫人宽坐。"倒令诸女客皆欠一欠身，说："三少奶奶请自便。"

招待吃过下午茶，客人逐一告辞而去。锦瑞和慕容夫人在花房里坐着说话，锦瑞道："那康夫人着实讨厌，话里夹枪带棒的。"慕容夫人说："到底是老三伤过人家面子。"又说，"你尽日说我偏心，我看你也偏心。人家都说大姑子小姑子最难缠，那是没见着你和维仪两个。我知道你们姐妹，向来不爱管闲事，却这样维护素素。"

锦瑞说："素素确实懂事听话，想不到她这样的出身，却连一丝轻狂样子都没有，老三是挑对了人——我大半也是为了老三，他对素素这样痴，痴得都叫人担心。"

慕容夫人道："我瞧老三将一片心思全扑上去了。"又轻轻叹了口气，"只是我跟你一样，觉得有些担心，怕他太过于痴迷，反倒不见容。所谓情深不寿，强极则辱。"锦瑞笑："真是我的不是，招得您这样说来。老三改了性子，专心一意反倒不好么？"停了一停，又说，"老三是浮躁了一些，来日方长，有素素这样娴静的性子，不至于生出事端来的。"

慕容夫人说："我瞧素素就是太静了，从来受了委屈不肯对人言的。这是长处，只怕也是短处。老三那爆炭一样的脾气，人家说什么都不肯听，何况她根本就不会说。只怕将来万一有什么事，两个人反倒会僵持到不可救药。"

锦瑞笑道："可怜天下父母心，太平无事，母亲也坐在这里杞人忧天。"

慕容夫人也不禁笑了，说："我这是杞人忧天才好。"

【十四】

慕容清峄不过去了四天，回家路上便归心似箭，一下车便问："夫人在家里？"替他开车门的侍从官笑逐颜开，说："夫人去枫港了，三少奶奶在小书房里。"慕容清峄叫人一句话道破心思，不禁微笑，"啰嗦，我问过她么？"侍从官见他眼角皆是笑意，知他心情甚好，于是道："三公子您是没有问，不过三少奶奶倒问过几遍，怎么还没见着您回来。"

慕容清峄明知素素不会这样问，但那欣喜仍是从心里溢出来。他快步走上楼去，见素素坐在那里念单词，眼睛却瞧着窗外。于是轻手轻脚走上去，从后面搂住她的肩。她身子一震，转过脸来见是他，轻轻地叫了一声"哎呀"，说："我怎么没见着你的车进来？"

他说："我怕父亲在家，在前面下的车。"然后仔细地端详她。她让他瞧得不好意思，低下头问："才去了几日，就不认识了么？"他"唔"了一声，说："才几日，我觉得倒似有几月光景一样。《诗经》上那句话怎么说来着？"

素素一直在恶补国学，见问下意识就答："一日不见，如隔三秋。"只见他笑容可掬，这才知道上了当，不由脸上一红，说，"一回家就欺侮人。"他只是笑，"这怎么能叫欺侮人？是你自己说出来的。"又问她，"早上打电话回来，他们说你出去了，是和维仪上街吗？"

素素说："不是，牧兰约了我喝茶。"慕容清峰听了，却说："那牧兰你不要和她来往了，免得将来大家尴尬。"素素吃了一惊，问："出了什么事？"慕容清峰说："长宁要和霍珊云订婚了，我想你若再跟牧兰来往，旁人不免会生出闲话来。"

素素怔忡了良久，才说："怎么会？上次见到牧兰和长宁，两个人还是极亲热的。"慕容清峰道："长宁又不是傻子，霍珊云和他门当户对，霍家又正得势，他们两边家里人都乐见其成。"素素只是意外，还有几分难过，茫然问："那牧兰怎么办？"慕容清峰说："你就别替她操心了，我叫人放了洗澡水，咱们去洗澡吧。"

最后一句话令她的脸腾地红了，面红耳赤手足无措，只将他推出门外去。

天气渐渐热起来，时值午后，风过只闻远处隐隐松涛万壑，声如闷雷。宅子四面古树四合，浓荫匝地，叶底的新蝉直叫得声嘶力竭。北面廊下凉风吹来，十分的宜人。正是日长人倦，一本杂志，素素看着看着手渐渐垂下去，几乎要睡着了，却听到脚步声，转脸一看，正是维仪。只见她穿了球衣，手里拿着拍子，笑道："三嫂，我约了朋友打网球，一齐去玩吧。"

素素微笑，"我不会玩这个，你去吧。"维仪说："家里这样静悄悄的，怪闷的，咱们还是一块去吧。"

素素道："我约了朋友喝下午茶呢。"维仪这才道："哦，难得见到三嫂的朋友来。"素素道："是约在外头咖啡店里。"维仪吐了吐舌头，说道："那我先走了。"

因为是约在咖啡店里，所以素素换了身洋装才出门。一进门牧兰便笑她，"几日不见，气质是越发尊贵了。瞧这一打扮，像是留洋归来的小姐。"

素素只是微笑，说："他们家里的规矩如此罢了。"侍者过来，微笑着说道："三少奶奶倒是稀客，今天有极好的车厘子冰激凌，是不是要一客？"又对牧兰说，"方小姐喜欢的椰蓉蛋糕才刚出炉呢。"

牧兰"哎哟"了一声，对素素道："你瞧瞧，这咖啡店快要和老中餐馆子一样了。"

倒说得那侍者老大不好意思起来，连忙说："是，是我多嘴。"

素素心里不忍见人难堪，忙说："你说的冰激凌和蛋糕我们都要，你去吧。"回过头来，只听牧兰问："三公子不在家？"

素素脸上微微现出怅然，说："他一直很忙。"牧兰轻笑一声，说道："他是做大事的人，忙些也是常情。"

正巧蛋糕与冰激凌都送上来了，牧兰说："这里的蛋糕是越做越不像样了，连卖相都差了。"素素尝了一口冰激凌，说："上次来的时候要了这个，难为他们还记得。"牧兰说："旁人记不住倒也罢了，若是连三少奶爱吃什么都记不住，他们只怕离关张不远了。"

素素只得笑一笑，说："人家还不是记得你喜欢的蛋糕。"牧兰说："老主顾老情面罢了。"正说话间，素素一抬头见到门口进来的人，脸色不由微微一变。牧兰是极会察言观色的人，立刻觉察到了，于是回过头去看，原来正是许长宁。他却不是独自一人，身边却还有一位女伴，素素认得正是霍家五小姐，她心里这一急，却毫无法子可想，本来天气热，越发觉得那电扇的风吹在身上，黏着衣服。她是又着急又难过，只见牧兰却一丝表情也没有，她素无急智，心里越发乱了。那许长宁也看到了她们二人，步子不由慢下来，偏偏那霍珊云也瞧见了，笑盈盈地走过来和素素说话："三少奶奶，今天倒是巧。"素素只得点一点头，微笑问："霍小姐也来喝咖啡？"

幸得那霍珊云并不认识牧兰，只顾与素素讲话："上次我与长宁订婚，家里唱越剧堂会，我瞧三少奶奶像是很喜欢。后天越剧名角申玉兰要来家里，不知道三少奶奶是否肯赏光，到家里来吃顿便饭。"

素素听她讲得客气，只得说道："我对越剧是外行，瞧个热闹罢了。"

霍珊云笑容满面，"三少奶奶过谦了，大家都说，论到艺术，只有三少奶奶是内行呢。"又道，"天气热，我们家里是老房子，倒是极凉快的。今天回去，再给您补份请柬才是。"

素素只得答应着。霍珊云回头对许长宁道："回头记得提醒我，我这样冒失，已经是很失礼了。"许长宁这才问："三公子最近很忙吧？老不见他。"

素素说："是啊，他近来公事很多。"她到底悄悄望了牧兰一眼，见她一口一口吃着蛋糕，那样子倒似若无其事。偏偏霍珊云极是客气，又说了许久的话，这才和许长宁走开去。他们两个一走，素素就说："我们走吧，这里坐着怪闷的。"

牧兰将手里的小银匙往碟子上一扔，"铛"一声轻响。素素结了账，两个人走出来，牧兰只是一言不发，上了车也不说话。素素心里担心她，对司机说："去乌池湖公园。"

车子一直开到乌池湖去，等到了公园，素素陪着牧兰，顺着长廊沿着湖慢慢走着，天气正热，不过片刻工夫，两人便出了一身的汗。湖里的荷花正初放，那翠叶亭亭，衬出三两朵素荷，凌波仙子一般。风吹过，带着青青的水汽，一只鼓着大眼的蜻蜓无声地从两人面前掠过，那翅在日头下银光一闪，又飞回来。

素素怕牧兰心里难过，极力找话来讲，想了一想，问："舞团里排新剧了吗？"牧兰长长叹了口气，说道："不知道，我已经一个月没去了。"素素心里疑惑，牧兰突然停住脚，她吃了一惊，也止了步子，只见牧兰脸上，两行眼泪缓缓落下来。素素从来不曾见到她哭，只是手足无措，牧兰那哭，只是轻微的歔歔之声，显是极力地压着哭泣，反倒更叫素素觉得难过。她只轻轻叫声："牧兰。"

牧兰声音哽咽，"怎么办？我该怎么办……"

素素本来就没了主意，听她这样问，只是默默无声。游廊外就是一顷碧波，荷叶田田，偶尔风过翠盖翻卷，露出苍绿的水面，水风扑到人身上仍是热的，四周蝉声又响起来。

她回家去，心里仍是不好受。因慕容夫人入夏便去了枫港官邸避暑，家里静悄悄的。维仪照例出去就不回来吃饭，剩她独自吃晚饭。厨房倒是很尽心，除了例菜，特别有她喜欢的笋尖火腿汤。她心里有事，兼之天气热，只吃了半碗饭，尝了几口汤，便回楼上书房里，找了本书来看着。天色已经暗下来，她也懒得开灯，将书抛在一旁，走到窗口去。

院子里路灯亮了，引了无数的小虫在那里绕着灯飞。一圈一圈，黑黑地兜着圈子。院子里并没有什么人走动，因着屋子大，越发显得静。她胸口闷闷的，倒像是压着块石头。在屋子里走了两趟，只得坐下来。矮几上点着檀香，红色的一芒微星。空气也静涸了一般，像是一潭水。那檀香幽幽的，像是一尾鱼，在人的衣袖间滑过。

她开灯看了一会书，仍然不舒服，胃里像是翻江倒海一样地难受，只得走下楼去。正巧遇上用人云姐，于是歉然对她讲："云姐，烦你帮我去瞧瞧，厨房里今天有没有预备消夜，我老觉得胃里难受。"

云姐因着她一向对下人客气，又向来很少向厨房要东西，连忙答应着去了，过了片刻，拿漆盘端来小小一只碗，说："是玫瑰汤团，我记得三少奶爱吃这个，就叫他们做了。"

素素觉得有几分像是停食的样子，见到这个，倒并不想吃，可是又不好辜负云姐一番好意，吃了两只汤团下去，胃里越发难受，只得不吃了。刚刚走回楼上去，心里一阵恶心，连忙奔进洗手间去，到底是搜肠刮肚地全吐了出来，这才稍稍觉得好过些。

朦胧睡到半夜，素素听到有人轻轻走动，那灯亦是开得极暗，连忙坐起来，问："你回来了，怎么不叫醒我？"慕容清峰本不想惊醒她，说："你睡你的，别起来。"又问，"你不舒服吗？我看你脸色黄黄的。"

素素说："是这灯映得脸上有些黄吧——怎么这么晚？"

慕容清峰说："我想早一点到家，所以连夜赶回来了。这样明天可以空出一天来，在家里陪你。"睡灯的光本是极暗的，素素让他瞧得不自在了，慢慢又要低下头去，他却不许，伸手抬起她的脸来。缠绵的吻仿佛春风吹过，拂开百花盛放。

素素脸上微微有一点汗意，倦极了，睡意矇眬，颈中却微微有些刺痒。素素向来怕痒，忍不住微笑着伸手去抵住他的脸，"别闹了。"他"唔"了一声，她伸出手指轻轻按在他下颌冒出的青色胡碴上。他问："我不能常常陪着你，你独个儿在家闷不闷？"她说："母亲与大姐、四妹都待我极好，怎么会闷？"他停了片刻，又问："她们待你好——难道我待你不好吗？"她生性腼腆，转开脸去。床前一架檀木苏绣屏风，绣着极大一本海棠，繁花堆锦团簇逶迤成六扇。她说："你待我很好。"可是情不自禁，却幽幽叹了口气。他问："那你为什么不高兴？"她低声说："我只是想着那个孩子，假若能将他寻回来……"

慕容清峰本来有心病，听她这样说，神色不免微微一变。他摸了摸她的头，说道："我已经叫人继续去找了，你别总放在心上。"素素见他脸色有异，只是说道："叫我怎么能不放在心上呢。"那眼里的泪光便已经泫然。他长长叹了口气，将她搂入怀中。

他难得有这样的休息日，所以第二天睡到日上三竿才起来。他起来得既迟，索性也不吃早餐了。走到书房去，素素坐在那里，面前虽然摊开着书，眼睛却望着别处，那样子倒似有心事。

他说："你是什么时候起来的，我都不知道。"

素素正出神，听到他说话，倒吓了一跳似的。他心里疑惑，她没有听清楚他的话，只是微笑问："起来了？"他"唔"了一声，说："还是家里舒服。"瞧见她手边白纸上写的有字，于是问："练字呢？我瞧瞧。"不等她答话，已经抽出来看，却是零乱的几句诗句："汉之广矣，不可泳思；江之永矣，不可方思。"另一句却是："而今才道当时错，心绪凄迷，红泪偷垂，满眼春风百事非。"他虽然受西式教育，但幼禀家教，于国学上头十分的通达，这两句诗来由出处一望便知，心里疑云顿起，脸上却丝毫不露声色。

素素随感而发，替牧兰嗟叹罢了，见他拿起来看，到底有几分心虚。只听他问："你说你昨天出去和朋友喝下午茶，是和谁？"她因着他曾经交代自己，不要多和牧兰交往，说出实情来怕他不悦，迟疑一下，说："是和一位旧同学，你并不认识。"她第一回在他面前说谎，根本不敢抬眼瞧他，只觉得耳根火辣辣的，只怕脸红得要燃起来。他"嗯"了一声，正巧有电话来找他，他走开去接电话，她这才松了口气。

他接了电话又要出去，素素看他的样子，脸色并不是很好。但向来他的公事，是不能过问的，于是只是送他出去，看他上了车子才进去。

他这一去，晚上是在如意楼吃饭。席间都是世家子弟，夹杂着数位电影明星，自然十分热闹。他一进去，霍宗其首先笑起来，"三公子来了，这边这边。"将他的位置，安排在电影明星袁承雨之侧。那袁承雨与他是旧识，微笑道："三公子，这么久不见。"慕容清峰笑道："袁小姐最近的新戏，我都没有去捧场，真是该罚。"霍宗其得了这一句，哪里肯轻饶，只说："罚酒不能算，太寻常了。你的酒量又好，今天咱们罚就罚得香艳一点。"席间诸人都轰然叫起好来，许长宁问："怎生香艳法？大家可要仔细斟酌。"霍宗其道："咱们罚三公子，受袁小姐香吻一个。"袁承雨早笑得前俯后仰，此刻嚷道："这不行这不行。"许长宁也道："就是，明明是罚三公子，怎么能反倒让他得了便宜。"霍宗其笑道："表面上看他是得了便宜，但有一样，那唇红印子不许擦——大家想一想，他今晚回去，对少奶奶如何能够交代？"诸人果然抚掌大笑连连称妙，何中则更是惟恐天下不乱，"就吻在衣领上，等闲擦不掉才好。"袁承雨哪里肯依，慕容清峰也笑，"你们别太过分了。"但众人七手八脚，两三个人一拥而上按住了慕容清峰，霍宗其连推带搡将袁承雨拉过来。他们是胡闹惯了的，见慕容清峰衣领上果然印上极鲜亮一抹红痕，方放了手哈哈大笑。

慕容清峰酒量极好，这晚酒却喝得沉了，待得宴散，心里突突直跳。霍宗其安排车子送客，向他促狭地眨一眨眼，说："三公子，袁小姐我可交给你了。"袁承雨双眼一撩，说道："霍公子，你今天竟是不肯饶我们了？"霍宗其"咦"了一声，笑道："你们？我哪里敢不饶你们？"慕容清峰虽然醉了，但也知道叫他捉住了痛脚，又会没完没了地取笑，惟有索性大方，他反倒会善罢甘休。于是对袁承雨说："你别理他，咱们先走。"果然霍宗其见他这样说，倒真以为他们弄假成真，笑着目送他们上车。

慕容清峰叫司机先送了袁承雨回去，正要回家去，雷少功办事极细心，此刻提醒他："今天先生在家，现在这样晚了。"他酒意上涌，想了一想才明白，"父亲瞧见我三更半夜醉成这样子，舰队的事又搁着没去办，必然要生气——咱们去端山，等明天父亲动身后再回去。"

【十五】

素素因为不喜吹电扇，所以躺着拿柄扇子，有一扇没一扇地摇着。空气里闷得像是开了盖的胶，起初似是水，后来渐渐凝固，叫人呼吸着都有一丝吃力。她睡得蒙蒙眬眬的，突然一惊就醒了。只见窗外亮光一闪，一道霹雳划破夜空，一阵风吹来，只听得楼下不知哪扇窗子没有关好，啪啪作响。那风里倒有几分凉意，看来是要下雨了。

远处滚过沉闷的雷声，紧接着，又一弧闪电亮过，照着偌大的房间。那些垂帘重幔，也让风吹起来，飘飘若飞。接着刷刷的雨声响起来，又密又急。她听那雨下得极大，那雨声直如在耳畔一样，迷糊着又睡着了。

慕容清峄早晨却回来了，天色甚早，素素还没有起来，见他行色匆忙，问："又要出去？"

他"嗯"了一声，说："去万山，所以回来换衣服。"一面说一面解着扣子，解到一半倒像是想起什么来，手停了一停，望了素素一眼，但仍旧脱了衣服去洗澡。素素也连忙起来了，看他换下的衣服胡乱扔在贵妃榻上，于是一件一件拿起来，预备交给人洗去。最后那件白衬衣一翻过来，那衣领之上腻着一抹红痕，正是今年巴黎最时新的"杏红"。她傻子一样站在那里，紧紧攥着衣服，直攥出一手心的汗来。心里空荡荡的，像是失了力气，清晨本来是极凉爽的，可是额头上涔涔地出了汗。窗外树间，那鸟儿脆声宛转，一声迭一声在那里叫着，直叫得她耳中嗡嗡起了耳鸣。

他已经出来了，因洗过头发吹成半干，那湿发软软的，越发显得黑。他说："我不在家吃早餐了，大约明天才能回来。"目光凝视着她的眼，倒仿佛要将她看穿一样。她心里只是茫然地难过，眼里淡薄的水汽极力隐忍，却怕他瞧出来，只是低下头去，声音微不可闻，"是。"

他听她口气如常平淡，那样子倒似不高兴，"你怎么了？简直和他们一样的声气，你又不是侍从官，你要知道自己的身份，外人面前说话，别像这样别别扭扭的。"她只得轻轻应了一声。他说："看你这样子，回头见了客人，大约又说不出话来。"她听他语意不悦，于是不再做声，只勉强笑一笑，说："母亲不在家，客人也少了。"他瞧了她一眼，说："我走了，你别送下去了。"

她本来心里难过，只是极力地忍耐，眼睁睁看着他往外走去，终于忍不住，那眼泪又冰又凉，落在唇边，苦涩如黄连一样。不想他走到门口却回过头来，她慌乱低下头去，到底是叫他看见了。他却笑起来，走回来问："怎么了？"她不答话，忙举手去拭那泪痕。他牵了她的手，轻声说："傻子！昨天的事，是他们开玩笑，硬要将口红抹到我衣领上，你信不信我？"

她抬起眼瞧他，他的眼里虽带着笑意，可是清澈安详，仿佛是秋天里的海，那样深邃静谧，令她不由自主地陷入沉溺，她安然地轻轻舒了口气。她——自然应当信他，也自然是信他的。

因着夜里下了一场大雨，树木的枝叶绿意油然，苍翠欲滴，空气也清爽起来。素素在洋行里新订了一件礼服，维仪和她一块去试衣服。那洋行里做事是十分顶真的，三四位店员拿了别针，将不合适的地方细细别好，又一再地做记号预备修改。维仪笑道："三嫂等闲不肯穿洋装的礼服，其实偶然瞧见你穿这个，也是极好看的。"素素说道："家里有舞会，所以才订了这个，还是日常衣服穿着方便。"维仪是小女孩子脾气，见着新衣自然欢喜，经理又拿出许多图册来给她看，素素又向来不喜店员侍候，所以便独个进去换衣服。

那换衣间的墙壁是极薄的夹板，上面贴着藕色云纹的墙纸，望去像是太阳落下后一点淡薄的雯霞，颜色十分好看。板壁薄了，只听隔壁也是窸窸窣窣的声音，大约有人在隔壁换衣服。只听见轻腻的笑声，"这件衣服价钱可不马虎，你老实讲，是谁替你付账？"另一个女声答道："什么谁来付账，我买衣服当然是自己付账。"

素素本不欲窃听人家谈话，但那礼服自是不容易脱下来，好容易换了旗袍，伸手去扣着腋下的扣子，却听先前那轻柔的女声嗔道："你骗旁人也倒罢了，什么事情能瞒得过我去？你跟我从实招吧。我可听说昨天晚上，你是跟三公子一块走的——你又一夜没回去，今天这衣服，大约是他付款吧。"

素素手里一滑，那扣子从指尖溜掉了，心里恍惚得厉害，手心里有了汗，那旗袍的盘花扣都是极小的一粒，怎么也捉不住。隔壁的声音仍旧隐隐绰绰，只听嘤叮有声，"你这鬼头，谁那样长的舌头，昨晚的事这么快你就说了？"那笑声又轻又甜，素素心里却是一阵阵发着冷，嘴里苦涩得像噙着黄连。那边笑语声低下去，变成嘈嘈切切细微的耳语，再也听不见了。她只觉得步子有些发虚，走出来见了维仪，维仪"咦"了一声，问："三嫂，你这是怎么啦？一会儿工夫，脸色这样白。"

素素说："大约是天气热吧。"看着刚刚那两个人从换衣间出来，便似是无意般望了一眼。只见当先一人高挑身材，艳丽的脸上犹带了一分盈盈笑意，那模样倒有几分眼熟。维仪见她望着，便说："是袁承雨，她几部新片子倒正叫座。"素素只是瞧着她唇上流光溢彩，正是那动人心魄的杏红色，那心里就如狠狠地挨了一鞭，只是极痛地泛上来。那袁承雨倒不曾知觉，与女伴说笑着，又叫店员取了另一款衣服来看。素素对维仪道："咱们走吧。"维仪看她脸色极差，只怕她中暑，于是说："天气这样热，去公园里坐坐吃冰激凌吧，那里水风凉快。"素素神情恍惚，只是"嗯"了一声。

公园里西餐厅正对着乌池湖，水风吹来十分宜人。维仪叫了冰激凌来吃，素素只要了杯奶茶。维仪说道："家里什么都好，就是没有这样的湖风，所以母亲每年喜欢去枫港避暑。"素素强打着精神，说道："其实家里房子四周都是树，倒是很幽静的。"两个人吃了点心出来，维仪和她顺着游廊慢慢走着，一面是浓荫匝地，一面是碧波荷香，素素心里渐渐安静下来。顺着游廊一转弯，正巧一对情侣携手而来，迎面相遇看得极是清楚，她犹未觉得，对方便是一愣。她这才认出是庄诚志来，那庄诚志万万没有料到会遇上她，只是下意识放了女伴的手，迟疑着打招呼："素……三少奶奶，你好。"

素素心无芥蒂，只是说："许久不见了，庄先生。"又对维仪介绍，"这是我以前的同事庄先生。"维仪在西式教育下长大，处事极是大方，且因为尊重这位嫂嫂的缘故，对她的朋友向来也是很客气。几人又寒暄了两句，素素与维仪方出了公园回家去。

慕容清峰从万山回来，家里已经吃过饭了，于是吩咐仆人，"叫厨房将饭菜送房里来。"一面说，一面上楼去。素素正望着窗外出神，他进去也没有觉察。他轻手轻脚从后面走上前去，正要搂她入怀，却看到她眼角犹有泪痕，那样子倒似哭过一样，不由得一怔。素素见是他，那样子像是受惊一样，连忙站起来。他问："好好的，怎么啦？"

她心里只是痛楚，极力地淡然说道："没事，不过是天气热，有些苦夏罢了。"他见她目光凄苦迷离，见自己望过来，只是垂下头去，倒仿佛下意识在躲避什么一般。他问："到底是怎么了？"她只是勉强笑一笑，"没事，真的没事。"

他吃了饭下楼，正巧遇见维仪抱着猫从小客厅里出来，于是问："维仪，你三嫂今天一直在家里面？"维仪说道："下午我和她一块儿去试了衣服，还上公园去逛了逛。"慕容清峰问道："就你们两个人出去，没有别的朋友？"维仪说："就我和三嫂两个。"又随口说道，"在公园里遇上三嫂的一位旧同事，大家说了几句话就回家了，也没有去旁的地方。"

慕容清峰问："旧同事？"维仪哪里知道中间的端倪，说："好像是姓庄，听三嫂介绍原来是舞团的同事。"这一句却叫他心里一紧，便是无可抑止的硬伤。原来如此，他心里只想，原来如此。

她没有忘，一遇上便这样难过，到底是没有忘。他强占了她的人，到底是得不到她的心，她背人弹泪，强颜欢笑，只是为了旁人。

维仪走得远了，远远只听她怀里的猫喵呜了一声，像是羽毛轻轻扫起心里的狂躁，他在走廊里一趟趟来回，只是愤恨——她记着的是旁人，落泪是为了旁人。更加怒不可遏的却是自己的在意，他竟然如此嫉妒……她这样将心留给旁人，他却在意嫉恨。

房子很大，入夜后便越发显得静。素素听那古董钟走得滴答滴答响，仿佛是书上讲的寒漏—— 一滴一滴，直滴得人寒到心底里去。她穿着一双软缎鞋，走起来悄无声息，刚刚走到书房门口，那门是半掩着的，却听见慕容清峰在讲电话："你先过去，我马上就来。"那口气极是温和。她慌忙往后退了两步，慢慢走回房间去。过了一会儿，他果然进来换衣服。她本不欲问，可是总归是存着最后一丝期望，"这么晚了，还出去？"

他说："有公事。"又说，"你先睡吧，我今天就不回来了。"

她垂下头去。他轻飘飘的一句话，就交代了一切。回来，不回来，心都已经不在了，还有什么区别？她就知道，幸福不会属于她，她没有这样的运气。上天不过捉弄了她一番，让她以为曾经拥有，而后，马上吝啬地收回一切。他给了她最大的幸福，然后轻易地再毁掉。身体的背叛，不过是心灵背叛的开始。她对他而言，也许只是卑微的器物，因着美貌，所以他喜欢，收藏，厌倦，见弃。以后的日子，即将是茫茫无尽的黑暗，永远渴望不到光明的黑暗。

床头上还扔着那柄扇子，那软软的流苏搭在枕上。枕上是苏绣并蒂莲，粉色的双花，瓣瓣都是团团地合抱莲心，极好的口彩——百年好合。一百年那样久，真真是奢望，可望不可及的奢望。等闲变却故人心——还没有到秋天，皎皎的白扇，却已经颓然旧去。

窗外光柱一晃，她将头抵在窗棂上，冰凉的铁花烙在额头，是他的汽车调头离去。

霍宗其放下电话就赶到端山去。雷少功休息，是从绍先值班。霍宗其见他站在廊下，于是问："他们都来了？"从绍先点点头，霍宗其便走进去，见慕容清峰坐在那里，面前放着一幅西洋拼图，他却只是将那些碎片握在手里，"哗"一声扔下，又再抓起一把来。他对面坐着是李锗彦与秦良西，见他进来，慕容清峰起身说："走，去牌室。"他们是老牌搭子，知己知彼。几圈下来，却是慕容清峰输得最多。李锗彦正是手气好，笑着说："三公子今天看样子是翻不了本了。"慕容清峰说："才三点钟，别说得这样铁板钉钉。"霍宗其笑道："情场得意，三公子，别想着这赌场上头也不肯让咱们得意啊。"慕容清峰说："你们就是嘴上不饶人，我得意什么了？"

秦良西打个哈哈，说："袁小姐可漂亮啊。"慕容清峰说："越描越黑，我不上你们的当。"霍宗其却说："不过今天的事古怪得很，昨天两个人还双双同车走掉，今天这样的良辰美景，却在这里和咱们打牌。难不成袁小姐昨晚不中你的意？怪不得你像是有些不高兴——原来不是因为输了钱。"

慕容清峰听他不荤不素，到底忍不住笑道："胡说！"秦李二人哪里还绷得住，早就哈哈大笑起来。

却说这天维仪想起来，问："三哥最近在忙什么？原先是见缝插针地回家来，这一阵子却老不见他。"

素素勉强笑一笑，说："他大约忙吧。"

维仪说:"三嫂,你最近脸色真差,叫大夫来瞧瞧吧。"素素脸上微微一红,说:"不用,就是天气热,吃不下饭罢了。"

锦瑞走过来,说:"四妹妹还不知道吧,你可是要做姑姑了。"

维仪"哎呀"了一声,笑着说:"这样的事情,你们竟然不告诉我。"素素低着头。维仪说:"三哥呢?他听到一定喜欢极了。三嫂,他怎么说?"

素素低声说:"他自然喜欢。"难得他回来吃饭,说给他听。他那样子,起初确实十分欢喜。但见她垂下头去,他脸上的笑容稍纵即逝,问她:"你怎么不笑?你不高兴么?"她只得勉强笑一笑,说:"我当然高兴。"可是自己都听得出语意干涩,言不由衷。他的声音不由低沉下去,"我知道了。"

她不知他知道了什么,也不明白他话里的意思。他冷淡地转过脸去,她骇异急切地望着他,他一旦露出不悦,她本能地就想要退却。她不明白,是哪里又错了。她一直那样努力,努力想要做好他的妻子,方才几个月工夫,这努力却已经一败涂地。他开始厌倦她,这厌倦令她绝望而恐慌。她极力忍耐,不问他的行踪。他回家越来越少,即使回来,也没有高兴的声气对她。她什么也没有,惟有他——他却不要她了。

慕容清峰本来不打算回来的,但是晚饭后接到维仪的电话:"三哥,你再忙也得回家啊。三嫂今天不舒服,连饭都没有吃呢。"他以为可以漠不关心,到底是心下烦躁。避而不见似乎可以忘却,可是一旦惊醒,依旧心心念念是她的素影。

他过了十二点钟才到家,素素已经睡了。她难得睡得这样沉,连他进房里也没有惊醒。睡房里开着一盏暗淡的睡灯,她的脸在阴影里，连梦里也是皱着眉的。他站在那里，远远望着她，她这样的不快乐，只是因着他。其实他早就知道，她是不愿意嫁他的，不过无可奈何，从一而终。所以不经意间，便会怅怅地出神。她不在乎他，一点点也不在乎。他刻意地试探着冷落她，却没有听到她一句稍稍幽怨的话——她不爱他，所以根本就不在意他的冷落。心里是几近麻木的痛楚，他从来没有这样无力，她不要他的爱，所以不在意他这个人。

连有了孩子，她也只是淡淡的忧色。她不快乐，那种表情令他发狂，每一个夜晚，毒蛇一样的念头都在啃啮着他的心。她到底不爱他，他这样爱她，她却不爱他。他全盘皆输，尽失了一切，只得本能地去抓住自尊。他以为可以轻易地忽视她，但是一旦回家来，她的面容出现在眼前，便将这种自欺欺人击得粉碎。

他受着这样的煎熬，只得给她难堪，动辄得咎，她也不过温顺地低着头。在他面前，她只是害怕，害怕他所以顺从他。他要的不是怕，她却只是怕他。偶尔看到她笑，一旦他走近，那笑容也顿时无影无踪。他发脾气，她也不过更加害怕。他真真切切知道了什么叫伤心，伤心过后，是要人命的虚空。他试图用旁的人旁的事来填补这虚空，可是心缺失了一块，是惟有她的那一方。

【十六】

枫港的夏季，因着背山面海的独特地势，借着海风的凉爽，是久负盛名的避暑之地。枫港官邸地势极高，凭栏远眺，可以望见一望无际的碧海之上，点点白帆似溅开的花朵。一只白翅黑背的鸥鸟误入花圃之中，见到人来，又惊得飞起盘旋。那名侍从官匆忙走到后园去，慕容夫人本来正在那里持着剪刀，剪下新开的玫瑰用来插瓶，见了他那样子，知道有事，犹以为是公事，回头向慕容沣一笑，"瞧，我说中了吧，八点钟之前，准有你的电话。"

谁知侍从官走过来，叫了一声："夫人，四小姐打电话过来，说是三少奶奶摔倒了。听她的声气，像是很着急。"慕容夫人心头一紧。若是摔倒后无事，断不会打电话过来，那后果自然不用问了，惟一希望是维仪年轻慌张，乱了阵脚所以草木皆兵，虚惊一场才好。她连忙放下剪刀，说："备车，我回双桥去。"

她赶回双桥已经是下午时分，天色见晚，双桥官邸四周皆是参天的古木，越发显得天色晦暗。她一上二楼，小会客室里几位医生都聚在此。见到她纷纷起立，叫了一声："夫人。"她看了众人的脸色，已经明白了七八分，于是问："情形怎么样？"

医生当中，一位秦大夫是公认的权威，此刻便答话："我们还是建议，不要移动病人，以免加剧失血。"慕容夫人点一点头，叹了一声，说："我进去看看。"

她步子虽轻，素素仍是听到了，见了她，叫了声："母亲。"倒想要挣扎着起来。她连忙说："别动。"素素那眼泪便断了线似的落下来，呜咽道："我太不小心——实在辜负母亲疼我。"

慕容夫人握着她的手，"好孩子，你又不是故意的。"回头对维仪道，"叫他们将楼梯上的地毯全都给我拆了。"维仪答应了一声。慕容夫人拍着素素的手背，安慰她："别哭，都怪我大意。前些日子维仪也在那里绊了一跤，我就没想到叫人拆了它，说来都怪我不周全。"素素那眼泪只是止不住。慕容夫人突然想起来，问："老三呢？"

左右的人都面面相觑，叫了侍从室的人来问，答："还没找着三公子呢。"

慕容夫人道："这个糊涂东西！我从枫港都回来了，他难道上天入地了不成？"她虽素来慈和有加，气度雍容，但其实侍从室对她的敬畏，甚至在慕容沣之上。她如此厉声质问，侍从官当即一迭声应是，退出来又去打电话。因见慕容夫人赶回来，知道事情肯定不妙，立刻也改了声气，四处打电话直言不讳："你替我无论如何找到雷主任，少奶奶出了事，夫人已经赶回来了。"

这样才寻到了雷少功。待得慕容清峰赶回双桥，天已经黑透了。他一口气奔上二楼，穿过走廊，突然却停了步子，站在那里迟疑了片刻，终于先走到大客厅里去。慕容夫人坐在躺椅之上，维仪偎在她身边。维仪眼圈红红的，慕容夫人脸色倒看不出什么，见着他，只叹了一声。他脸色苍白，不知不觉向后退了半步。慕容夫人说："你去瞧瞧素素——她心里够难过的了。"

他站在那里，像是石像一般纹丝不动，那拳头却是攥得紧紧的，半晌，才从齿缝里挤出一句话来，"我不去。"

维仪叫了声："三哥，三嫂又不是故意的。"慕容夫人瞧着他，眼里竟露出怜悯的神色来，像是他极幼极小的时候，瞧着他拼命努力去拿桌上放着的糖果——可是够不着，明明知道他绝对够不着，那种母亲的爱怜悯惜，叫她眼里柔柔泛起薄雾来。面前这样长身玉立的翩翩公子，在母亲心里，一样只是极幼极小的孩子。她说："傻孩子，这个时候，你无论如何要去看看她，哪怕不说什么，也要叫她知道你。"

他掉转脸去，仍旧是发了狠一样，"我不去。"

维仪叫他弄糊涂了，回头只是瞧着慕容夫人。慕容夫人幽幽叹了口气，说："你这性子，我劝不过来，你父亲几番将你往死里打，也没能拗过来——你这一辈子，迟早吃亏在这上头。老三，我都是为了你和素素好，你真的不肯去见见她？她现在是最难过的，你不去，她必然以为你是怪她，难道你愿意瞧着素素伤心？"

他静默着，过了许久，终于转身往外走，走到房间之前，却不由自主止步。走廊上一盏灯亮着，天气炎热，那灯光也仿佛灼人。他站在那里，像是中了魔魇，四下里一片寂静。他倾尽了耳力，也听不到她的任何声音，哪怕，听得到她呼吸的声音也是好的。可是听不到，隔着一扇门，如何听得到？只一扇门，却仿佛是隔着一个世界，一个他止步不能的世界，他竟然没有勇气迈入的世界。

秦医生推门出来，见了他叫了声："三公子。"

素素本来已经是精疲力竭，昏昏沉沉里听到这一声，急切地睁开眼睛。护士连忙弯下腰，替她拭一拭额上的汗水，问："要喝水吗？"她无声地张了张嘴，不，不是，她不是要喝水。她是……不……她不要……她畏缩地抓住护士小姐的手，那声音已经低不可闻，"别……别让他进来。"

护士好奇地回过头去。他本来一步跨进来，站在门边，听到她这样说，那脸上顿时失了血色，如死灰一般难看。她根本不敢瞧他，只紧紧抓着被角的蕾丝，仿佛他是洪水猛兽一般。他终于掉头而去，那步子起先沉重似拖了铅，然而越走越急，越走越疾，一阵风似的转过走廊拐角，走到书房里去，用力将门一摔。那门"咣"一声巨响，震得走廊里嗡嗡起了回音，也震得她眼角大大的一颗泪珠，无声地坠落。

她昏昏沉沉睡到半夜，仍是痛醒。护士小姐依然问她："是不是痛得厉害？还是要什么？"身体上的痛楚，比起心里的痛楚来却几乎是微不足道，她要什么……她要什么……辗转了一身的汗，涔涔地冷……她要什么……她要的是永不能企及的奢望……所以，她只能卑微而自觉地不要……惟有不要，才不会再一次失去，因为，根本就不曾得到，所以，才永远不会再失去。失去那样令人绝望，绝望到像是生生剜去一颗心，令人痛不欲生。她已经失去了心，再也无力承受他的责备。他生了气，那样生气，他不见得喜欢这孩子，可到底是她的错，她那样大意，在楼梯上摔倒……她不要……最好永远不要面对他。

慕容夫人向来起得极早，首先去看了素素，才走到书房里去。书房原本是极大的套间，她到休息室里，只见慕容清峰和衣躺在床上，身上卷着被子，面向床内一动不动地睡着。她叹了口气，在床前坐下，柔声说："老三，你还是去瞧瞧素素，我看你放不下她。"

慕容清峰蓦地回过头来，直直地盯着她，"我放得下——我不要她了。"

慕容夫人温言道："好孩子，这不是说气话的时候，她也不是故意摔倒的，她比谁都难过。"

他掀开被子坐起来，嘴角微微抽搐，那声音却如斩钉截铁一样，"反正我不要她了。"

慕容夫人静静地瞧着他，不禁又长长叹了口气，"你口口声声说不要她了，可是心里呢？"

他看着窗子投射进来的朝阳，阳光是浅色的金光，仿佛给投射到的地方镀上一层金，那金里却浮起灰来，万千点浮尘，仿佛是万千簇锋芒锐利的针尖，密密实实地往心上扎去，避无可避，不容喘息，垂死挣扎也不过如此。他紧紧攥着拳，她的声音仿佛又回荡在耳畔，她说："别让他进来。"

她不爱他，连他以为她最无助最痛苦的时刻，她宁可独自面对，也不愿意与他一起。她不爱他，她不要他……他狠狠地逼出一句话来，"我心里没她——我不要她了。"

慕容夫人半晌没有做声，最后才说："依我看，等素素好起来再说。这样的糊涂话，可不能再说了，免得伤了她的心。"

他转过头去看窗外，银杏，无数碧绿的小扇子，在晨风里摇动，似千只万只小手，有一下没一下地拍着。树阴如水，蝉声四起，直叫得人心底如烈火焚焚。

风吹过，林间簌簌地微响，带着秋的凉意。由露台上望去，银杏纷纷扬扬落着叶子，像下着一场雨。一地金黄铺陈，飘飞四散。落叶满阶红不扫。一片叶子缓缓飘落在了露台栏杆上，脉络清晰依旧，却已经是零落成泥碾作尘了。维仪走过来，手里倒拈着一枝新开的白菊，轻轻在她肩上一打，"三嫂，难得今天天气好，又是中秋节，咱们出去吃螃蟹吧。"

素素说："厨房里有。"

维仪将嘴一撇，说："家里真是腻了，咱们出去吃馆子。"

素素轻轻摇了摇头，说："我不想去。"

她自从病后，郁郁寡欢，从前虽然不爱热闹，如今话更是少了。维仪只觉得她性子是越发沉静，偶然抬起眼睛，视线也必然落在远处。维仪本来是极活泼的人，但见了她的样子，也撒不起娇来，看她顺手放在茶几上的书，于是说："家里读书最勤的，除了父亲，也就是三嫂了。书房里那十来万册书，三嫂大约已经读了不少了。"

素素说："我不过打发时间，怎么能和父亲比。"

维仪看她的神色只是淡淡的，心里也觉得不快活。和她讲了一会儿话，下楼走到后面庭院里，慕容夫人正立在池边给锦鲤喂食。维仪看那碧水之中，五色斑斓的鱼儿喁喁争食，想了一想，还是忍不住对慕容夫人道："我瞧是三哥的不对，既然和三嫂结婚，就应当一心一意。瞧他如今这绝情的样子，弄得三嫂伤心。"

慕容夫人细细掐着鱼食说："你今天又来抱什么不平？"维仪说："我昨天瞧见那个叶小姐了，妖妖娆娆的像蜘蛛精，哪里及得上三嫂美。就不明白三哥怎么看上了她，还正经地让她在外头招摇过市。"

慕容夫人倒叹了一声，说："你三哥是个傻子。"

维仪说："可不是，我瞧他是鬼迷心窍。"

素素按家乡风俗，去舅母家中送了中秋礼。回来时路过原先住的巷子附近，她看到熟悉的街道，想了一想对司机说："你绕到三观巷，我想看看原来的房子。"司机将车子开到巷口，停了车说："少奶奶，我陪您进去吧。"素素向来不愿意下面的人跟着自己，于是说："不用，我只在外面看一看就行了。"司机答应了一声，站在车边等她。

午后时分，巷子里静悄悄的，平常那些吵吵闹闹的孩子们也不知哪里去了。天色阴沉沉的，迎面吹来的风很冷，像是要下雨的样子。早晨那样好的天气，一转眼就变了。

远远望去，篱下的秋海棠开得正好，篱上的牵牛花青青的藤蔓蜿蜒辗转，夹着一两朵半洞的蓝色花朵。院子里拾掇得十分整齐，她想，房子定是又租出去了。这房子她住了许多年，为着房东太太人极为和气，房子虽然旧小，但到底在她心里如同家一样。

她站在风头上，也没有觉得冷。痴立了许久，只听房门"咿呀"一声，一个小小的女孩子，大约才一岁光景，跌跌撞撞走出来。她的母亲在后头跟出来抱起她，嘴里埋怨："一眨眼不见。"抬头见了她，好奇地打量。素素见她是寻常的少妇，一张圆圆的脸，倒是十分和气，那身上的衣服虽然不光鲜，但向人一笑间，眉目间都是宜然恬淡。

她唇角牵起凄清的笑颜。少女憧憬时，也以为这样恬淡就是一生了，嫁人，生子，老病，芸芸众生一般的喜怒哀乐，到了如今，都成了惘然。

司机不放心，到底寻过来了。她回到车上，只望着车窗外的街市。那样热闹的世俗，却和她都隔着一层玻璃。车子已经快要出城了，远远看到岔口，黑色的柏油路面，便是通往官邸的专用公路。她对司机说："麻烦你调头，我想去见一位朋友。"

她到牧兰家里去，却扑了个空。方太太客气得不得了，说："你是贵客，等闲不来，今天真是不凑巧。"她告辞出来，却正巧遇上一部车子停在门口，那车牌她并没有见过。牧兰下车来见到她，倒是高兴，"你怎么来了？"牵住她的手，脱口就说："你瘦了。"

素素勉强笑一笑，说："原先跳舞的时候，老是担心体重，如今不跳了，倒瘦了。"一转脸看到车上下来一个人，正是张明殊。她犹未觉得什么，那张明殊却早已经怔在了那里，如五雷轰顶一般，直直地瞧着她。牧兰亦未留意，说："站在这里怪傻的，屋子里乱七八糟的，我也不好意思请你进去坐，咱们还是出去喝茶吧。"

素素与她多日不见，牧兰自然话多，叫了雨前边喝边聊。牧兰说："这里的茶倒罢了，只是茶点好。你们瞧这千层酥，做得多地道。"素素说："这茶只是不像雨前，倒像是明前。"牧兰哧地一笑，说："你的舌头倒有长进。"她这样没轻没重地一说，素素反倒觉得是难得听到的口气，终于浅浅一笑。见对面的张明殊只是闷头喝茶，于是问："张先生如今还常常去看芭蕾吗？"

牧兰答："他倒是常常去捧场的。"又讲些团里的趣事，素素听得悠然神往，"嗯，真想去瞧瞧大家。"牧兰心情甚好，俏皮地一笑，说："那是求之不得，不过，只怕又是大阵势，又要叫导演紧张得要死。"素素答："下回有空，我独个儿去不让人知道就是了。"

这样谈了两个钟头，素素惦记是中秋，晚上家里有小小的家宴，纵然不舍，也得走了。回到家中已经是傍晚时分，因着下蒙蒙细雨，那些树木浓黑的轮廓都已经渐次模糊。屋子里灯火通明，仆从往来。家宴并没有外人，锦瑞夫妇带着孩子们来，顿时热闹起来。慕容沣也难得闲适，逗外孙们玩耍。慕容清峄最后一个回来。慕容夫人因是过节，怕慕容沣生气，连忙说："这就吃饭吧。"

几个孩子吃起饭来也是热闹的，慕容夫人说："小时候教他们食不语，他们个个倒肯听，如今大了，反倒不成规矩了。"慕容沣说："他们天性就活泼，何必要弄得和大人一样无趣。"慕容夫人说："你向来是纵容他们，一见了他们，你就耳根软。真是奇怪，锦瑞维仪倒罢了，尤其是老三，打小你就管得那样严厉。真想不到如今对他们又这样溺爱。"顶小的那个小男孩杰汝脆生生地说："外公最好，外公耳朵软，我就最喜欢外公。"引得一家人全笑起来。素素本来亦是含笑，一转脸忽见慕容清峰正看着自己，那目光令唇边的一缕笑容无声地凝固，唇角渐渐下弯，弯成无奈的弧度。

【十七】

他吃过饭照例又走了。慕容夫人怕素素心里难过，特意叫她去说话："素素，你别往心里去，他在外面有他的难处，难得你这样体谅他。"素素轻声应了声"是"。慕容夫人牵着她的手，温和地说："老三只是嘴硬，其实他心里最看重你——你别理他的胡闹，回头我骂他就是了。我看你心里有事，只是不肯说出来，难道是怪他？"素素轻轻摇头，说："我没有怪他。"

慕容夫人道："他近来心里是不痛快，你也不必一味让着他，夫妻之间有什么不能说出来的？我看你和老三谈谈才好。我这做母亲的，话也只能说到这一步，你们两个孩子老这样僵着，最叫我难过。"

素素低着头，轻轻道："都是我不好，让母亲操心了。"

慕容夫人叹了一声，拍拍她的手，"好孩子，听母亲一句，跟他谈一谈，夫妻哪里会有隔夜仇，什么事情说开了就好了。"

素素心中有事，神色不免怔忡。牧兰拿匙子按在她手背上，将她吓了一跳。牧兰微笑问："想什么呢？这样出神。"素素打起精神说："没有想什么。你今天叫我出来，说是有事情对我说？"牧兰脸上却微微一红，说道："素素，有件事情，你不要怪我吧。"素素心里奇怪，问："到底是什么事情？"牧兰说："我知道他——原来是喜欢你的。"

素素刹那间有些失神，想起那三只风车来，不过一秒钟，便是苦楚的隐痛。他对她这样好，可是自己心里早已容不下——那个人那样霸道，长年如梦般无尽地折磨苦恨，心里竟然是他，是那样霸道地夺去她一切的他。生死相许令她终了奢望，可是到底错了，她失了心，失了一切，也不过换得他弃若敝屣。

牧兰见她神色恍惚，勉强笑了一笑，说："咱们上绸缎庄看衣料去吧。"

她们从绸缎庄里出来，素素无意中看到街边停在那里的一部车子，却叫她怔了一怔。车上的侍从官见她望着，知道她已经看到了，只得硬着头皮下车来，"少奶奶。"她心里虽然觉得奇怪，倒也没有多想。侍从官到底心虚，连忙说："三公子在双桥，我们出来有别的事情。"

他这样一说，素素反而渐渐明白，点点头"嗯"了一声，和牧兰作别上车自去了。

晚上慕容清峰却难得回家来吃饭。慕容夫人陪慕容沣去参加公宴了，就维仪在家里。偌大的餐厅，三个人显得冷冷清清的。维仪极力找话来讲，问："三哥，你近来忙什么呢？"慕容清峰说："还不是公事。"望了素素一眼，见她依旧是平日的神色，心里却莫名地气苦与烦躁，手里一双错金的牙筷，倒似生了刺一般握不住，几欲要扔下去。她这样不在意他，连问一句都不肯，连稍假辞色都不肯。

素素吃过晚饭就去书房里看书，一卷宋词，只是零乱的句子："八张机，回文知是阿谁诗？织成一片凄凉意，行行读遍，厌厌无语，不忍更寻思。双花双叶又双枝……不忍更寻思，千金买赋，哪得回顾？"早就失去了勇气，今日的撞见不过是最后不得不直面的现实。眼里的泪生生忍回去，卑微渺茫如同最轻微的灰尘。她凭什么可以去质问他？早知他对她不过是惑于美色，从起初的强取豪夺便知。

捱到半夜时分才回房间去。房间里只开了一盏睡灯，幽暗的光线，她轻轻在榻上坐下，他突然翻身坐起，她才知道他原来是醒着的。见床头灯柜上放着一盏茶，伸手端起，早已经凉透了，迟疑着又放下，终究嗫嚅出一句话来，"我……我拿去换杯热的来。"

他的声音里有几分僵硬，"不用了。"

她忽然也生了倦意，退一步重新坐下，仿佛像一只蜗牛，希望可以蜷缩回自己的壳里去，可是，她连像蜗牛一样脆弱的壳也没有。

他盯着她看，突然问："你为什么不问？"

她的声音微不可闻，"问什么？"他要她问什么？问他为何夜不归宿？问他每日与何人共度春宵？亲友的闲言碎语里，有意无意令她听闻到的名字？她早已连泪都干涸，他还要她问什么？！窗外是沙沙的风雨之声，满城风雨近重阳，连天公都不肯作美。

灯下她的剪影，削瘦单薄得令人心里泛起痛楚。几乎是梦魇一样，他伸出手去，她却本能地微微往后一缩。他心里的痛楚瞬时如烈火烹油一般，"轰"一声弥漫四溅，摧枯拉朽般燃起最后的残存恨意。

他冷笑了一声，"去年的今天，你要我将孩子找回来。"她瞪大了眼睛看着他，心里最不可触及的伤疤，猝然叫他揭开了痂，血淋淋牵起五脏六腑的痛不可抑，不容她喘息。他眼里幽暗的神气已咄然逼至面前，"我现在就告诉你，孩子死了。"

她浑身发抖，只剩下最后的气力紧紧抓住榻沿冰冷的浮雕花朵，她双唇发颤，却说不出一句话来。他却仍不肯放过她，"那孩子去年就死了，这辈子，你永远也见不着他了。"她一只手紧紧攥着领口，仿佛只有如此，才能够挣得呼吸的空气。他唇角勾出一个奇异的笑容，看着她的眼泪夺眶而出，仿佛那是胜利的花朵在绽放。

她再也没有支持的勇气，那眼泪仿佛已经不是从眼中流出，而是心里汩汩的热血。她仰起脸来，无力地抓住他的衣袖，仿佛是最后的哀求。他却决然痛意地看着她，直看得她绝望地往后退却。手边触到冰冷的瓷器，疯狂的绝望令她一手抓住那冰冷，便向他掷去。他这魔鬼！他是魔鬼！

他一偏头让了过去，那只斗彩花瓶摔成了碎片。紧接着他一掌掴过来，腥甜的疼痛"呼"一声占据全部感官，耳中全是嗡嗡的鸣声。她眩晕地摔在软榻上，只顾本能地捂住面颊。他一把抓起她，她趔趄扑入他怀中。他的眼眸狂躁绝望似濒死的兽，而他只要她陪葬！

她像是落入笼中的鸟，疯狂撕扯着自己的羽毛。她抓到什么就用什么砸向他，台灯落在地上，噗一声响。她一脚踏在花瓶的碎片上，拖鞋斜飞出去，足下锋利割裂出剧痛，殷红的血洇上地毯，她也不觉得疼，心里的痛早就凌越一切之上。他却看到那绽开的血莲，他猝然放开了她，远远地退却，而眼里，只剩了她不懂的沉痛。

她大口大口喘着气。他垂下眼去，手臂上淡淡的印痕，是她去年咬的，咬得那样深那样重，如今，还留有这疤痕。

他说："明天我去跟父亲讲——我们离婚。"

她拼尽了全身的气力仰着脸，用力压抑着自己的呼吸。他到底是不要她了，以色事人，焉能长久？他惑于美色，迷恋一时，哪里会被迷恋一世。这一张脸孔，轻易就毁了一生。她竟露出了一丝微笑，从相遇第一天即知，他的世界，她不可能长久。

慕容夫人听说慕容沣在书房里发脾气，怕事情弄得僵了，于是连忙走过去。只听慕容沣说："你倒是说说看，素素那孩子哪一点对不起你了？"慕容清峰站在书桌前，低着头不做声。慕容沣说："到了今天你要离婚，当初我怎么问你？婚姻大事，非同儿戏，你自己说考虑好了。怎么这才不到一年，就变了卦？你这是喜新厌旧，仗势欺人！"慕容夫人见他声音渐高，怕儿子吃亏，连忙说："老三确实不对，你犯不着跟他生气，我来教训他。"

慕容沣说："就是你从小纵容他，养成他现在这种轻浮的样子。你看看他，他竟然来跟我说要离婚，事情传扬出去，还不是天大的笑话！"

慕容夫人听他语气严厉，连自己也责备在里头，知道他是真的动了气。于是缓声道："老三确实荒唐，外面逢场作戏也就罢了，到底要知道分寸。我看素素的样子，也不像是没有度量。你为何非要离婚？你这不是成心给我们丢脸？"

慕容清峄见母亲神色不悦，明枪暗箭反唇相讥，只是闷声不响。果不然，慕容沣哼了一声，说："你别借着孩子的事情，这样夹枪带棒。"

慕容夫人道："我说什么了？你这样心虚。"

慕容沣道："我心虚什么？每次我管教他，你不分青红皂白地回护，我倒要瞧瞧，你要将他惯到什么地步去。"

慕容夫人道："他今天这样子胡闹，不过是有其父必有其子。"这一句过于露骨，慕容清峄连忙叫了一声："母亲！"慕容夫人却将脸一扬，缓缓露出一贯雍容平和的笑容。慕容沣心下大怒，望着壁上所悬自己手书的"澹静"二字的条幅，思潮起伏，极力地忍耐，慕容清峄听他呼吸沉重急促，渐渐平复，终于移过目光，盯着慕容清峄，道："你这样不成器，从今往后我都不管你的闲账了。离婚那是万万不可能，你要是真的不愿意和她在一起，叫她搬出去住就是了。"

慕容清峄仍是低头不语。慕容沣在案上一拍，震得笔架砚台都微微一跳，"你还不给我滚？！"

他退出书房，慕容夫人也走出来。慕容清峄说："妈，你别往心里去，父亲为了公事心里不痛快，所以才在外面找点乐子罢了。"慕容夫人凝视着他，说："老三，你真的要和素素分开？"慕容清峄扭过头去，看着空荡荡的走廊那头，侍从官抱着大叠的公文走过，远远听着值班室里隐约的电话铃声，遥遥得像是另一个世界。

他说："是的——我不想再看到她了。"

房子坐落在乌池近郊，距双桥官邸不远。原本是慕容清峄结婚的时候，为他添置的新宅，因慕容夫人喜欢儿女在眼前，所以慕容清峄与素素一直没有搬过去。秋季里难得的晴夜，月光清凉如水，映着荷池里瑟瑟的残枝败叶。她忽然忆起，忆起那个秋夜，他指给她看一池碧荷，挨挨挤挤翠华如盖，菡萏亭亭，浅白淡粉凌水浴月，灯光流离中水色天色，映得花叶如锦。那是温泉水留住的动人秀色，出尘不染，夺了天工，所以，遭了物忌。

石阶下的秋海棠开了，怯怯斜过一枝，仿佛弱不禁风。过不了几日，这阶下也会生了秋草吧。桂殿长愁不记春，黄金四屋起秋尘。夜悬明镜青天上，独照长门宫里人。这一轮月光，凄清地照着，不谙人间愁苦，世上的痴人，才会盼它圆满——不过一转眼，又残瘦成一钩清冷，像是描坏了的眉，弯得生硬，冰冷地贴在骨肉上。

用人新姐寻过来，说："少奶奶，这青石板寒浸浸的，秋天里这夜风更是吹不得，还是回屋里去吧。"

冷与暖，日与夜，雨与晴，春与秋，对她而言，今后哪里还有分别？

枕上觉得微寒，起来将窗帘掀起一线，原来是下雨了。天只是青深的灰色，那疏疏的雨，檐头点滴，一声声直如打在人心头一样。茶蘼开了，单薄的花蕊仿佛呵口气能融。开到茶蘼花事了，这春天，已经过去了。

镜子里的一张脸，苍白黯淡，连唇上都没有血色。新姐走过来打开衣帽间的门，说："今天是喜事，穿这件红的吧。"

丝质的睡衣垂在脚踝上，凉凉软软的，像是临夜的风，冷冷拂着。衣帽间里挂着一排的华衣，五色斑斓、绸缎、刺绣、织锦……一朵朵碎花、团花、折枝花……暗纹或是明绣，细密的攒珠，富丽堂皇的人生，不过是梦境一样的一出大戏……她依言换上那件银红的旗袍。新姐说："少奶奶平日就应该穿这鲜亮一些的颜色，年纪轻轻的，多好看啊，像花一样。"

红颜如花，那些桃李鲜妍，早已经付诸流水，葬去天涯尽头。

坐了车子去双桥官邸，慕容夫人在小客厅里，见了她，远远伸出手来，"好孩子。"她低声叫了声："母亲。"慕容夫人细细打量她，替她整一整那胸针，说："这是上次我叫人给你送去的那个——我当时就想，很配你的气质。"

胸针出自国外有名的珠宝公司，三粒钻石，在灯下一闪，恍若一行细泪。慕容夫人却说："等下子定然有记者，你去我的化妆间里，那里有人等着，叫她们重新替你化妆梳头。"

她轻声应："是。"

化妆梳头都是极费工夫的事情。重新下楼来，在门外听到熟悉又陌生的嗓音，步子不由微微凝滞。她走路本来就很轻，几乎是悄无声息地走进去，还是锦瑞回头看见了，叫了她一声："素素。"又说，"你平日里还是要化妆，气色显得好些。"

柳叶双眉久不描，残妆和泪污红绡，长门尽日无梳洗，何必珍珠慰寂廖……这一身的珠光宝气，光艳照人，也不过是人前做一朵锦上花，让旁人看着羡慕不已，除此，她还有什么余地？

慕容清峄根本不曾转过脸来。慕容夫人说："素素一定也没有吃早饭，老三，你跟她一起去吃点东西，宴会是在午后两点，还有好几个钟头呢。"

慕容清峄站起来往外走，慕容夫人向素素使个眼色，素素只得跟着他走出去。厨房倒是很周到，听说是他们两人的早餐，记得他们各自的口味爱好，预备西式的一份给慕容清峄，又替素素准备细粥小菜。

偌大的餐厅，只听到他的刀叉，偶尔碰在盘上，叮的一声轻响，重新归于沉寂。他们上次见面还是旧历年，几个月不见，他也显得削瘦了，大约是公事繁忙吧，眉目间隐约透着疲惫和厌烦。或许，是在厌烦她，厌烦这样的场合，不得不粉饰太平的场合。

两个人在沉默里吃完早餐。她默默随着他去西廊外的大客厅，走过走廊，他忽然回过头来，伸手牵住她的手，她身子不由微微一颤，旋即看到大客厅里的记者，正纷纷转过脸来，他微笑着揽着她的腰，只听一片按下快门的轻咔声，配着耀眼的镁光，闪过眼前是一片空白。她打起精神来，像慕容夫人一样，对镜头绽开一个恍若幸福的微笑。

是西式的婚礼，维仪穿婚纱，头纱由三对小小花童牵着，那笑容如蜜一样。新人礼成，纷纷扬扬的彩带彩屑夹着玫瑰花瓣落下来，像是一场梦幻般的花雨。佳偶天成，百年好合。她与齐晰成才是金童玉女，凡人不可企及的神仙眷侣。

晚上双桥官邸燃放焰花，黑色的天幕上一朵朵烟花绽开，一瞬盛放。露台上都是宾客，众人拱围中他轻拥着她，可是，不过也只是做戏。他只是仰面看着，他的眼一瞬闪过焰火的光芒，仿佛燃起隐约的火光。但旋即，迅速地黯淡下去，熄灭成依旧的死寂，浮起冷冷的薄冰。

夜风吹来，冷得令她轻轻打个寒噤。这样热闹繁华的场面，这样多的人，他离她这样近，可是她是独自一个，临着这冷风。

【十八】

舞池那头乐队调着弦，起首第一支华尔兹，乐声起伏如碧蓝湖水的微涟，又如檐下铜铃摇曳风中的脆响。素素不由微微出神，一回过头来，他已远远伸了手，只得将手交握与他。他的手微凉，可是舞技依然娴熟，回旋，转身……四周是衣香鬓影的海，惟有此刻，惟有此刻可以名正言顺微仰起脸，静静望着他。

他的目光却下意识般飘忽移开，不过一两秒钟，便重新与她对视，他目光温和，几乎令她生了错觉，颊上渐渐洇出红晕，呼吸也渐渐浅促。只觉身轻如一只蝶，他的臂怀是惟一的攀附，轻盈任凭他带领，游走于花团锦簇的舞池间。耳中渐渐只剩了乐声，旋转，旋转……转得她微微生了眩晕，音乐是波澜壮阔的海洋，他的眼睛却是无望无际的深渊。她无力再去尝试俯瞰，只怕会不顾一切纵身一跃——他连连几个回旋，却带她离开喧嚣的舞池深处。音乐声渐渐高亢出最后的华章，她只觉眼前微微一黑，人已经立在花障的阴影里。

他猝然吻下来，收紧的臂膀紧紧束缚着她，不容躲避，不容挣扎。他从来是这样霸道，熟悉而遥远的温暖令她全身发软，唇上的力道却在一瞬间再次夺去她的呼吸。他贪婪地汲取着她的气息，仿佛横穿大漠濒临渴毙的人遇上第一眼甘泉，急切索取毫不顾忌，连呼吸都紊乱急促。

她不要——不要他如此，明明知晓他再度惑于她的美色，她再也无力承受失却的痛苦，只好不要，不要他这样对她。如同对待他身畔那些万紫千红，偶然忆起便回顾垂怜，哪怕她卑微如同野草，但她已经被他抛弃，从此，她再也不要他的回顾。

她用力一挣，他猝然放了手。她静静地看着他，看着他眼里隐约燃起的火簇，渐渐幽寒如冰，她反倒生出无畏来，直面他锋锐的眼神。他嘴角牵出一个冷笑，摔开她的手掉头而去，径直穿过舞池，消失于欢欣笑语的人群深处。

夜阑人散已经是凌晨三点钟，慕容夫人说："年纪大了，真是熬不住，我可要睡去了。素素，这样晚了，你就在这边睡吧，免得明天一早还得赶过来。"话说成这样，素素只得应"是"。慕容夫人一转脸看到慕容清峄的身影在门外一晃，忙叫住："老三，这么晚了你还去哪儿？"

慕容清峄说："才刚接了个电话，有事要出去。"

慕容夫人说："三更半夜的去哪儿？"

慕容清峄说："是真的有公事，母亲不信，问值班的侍从。"说着就往外走。慕容夫人只得对素素笑一笑，说："别管他了，你先去睡吧。"

素素上楼去，这睡房她差不多半年没有进来过了，房间倒还是从前的布置，连她的一双拖鞋也还放在原来的地方。仆人每日收拾，自然是纤尘不染。她却知道他也是多日不曾回这房里了，因为床头上的一只古董钟，从来是他亲自上发条的。那钟的日期格还停在几个月以前，他当然有旁的去处。

被上是淡薄熟悉的薰香，床那样宽大，她习惯性地蜷缩着。刚刚有了几分睡意，电话铃突然响起来，她取下听筒，犹未说话，对方软腻地娇嗔："你这没良心的，你是不是要我等到天亮啊？"

她凄清地笑起来，千疮百孔的心，连痛都是麻木的了。她轻声说："他已经去了，你不用等到天亮。"

等待是永无止境的苍老，她却连等待都拒绝了。书房里顶天立地的书架，成千成万的书册，用专门的梯台才可以取到上层的书。书页里的光阴，比水流还要湍急，书中文字的洄漩，还偶尔溅起浪花。她的心却幽暗成一口古井，生了浮萍，生了蒙翳，片片蚕食殆尽。春去了，燕子去了，夏远了，蝉声稀了。秋尽了，满地黄花堆积，冬至了，雨声寒碎。四季并无分别，她是深深庭院的一枝花，无人知晓，断井颓垣之畔慢慢凋谢，褪尽颜色，渐渐地灰败，终有一日，不过是化作尘泥。

玉颜憔悴三年，她曾经失去四年，而如今，她再次失去，漫漫又是一年了，只怕——此生已是永远。

房子那样敞阔，静深如幽谷，窸窣的衣声仿佛是惟一的回音。窗外的寒雨清冷，点滴敲着窗棂。客厅里电话突兀地响起，划破如水的寂静，无端端令她一惊。旋即轻轻地叹喟了一声，大约又是侍从室打来，通知她必须出席的场合。新姐接了电话，来对她说："是方小姐的电话呢。"

惟一记得她的，大约只剩牧兰了。只听她说了一句："素素，生辰快乐。"她这才想起来，轻轻"啊呀"一声。牧兰说："我只怕你不在家呢，我请了舞团里几位旧朋友一块儿吃饭，你若是有空能不能来，就算我们替你做生日吧。"

一屋子的旧朋友，见她进来纷纷站起来，微笑不语。只有牧兰迎上来，"我以为你今天是不能来呢。"她微笑说道："接了你的电话，我才是真的高兴。"晓帆笑着说："哎呀，前一阵子看到报纸上你的照片，简直认不出来了。你是越来越美——只是瘦了。"这样一说，旁人也七嘴八舌地问起话来，大家这才热络起来。

菊花火锅滋滋轻响，幽蓝火苗轻舔着金色的铜锅底，隔着氤氲淡薄的白色热雾，叫素素想起当年舞团里打牙祭吃小馆子，也是吃火锅，自然没有这么考究，但热气腾腾里笑语喧哗，一如昨日。

晓帆依旧闹喳喳的性子，"素素，你最没有良心，老朋友最少联络，我们只有偶然从报纸上瞻仰你的芳容。"牧兰哧地笑出声来，"素素，别理她，她早说了今天要敲你竹杠。"晓帆笑嘻嘻从手袋里摸出一份报纸，"你瞧，我专门留了下来，照片拍得真是好。"

素素伸手接过，还是维仪出嫁时拍的全家合影。她侍立慕容夫人身后，脸上微有笑意，身畔便是慕容清峰，难得穿了西式礼服，领结之上是熟悉的面庞，陌生的笑容。这样双双而立，旁人眼里，也是尽善尽美的幸福吧。

牧兰拿过报纸去，笑着问："晓帆，你难道还要素素给你签名不成？"一边招呼，"锅子要烧干了啊，快点吃。"一边端起杯来："寿星，这一杯可要喝掉。"

素素这才微笑起来，"你们还不知道我？我哪里能喝酒？"晓帆说："这梅子酒和汽水一样，哪里能喝得醉人。"牧兰也笑，"咱们都不是会喝酒的人，只是个替你上寿的热闹意思。"旁人也都劝着，素素见盛情难却，只得浅啜了一口。晓帆端着杯说："好，我这里也祝你年年有今日，岁岁有今朝。"素素说："我可真不能喝了。"晓帆咦了一声，问："当真我比起牧兰来，就没有面子么？"

素素听她这样讲，只得也喝了半杯。这一开了先例，后面的人自然也都上来敬酒。素素没有法子，零零碎碎也喝了几杯。她本来就不会喝酒，只觉得耳赤脸热，心里跳得厉害。一帮人说笑着吃菜，又另外喝了半碗甜汤，这才觉得心里好过了些。

坐了汽车回去，一下车让冷风一吹，只觉得有些头晕目眩。新姐迎出来接过她的手袋，笑逐颜开地说："三公子来了。"

她怔了一怔，往客厅中望去。家具幽暗的轮廓里清晰衬出他的身影，她的心里似焚起一把火来，胃里灼痛如绞，仿佛适才喝下去的都不是酒，而是腐骨穿心的毒药。他脸上的神色令她垂下头去，他的声音冷硬如石，"任素素，你还肯回来？"

酒意如锤，一锤锤重重落在太阳穴上。那里的血管突突轻跳，像是有尖锐的刺在扎着。他握住她的手腕，疼痛令她轻轻吸气，他一撒手就摔开她，"我瞧你是忘了自己的身份，你去哪里喝成这样回来？"

她无声无息地仰起脸来，平静冷淡地看着他。这平静冷淡彻底激怒了他，她对他永远是这样子，无论他如何，都不能撼动她。他回手就将茶几上的茶盏扫落于地，那声音终于令她微微一震。

他这样生气，也不过是因为自己的所有物可能遭到觊觎。她心灰意懒地重新低下头。只容得他不要，即使他不要了，也容不得旁人有任何的企图。她连分辩都懒了，惟剩下冰冷的绝望。

他说："我再也不信你了。"

她脸上浮起幽幽的笑颜，他什么时候信过她？或者，他有什么必要信她？她在他的生命里，渺若一粒最微小的轻尘，他容不下的只是这轻尘无意飞入眼中，所以定要揉出来才甘心，若非如此，哪里还能引起他的拨冗注意。

天气更冷了，下午时又下起雨来。她独自听着雨声，淅淅沥沥如泣如诉。年纪小时不喜欢雨天，潮湿寒冷，又只能闷在屋子里。如今幽闭一样的生活，倒听惯了这雨声，簌簌打着蕉叶，点点滴碎人心，凄清如同耳畔的低吟。如今知她的，也只有这雨了，苍天倘若知人意，替人垂泪到天明。上天或许真的终生怜悯，在寂寂楼台之外烟雨相伴。

抽了一张素笺，给牧兰写信，只写了三行字，便怔怔地凝眸。想了一想顺手翻开本书夹进去，书上还是去年写的字迹："千金纵买相如赋，哪得回顾？"

到了如今，早已连回顾都不要了。

天气寒冷，官邸里有暖气，四处皆是花卉，瓶花、插花，水晶石盘里养着应景的水仙……餐厅里景泰蓝双耳瓶中，折枝梅花让暖气一烘，那香气越发浓烈了，融融春意一般。锦瑞夫妇与维仪夫妇都带了孩子来，大人孩子十余人，自然是热闹极了。维仪的儿子犹在襁褓之中，十分可爱，素素抱了他，他乌溜溜的眼睛直盯着素素瞧。维仪在一旁笑道："常言说外甥像舅——母亲就说这孩子倒有几分像三哥小时候的样子。"慕容夫人笑道："可不是吗？你瞧这眼睛鼻子，轮廓之间很有几分相像。"素素低头看着孩子粉嫩的小小脸孔，一瞬间心里最不可触的地方狠狠翻起抽痛，只是说不出的难过。

慕容沣心情却是不错，与慕容清峄、齐晰成三个人一起喝掉了一坛花雕。维仪笑道："父亲今天真是高兴，三哥，你别劝晰成再喝了，他的酒量你是知道的。"慕容清峄也有了几分醉意，只是一笑，"女生外向，你这样护着他，我偏偏不听。"两个人到底又喝了数杯，齐晰成早已是酩酊大醉，这才罢了。

去年素素吃完年饭就回去了，这天慕容夫人却说："老三像是喝多了，你上去瞧瞧他，今天就别走了。"那意思甚是明白。素素因她素来对自己疼惜，不忍在大年夜拂她的意，只得上楼去。慕容清峄果然有些醉了，从浴室里出来倒在床上就睡了。素素轻轻叹了口气，见他胡乱地卷着被子，只得和衣在床边躺下。

她素来睡眠极浅，这一日因守岁，人是困乏极了，昏昏沉沉就睡着了。恍恍惚惚却仿佛是躺在舅母家里，低矮简陋的床上，天花板上斑驳的漏雨留下的水痕。天气热得要命，窗外的太阳烤得屋子里像是在火焰山上一样，她身上却是冷一阵，热一阵。只听舅母说："不是我狠心，今天是非得送走不可。"那孩子一直在哭，用力在襁褓之中挣扎，仿佛能听懂大人说的话。孩子拼命一样哭得声嘶力竭，哭得她心都碎了，眼泪哗哗淌着，哀求一样伸出手去，她呜呜哭得全身发抖……孩子……她的孩子……她无力保全的孩子……她等到他，终于等到他，他远远地在台下看着她，每一个舞步都踏在自己的心尖上一样。孩子……他能不能替她寻回孩子……她哀求着抽泣……三……三……

最最亲密的时候，她曾经叫过他的乳名。他翻了个身，不过是醉了，或者，又是在做梦罢了。那令人心碎的哭声，却依旧在他耳边回旋。她的哭声，她在哭……他一惊就醒了，本能一样伸出手去，"素素！"真的是她，是她蜷缩在那边，身子软软在颤抖。她又叫了他一声："三……"只这一声，心里哗啦一下子，仿佛什么东西碎掉。两年，他用了将近两年的时间一点一滴筑起堤坝，本以为已经坚不可摧固若金汤，却原来根本不堪一击，抵不过她这一声。只这一声，他就仿佛着了魔，她在这里，她是真的在这里。他紧紧搂住她，"我在，素素，我在……"她呜咽着睁开眼睛，幽暗的灯光下看着他的脸，他离开两年，抛弃她两年，此刻眼里却是溺人的柔软。他不过是醉了，或者，她只是做梦，他才会这样瞧着她，仿佛她是世上最珍贵的珍宝，仿佛他一松手就会失去的珍宝。她瑟瑟地发着抖，他身上是她熟悉的气息，温暖得令人想飞蛾扑火。她自寻死路，可是，他这样瞧着她，仿佛当年的时候……当年……当年他也曾这样贪恋地瞧着她……

他身上是淡薄的酒气，她眼里渐渐重现悲伤的平静，别开脸去，他急切地找寻她的唇，她不要，不要这样子莫名的慰藉，或许，他将她当成旁人一样。她举起手来挡住，"不……"明知他不会因她的不许而停止，不过是垂死挣扎罢了，他却怔了一下，慢慢放开手。眼里渐渐浮起她所不懂的神气，竟然像是悲伤……他像是小孩子，被生生夺走心爱之物，又像是困在陷阱的兽，眼睁睁看着猎人持枪走近，那样子绝望，绝望到令她心悸。只听他梦呓般说："素素，我爱你。"

她的心狠狠地抽搐了一下子。不过是一句谎言，她却失却了气力。她原以为自己连恨都消磨殆尽了，两年来的天涯相隔，他轻轻一句谎言，就令她全无还手之力。她这样没出息，在他面前，她就这样没出息。她早就尽失了希望，她早就不奢望回顾了。两滴眼泪落下来，无声滴在被上。他说："素素，你不要哭。"只要她不哭，他什么都愿意去做，他只要她不哭。她单薄的肩头颤抖着，他将她揽入怀中，吻着她的泪，一旦拥她入怀，就再也无法抑制心里的渴望，他要她，他要她，他要的只是她，哪怕没有心，有她的人也好……

天色渐明，窗帘米色的底上，淡金色的暗纹渐渐清晰，可以依稀看出花朵的形状。淡薄的朝阳投射过来，那淡金色的图案便映成了明媚的橘黄，在人眼里渐次绽放出花来。

【十九】

小客厅里的窗帘，是皎洁的象牙白，绣着西番莲图案，密密的花与蕾，枝叶繁复。慕容夫人坐在那里，亲自封着红包利市，预备孙辈们拜年。素素走进来，轻声说："母亲，新年好。"慕容夫人抬头见是她，满脸是笑，"唉，好孩子，新年好。怎么不多睡一会儿？老三还没起来吧？"

素素面上微微一红，说："是。"慕容夫人道："你还是起得这样早，他们都没起来呢。你父亲那里有一帮客人，你不用过去了。上楼去瞧瞧老三，他要是醒了，叫他下来一块吃早餐吧。"

素素只得折回房间去。慕容清峄翻了个身，见她进来，那神色倒似松了口气。她不知该说什么好，只得静静坐下。他在床上捱了片刻，终究是不自在。望了她一眼，见她神色平淡，什么也看不出来，于是问："母亲起来了？"

她说："起来了。"于是他说："那我也起来，免得父亲问起来，又说我懒。"她低着头，手里的手绢细密的绣花边像是一条凸起的伤痕，硬生生硌着指尖。他从浴室里出来，见她仍是一动不动坐在那里，忍不住叫了一声"素素"，倒使她受了惊吓似的，抬起仓皇的眼瞧着他。他欲语又止，终究只是说："我——我先下去给父亲拜年。"

初一来拜年的亲友甚众，素素帮着慕容夫人款客，周旋在女客中间。正是忙碌，忽听维仪笑了一声，慕容夫人低声问："这孩子，都是做母亲的人了，还这么不老成，无端端地傻笑什么？"维仪轻声说："我怎么是傻笑？我只是瞧着三哥有趣，这一会儿工夫，他已经进来三趟了，每次只是望望三嫂就走开，他难道怕三嫂飞掉不成？"

慕容夫人笑吟吟地说："别拿你三哥来寻开心，看看你三嫂，又该不自在了。"素素早已是面红耳赤，借着迎客，远远走到门口去。正巧慕容清峄又踱过来，一抬头见了她，怔了一下，转身又往回走。素素轻轻"哎"了一声，他转过头来瞧着她，她低声说："维仪在笑话我们呢。"他听了这一句话，不知为什么就笑起来，眉目间仿佛春风拂过，舒展开来。

维仪远远瞧着他俩的情形，只低声对慕容夫人道："妈，你瞧，我今年没瞧见三哥这样笑过。"慕容夫人轻轻吁了口气，"这两个冤家。"

等到了晚间，素素来向慕容夫人道："母亲，我先走了。"

慕容夫人望了慕容清峄一眼，说："也好，闹了一天，直吵得我头痛，想必你也累了，你那边到底安静些，早点回去歇着。"素素应了声"是"，却听她又说，"老三，你也过去，明天早上再和素素一块过来就是了。"慕容清峄答应了一声，转身叫人："开我的车子出来。"

素素静默了片刻，才说："我那边诸事都不周全，只怕万一有公事找他，会耽搁他的时间。"那意思就很明白了，她心里以为，依他向来的性子，说不定当场要发作。谁知慕容清峄却说："大过年的会有什么公事？我去看看，你那里缺什么，正好叫他们添置。"慕容夫人听他这样说，心里一松，也道："正是，原先这房子，就是为你们两个成家买的，我是赞成小家庭独立的，不过年纪大了，喜欢你们天天在眼前，所以才没叫你们搬，倒是我的私心。你们年轻人，当然愿意自由地住在外头，反正离双桥很近，来去也很方便。"

素素听她的口气，愈发起了另一层意思，她素来尊重这位婆婆，言下一片殷殷之意，她不好再说什么。因她一贯处境淡然，所以下面的人未免诸事省便。她和慕容清峄同车回去，倒将那边的下人闹了个手忙脚乱。慕容清峄见房子整洁如新，布置得也很雅致。她换了衣服就下楼来，随便选了一本书看着。他见她只是淡淡的样子，只得说："这里倒是很安静。"在屋子走动看了一看，又说，"这地毯我明天叫人换一张，颜色和窗帘不配。"想了一想，说："还是换窗帘好了。你说，是换窗帘，还是换地毯？"

她本不欲答话，但心里到底不忍，况且他这样眼睁睁地望着她，那神色倒不像是在问家常的繁琐小事，仿佛等着她决断什么似的。她终究顾着他的面子，于是说："换窗帘只怕容易些。"

她肯回答，他心下一喜，说："那明天叫人来换。你不要看书了，很伤眼睛的。"旋即又说，"你若是想看，打开大灯再看吧。"嘴里这样说，眼里却不禁露出一丝期望。她想着日间自己主动跟他讲了一句话，他就十分高兴，此刻又这样小心翼翼，总不过是怕自己多心，到底是极力想体贴一些，心里终究一软，低声说："我不看就是了。"

过了元宵节，公事渐渐重又繁忙起来。雷少功来得早了，慕容清峄还没有下楼，他在那里等。只见素素从庭院里进来，后头跟着人捧着折枝花预备插瓶。他连忙站起来道早安。素素向来对他很客气，道了早安又问："是有急事？我叫人去叫他。"雷少功说："适才我打了电话，三公子就下来了。"这半个月来，他们在两边来回，极为不便，慕容清峄却并不在意。慕容清峄下楼见了雷少功，问："等了好一会儿吧？再等一下，我就来。"他走过去和素素说了几句话，才出门去。

雷少功觑见他心情甚好，于是说："三公子，汪小姐那边，要不要安排一下？她这一阵子找不到您，老是缠住我不放。"慕容清峄笑道："她缠着你？你帮个忙笑纳好了。"雷少功笑一声，说："谢了，我消受不了这等艳福。"

慕容清峄去开会，雷少功到值班室里去看公文。没看多大一会儿，那汪小姐又打电话来了，雷少功一听她的声音就头痛，开口就说："三公子不在。"那汪绮琳发了狠，轻咬银牙说："他是存心避着我了，是不是？"雷少功说："他公事忙。"汪绮琳冷笑了一声，"雷主任，你不用在这里敷衍我，回头我请三少奶奶喝茶去。"雷少功向来脾气好,听她这样威胁,却不知为何也动了气,只冷然道:"我劝你不要妄动这样的念头,你若是想自寻死路,你就试试看。"

汪绮琳呆了半晌,幽幽道:"那么是真的了?外头说,他们两个破镜重圆。"雷少功说:"你这话又错了,他们又不曾生分,怎么说是破镜重圆?"

汪绮琳冷笑一声,说:"别跟我打这官腔,大家谁不知道,那位三少奶奶冷宫里呆了快两年了。三公子近来怎么又想起她来?我倒要瞧瞧她能长久几日。"

挂上电话,雷少功心里只想骂娘,晚上回去时就对慕容清峄说:"您的女朋友里头,就数这汪小姐最难缠,趁早想个法子了断才好。"慕容清峄漫不经心地说:"你去办就是了。"

他回去素素还没有睡,见他进来于是站起来。他说:"又没有外人,就别立规矩了。你穿得单薄,不要坐在窗下。"素素顺手接过他的外套。他这十余日来,总是非常留意她的神色,见她微有笑意,心里极是高兴,问:"晚上吃什么?"

素素歉然道:"对不住,我以为这么晚你不回来了,所以自己吃过了。我叫厨房再替你另做吧。"他问:"你晚上吃的什么?"她答:"我是吃的扬州炒饭。"他马上说:"那我也吃炒饭好了。"听他这样说,她忍不住浅浅一笑,他望着她也笑起来。

牧兰与张明殊结婚,素素接到请柬,极是高兴。张家家境殷实,在明月楼大摆喜宴,那真是热闹。明月楼对着的半条街上,车如流水马如龙,当真客似云来冠盖满城。张太太极是眼尖,认得是素素的车子，满面春风地迎上来，笑逐颜开，"没想到三少奶奶这样给面子。"亲自陪了她进去。女眷里头很多人都是认识她的，众星捧月一样团团围住，嘈嘈切切说些寒暄的话来。素素半晌才脱得身去里间，只说一句恭喜，牵了牧兰的手，看她一身的金碧裙裙，头上结着绒花，发簪上细密的碎钻，灯下星辉一样耀眼，倒是喜气洋洋，不禁道："我真是替你高兴呢。"牧兰也极是高兴，说："这么些年，总算是有个结果吧。"

素素自然被主人安排在首席，这样热闹的场合，其实也吃不到什么，回去之后只得另外叫厨房下面。慕容清峄本来正在看卷宗，于是放下公文向她笑道："你可是出去吃了鲍翅大宴，回来还要再吃清汤面？"她说："我是吃不来那些，我看新娘子也没吃什么。"他问："客人一定不少吧？"她"嗯"了一声，又说："牧兰介绍我认识伴娘汪小姐，那汪小姐人倒是极和气，牧兰和她很要好，我们约了过阵子去喝咖啡。"

他说："常常和朋友出去玩一玩也好，省得成日闷在家里。"突然想起来，问，"汪小姐，是哪一个汪家的小姐？"

她说："是汪部长的二小姐。"他脸色一变，旋即如常，说："那个方牧兰，你还是少跟她来往。我们和霍家是姻亲，回头别又惹是非。"她怔了一怔，说："我和牧兰十几年的朋友，许公子的事过去这样久了，我想应该没关系吧。"

他说："你怎么这样不懂事？旁人若是知道，又是笑话。"

她说："我总不能为着害怕闲话，就丢掉朋友。"他心下烦乱，"反正我不答应你和她们在一块。你若是想交朋友，霍家、穆家、陈家的女眷，不都是极和气的人吗？"

她轻轻叹了口气，"她们只是对三少奶奶和气，不是对我和气。"

他说："你瞧，你又说这种怪话了，你不就是三少奶奶吗？"停了一停，又说，"你知道那些世交里头，是非最多，我是不想你无意间卷进去，让别有用心的人利用了。"素素说："我知道了。"

慕容清峰新近升职，自然格外显得忙些。这天出差回来，首先去双桥见了父母，回家时素素正吃饭。他说："别站起来了，又没有旁人。"回头对下人说，"叫厨房添两样菜，给我拿双筷子。"见餐桌上一只小玻璃碟子里的醉螺，那螺色如红枣状如梨形，个头极小，像一只只袖珍的小梨，正是平心海特产的梨螺，于是问："这个倒是稀罕，哪里来的？"

素素说："牧兰和张先生去平心海度蜜月回来了，带了一篓这个回来给我尝鲜。"

他接过筷子尝了一只，说："很香。"又问，"换厨子了吗？这个倒不像他们平常的口味。"素素说："上回听母亲说你爱吃这个，我怕厨房又弄得太咸，所以我试着醉了这几只，不知道味道怎么样，想着今天晚上自己先尝一尝，以为你明天才回来呢。"慕容清峰笑逐颜开说："原来是三少奶奶亲手醉的，我可真是受宠若惊。"素素见他极为高兴，微笑说："只要你爱吃就好了。"厨房添了稀饭上来，他似是随意一般问："你们是在外头见面，还是他们到家里来过？"素素说："我知道你不喜欢外人到家里来，所以和牧兰约在外头。我请她和张先生吃饭，地方是他们选的，叫什么黔春楼，花了一百四十块钱。"

他听到这里就笑起来，"够了够了，我只是随便问问，你不必一五一十全报告出来。"又想了一想，说，"我倒忘了，你一个月的零花钱只有五百块，只怕不够用。回头我跟他们说一声，从这个月起把我的薪俸直接给你。"

素素说："我没有多少用钱的地方，每个月五百我都用不了。"他说："最近物价很贵，买一件衣服只怕都要百来块，你那五百块钱，请朋友喝几次茶就没了。"她说："母亲叫人替我做的衣服，我都穿不完，况且许多地方，都可以记账。你花钱的地方必然比我要多，不必将薪俸全给我。"惹得他笑起来，"傻子，薪俸那几千块钱，能当什么？你不用管我，你花不完，多买些自己喜欢的东西也就是了。"见她微有窘意，于是岔开话说，"那个黔春楼听来像是不错，不知道菜色怎么样？"

素素说："是新开张的云南菜馆子，有几道菜倒是很特别，有一种弓鱼干很好吃。"慕容清峰听了，倒有几分不自在，却仍是微笑，问："怎么想起来去吃云南菜？"素素答："汪小姐是云南人，她推荐我们一起去尝鲜。"慕容清峰听了这一句，面上并不显露出什么，只是说："那个汪小姐，你远着她些。"

素素心里略感奇怪，问："为什么？"

他说："你不懂就别问，反正不要理会她就是了。"他这样有意含糊其辞，素素想了一想，问："是因为局势的缘故么？"

慕容清峰正是要她如此误会，于是说："反正你别问就是了。"素素听他这样讲，果然以为自己猜测对了，这上头慕容夫人对她向来教诲颇多，知道不便追问，于是只是默记于心。

过了几日和牧兰在外面吃甜品，牧兰说："绮琳说要请咱们去北云玩，我反正已经答应了，你呢？"素素摇一摇头，"我可不成。"牧兰问："三公子不是不在家么，为什么不出去玩玩？一个人在家里多无聊。"

素素道："我反正也惯了。"牧兰说："瞧你这样子，也不怕闷出病来？不过你近来气色倒是挺好的。"素素说："是么？大约最近吃得好，人长胖了些吧。"牧兰笑起来，"就你这样子，风一吹都能飞起来，还叫胖？我才是真的胖了。"忽然想起一事来，"后天大剧院公演《胡桃夹子》，咱们去看吧。剧团里的几个新人，听说跳得好极了。"素素听了，果然高兴，"好啊，到时你打电话来，咱们一块儿去。"

到得那一日，牧兰果然打电话来约素素，在剧院外头见了面，才知道还有汪绮琳也约在一起。素素记着慕容清峄的话，可是既然来了，又不好再说走，只得和她们两人一齐进去。好在看芭蕾舞不同看戏，并不能够过多地谈话，所以只是静静地看着台上。她与牧兰都是行家，见那些新人果然跳得十分出色。素素看得十分专注，忽听汪绮琳轻声道："听说三少奶奶当年一曲《吉赛尔》，令夫人都赞叹不已。"素素犹未答话，牧兰已笑道："素素是极有天赋的。"素素只得笑一笑，说："都是很多年前了，如今哪里还能跳舞。"牧兰道："我骨头也早就硬了，上次试了试，连腿都迈不开了。"

【二十】

素素怕谈话声音太大扰到旁人，于是不再接口。第四幕快要结束时，忽见最尽头包厢里几个人都转过身去，有一人更是起立致意。牧兰一时好奇，也转过脸去张望，只见走廊那头几个人走过来，都是一身的戎装，当先一人长身玉立，翩然而来，正是慕容清峄。左右包厢里的看客都是非富即贵，自然都识得他。他这一路进来，少不了纷纷起立打招呼。正好第四幕落幕，素素正在鼓掌，一回头见是他进来，意外地站起来，"你怎么来了？"

慕容清峄笑道："回去你不在家，说你到这里来了，所以我过来接你。"那汪绮琳一颗心早已是七上八下。慕容清峄原只是一时兴起前来，万万想不到会在这里遇上她，微一迟疑。他知道众目睽睽，不知多少人正瞧着热闹，于是不慌不忙打个招呼："汪小姐，许久不见。"又向牧兰点一点头，"张太太，你好。"

汪绮琳微微一笑，说："三公子和三少奶奶真是恩爱，一刻不见，就亲自来接。"

素素向来面薄，低声说："汪小姐取笑了。"慕容清峄说："我还没吃晚饭呢。"素素听他这样说，果然道："那咱们先回去吧。"慕容清峄取了她的外衣手袋，随手却交给侍从。素素对二人道："实在对不住，我们先走了。"二人自然客气两句，起身送他们离开。

等到了车上，素素见慕容清峄的脸色并不是很好，低声说道："我并不知道牧兰还约了她，你不要生气。"慕容清峄笑了一笑，轻轻拍了拍她的手，说："没事，我并没有生气。"雷少功却说："三公子，跟您告个假，我有点私事先走。"慕容清峄说："那你去吧。"

他们本来开了两部汽车过来，此刻慕容清峄夫妇坐了一部车先走了。雷少功点上一支烟，夜里风正凉，他靠在车子旁边，看大剧院外面灯火通明，照着巨幅的海报。海报上女主演弯着身子，舞裙的薄纱像是一朵半凋的芙蓉花。灯下看去，极是动人。他望着那张海报，不由得出了神。不远处是街，隐约听得到市声喧嚣，这样听着，却仿佛隔得很远似的。他随手捻熄了烟头，又点燃一支。这一支烟没有吸完，果然就见汪绮琳独自从剧院里走出来，向街边一望，那路灯光线很清楚照见她的脸色，却是微有喜色。走过来后笑容却渐渐收敛，问："他叫你在这里等我？"

雷少功说："汪小姐，先上车再说吧。"

汪绮琳上了车子，又问："他有什么话，你说吧。"雷少功道："汪小姐是个聪明人，这样子闹，除了让旁人看笑话，又有什么好处？"汪绮琳笑一笑，说："我怎么了？我和你们三少奶奶很投缘啊，不过只是一块儿吃饭看戏，你们怕我吃了她不成？"

雷少功也笑一笑，说："人人都说汪小姐聪明，我看汪小姐这回做事糊涂。他的脾气你是知道的，万一翻了脸，汪小姐没有好处。"汪绮琳仍是笑靥如花，"雷主任，你跟我说实话，他最近又瞧上谁了？我知道他向来不将这位少奶奶当一回事的，这一年里，我瞧他也尽够了，没想到他和我闹生分。你让我死也做个明白鬼，成不成？"

雷少功说："他的事情，我们做下属的哪里知道。"汪绮琳一眼瞟过来，轻轻笑了一声，"瞧，雷主任又打官腔了不是？他的事情，你若是不知道，就没人知道了。"雷少功说："汪小姐这样子说，我也没法子。你到底给我三分薄面，有什么条件尽管开出来，我回头好去交差。"

汪绮琳道："你别急着交差啊，我能有什么条件？你们将我想成什么人了？我也不过是一时好奇，想好好瞧瞧三少奶奶，是个什么样倾国倾城的大美人。现下我也瞧够了，你们既然不乐意我跟她交往，我以后就不打扰她就是了。不过，我和他的事知道的人不少，我可不担保别人不说。”

雷少功说："汪小姐知进知退，才是聪明人。"

汪绮琳嫣然一笑，说："我聪明？我傻着呢。"

第二天雷少功便对慕容清峰说："汪小姐那样子，倒只是疑心您近来又瞧上了旁人。我看她正闹意气，不像是要善罢甘休的样子。不过她应当知道中间的利害关系，不会轻举妄动。"慕容清峰说："那你就告诉她，我近来确实瞧上旁人就是了，省得她来烦我。"雷少功笑了一笑，说："您要我扯这样的谎，也要她肯信。她只是说，要亲自和你讲清楚。"慕容清峰说："我是没空见她的，她有什么话，叫她对你说好了。原先看她颇为善解人意，没想到现在纠缠不清。"雷少功听他语气里颇有悔意，于是安慰他说："汪小姐虽然难缠，到底也是有头有脸的，不会弄出笑话来让别人看。"迟疑了一下又说，"我看那位张太太，倒像是在装糊涂，少奶奶是个老实人，只怕会吃亏。"

慕容清峰说："她不过就是喜欢谈些蜚短流长，谅她没胆子在素素面前说什么，由她去吧。"

他既然这样说，雷少功又接到汪绮琳的电话，便只是说："三公子确实抽不出空来，你有什么话，对我讲也是一样的。"汪绮琳叹了一声，说："没想到他这样绝情，连见一面都不肯。"想了一想，又说，"他既然如此，我也就罢了，不过，我要他替我办一件事。"雷少功听她肯开口谈条件，自然乐意，于是说："你尽管说就是，回头我一定一五一十转告他。"汪绮琳道："岐玉山工程，我要他指明给一家公司来做。"雷少功踌躇道："这是规划署的公事，我看他不方便插手。"汪绮琳冷笑一声，道："你不能替他做主的话，就先去问问他。老实讲，我提这要求，已经是够便宜他的了，他不过帮忙说一句话，也不肯么？"雷少功只是说："我请示了他，再来给你回话。"

晚间觑见慕容清峰得空，便将此事对他说了，果然，慕容清峰皱起眉来，"她也太狮子大开口了，这中间一转手，可不是一个小数目。"雷少功说："我也说了您有些为难，毕竟不是小事，况且又不是您直接管辖，万一旁人听到风声，又出是非。"慕容清峰一脸不耐，"算了算了，就依她好了，我回头跟他们去说。一劳永逸，省得她再出花样。"

他们在客厅里讲话，隔着落地长窗，雷少功只见素素从花园里过来，于是缄口。慕容清峰回过头见是她，于是问："我瞧你近来手艺大有长进，这几枝花，是又要插起来吗？"素素答："我跟着母亲学，不过是邯郸学步罢了。"

雷少功见她进来，就告辞出去。慕容清峰看素素穿着淡青色的织云锦旗袍，极淡的珠灰绣花，于是说："天气渐渐热了，其实穿洋装比穿旗袍要凉快。"素素说："我总是不习惯在家里穿洋装，裙子那样短。"倒说得他笑起来。她自己也觉得十分不好意思，于是问："你这次出去，什么时候回来？"慕容清峰说："我也拿不准，大约总得两三天吧。"见她持着那小银剪刀，低着头慢慢剪着玫瑰上的赘叶，便说道，"等我这一阵子忙过，咱们出去玩一玩。结婚这么多年，我都没有带你出去过。"她说："没关系，你这样忙，其实我也是懒得动。"他说："等我这次回来，无论如何叫他们替我安排几天时间，我带你去长星海，那边有官邸，很方便的。"随手接过素素手里的那枝玫瑰，替她插在襟上，"到时候只有咱们两个人，清清静静地住几天。"素素听他这样说，心里也很是向往，见他目不转睛望着自己，虽然多年的夫妻，可是仍旧不知不觉低下头去，襟上那朵玫瑰甜香馥郁，中人欲醉。

　　他走了之后，素素独自在家里。这天去了双桥官邸，陪慕容夫人吃过午饭。正巧维仪带着孩子过来，素素抱了孩子在庭院里玩。维仪见她疼爱孩子的样子，转脸轻声对慕容夫人道："三哥总算是明白过来了，可怜三嫂这么些年。"慕容夫人轻轻叹了口气，说："到底有些美中不足，要是能有个小孩子，就是锦上添花了。你三哥再过两年就快三十岁了，你父亲像他这年纪的时候，已经有了你大姐和你二哥了。"维仪倒仿佛想起什么来，望了素素一眼，压低声音说："母亲，我在外头听见一桩传闻，不知道是不是真的？"慕容夫人知道这小女儿从来不爱道听途说，心里略略奇怪。于是问："有什么话你就说吧，和你三哥有关系？"

　　维仪低声道："我听人说，年来汪绮琳和三哥一直走得很近。"慕容夫人问："汪绮琳？是不是汪家老二，长得挺秀气的那个女孩子？"维仪点一点头，"晰成有两次遇上他们俩在一块儿。你知道三哥那脾气，并不瞒人的。"慕容夫人笑了一声，说："年轻人眼皮子浅，在外头玩玩也不算什么。你三哥向来知道好歹，我看这一阵子，他倒是很规矩。"维仪不知为何，倒长长叹了口气。慕容夫人听她口气烦恼，于是问："你吞吞吐吐的，到底想说什么？"维仪又远远望了素素一眼，见她抱着孩子，一手拿了面包喂鱼，引得那些鱼浮起喁喁，孩子高兴得咯咯直笑，素素也微笑着，腾出手来撕面包给孩子，教他往池子里撒食。维仪低声说："母亲，我听说汪小姐有身孕了。"

慕容夫人只觉得眼皮轻轻一跳，神色肃然地问："你说那孩子是你三哥的？"维仪说："外面人是这样说，不过也半信半疑吧。这种事情除了他们两个，旁人哪里知道。"慕容夫人道："老三不会这样糊涂，你是听谁说的？"维仪说："传到我耳朵里来，也早拐了几个弯了，我并不太相信。可是还有一桩事情，不知道母亲知不知道？"顿了一顿，才说，"这次岐玉山改建公路的事情，听说三哥出面一揽子兜了去，全部包给一家公司，巧不巧这家公司，是汪绮琳舅舅名下的。"

慕容夫人神色凝重，说："这样一讲，倒有几分影子了。老三怎么这样做事？回头让你父亲知道，看不要他的命。"

维仪道："三哥这几年升得太快，外面的人说什么的都有，偏偏他行事向来肆无忌惮，到底会吃亏。"

慕容夫人想了一想，说："等老三回来，我来问他。"凝望着素素的背影，又说，"别告诉你三嫂，免得她心烦。"维仪嗔道："妈，难道我连这个都不知道？"

素素吃过晚饭才回去，才进家门便接到牧兰的电话，"找你一天了，你都不在家。"素素歉意地笑笑，说："今天我过去双桥那边了，有事吗？"牧兰说："没有事，不过想请你吃饭。"素素说："真对不住，我吃过了，改日我请你吧。"牧兰说："我有件顶要紧的事情想告诉你呢，你来吧，我在宜鑫记等你。"

素素犹豫了一下，说："这么晚了，要不明天我请你喝茶？"牧兰说："才八点多钟，街上热闹着呢。你出来吧，事情真的十分要紧，快来，我等着你。"

素素听她语气急迫，想着只怕当真是有要紧事情，只得坐车子去宜鑫记。宜鑫记是老字号的苏州菜馆子，专做达官名流的生意。馆子里的茶房老远看到车牌，连忙跑上来替她开门，"三少奶奶真是贵客。"素素向来不爱人家这样奉承，只得点头笑一笑。茶房问："三少奶奶是独个儿来的？要一间包厢？"素素说："不，张太太在这儿等我。"茶房笑道："张太太在三笑轩，我带您上去。"

三笑轩是精致的雅阁，出众在于壁上所悬仕女图，乃是祝枝山的真迹。另外的几幅字画，也皆是当代名家的手笔。素素这几年来阅历渐长，一望之下便知其名贵。只见牧兰独自坐在桌边，望着一杯茶怔怔出神，便笑道："牧兰，这样急急忙忙约我出来，到底有什么事？"

牧兰见了她，倒缓缓露出一个苦笑来。她连忙问："怎么了？和张先生闹别扭了？"牧兰叹了一声，说："我倒是宁可和他闹别扭了。"素素坐下来，茶房问："三少奶奶吃什么？"素素说："我吃过了，你问张太太点菜吧。"然后向牧兰笑一笑，"闹别扭是再寻常不过，你别生气，这顿算是我请客。你狠狠吃一顿，我保管你心情就好了。"

牧兰对茶房说："你去吧，我们过会儿再点菜。"看着他出去关好了门，这才握住素素的手，说，"你这个傻子，你当真不知道么？"

素素万万想不到原来会说到自己身上，惘然问："知道什么？"

牧兰只是欲语又止，说："按理说我不应当告诉你，可是大约除了我，也没有人来说给你听了——素素，我真是对不起你。"

素素越发不解，勉强笑道："瞧你，闹得我一头雾水。你向来不是这样子，咱们十几年的交情，还有什么不能说的？"牧兰道："你听了，可不要生气，也不要伤心。"素素渐渐猜到一二分，反倒觉得心里安静下来，问："你听说什么了？"

牧兰又叹了口气，说："我是去年认识汪绮琳的，因为她和明殊的表哥是亲戚。我也没想到，事情会是这样。"

素素"嗯"了一声，语气淡淡的，"我不怪你，也不怪旁人。怨不得他叫我不要和汪小姐交往，原来中间是这样一回事。"牧兰说："我瞧三公子也只是逢场作戏，听人说，他和汪绮琳已经断了往来了。"

素素唇角勾起一抹恍惚的笑容。牧兰说："你不要这样子，他到底是维护你的，不然也不会叫你不要和她交往。"

素素打起精神来，说："咱们别说这个了，点菜来吃吧，我这会子倒饿了。"牧兰怔了一下，说："还有一件事——我不知道该不该告诉你。"

素素轻轻叹了一声，说："有什么话你尽管说吧。"牧兰道："我也只是听旁人说——说汪绮琳怀孕了。"只见素素脸色雪白，目光直直地瞧着面前的茶碗，仿佛要将那茶碗看穿一样。牧兰轻轻摇了摇她的肩，"素素，你别吓我，这也只是传闻，并不知道是不是真的。"素素拿起餐牌来，牧兰见她的手轻轻颤抖，可是脸上却一丝表情也没有。急切道："你若是想哭，就痛快哭出来好了。"素素缓缓地抬起头来，声音轻轻的，"我不哭，我再也不会哭了。"

牧兰瞧着她叫了茶房进来点菜，倒仿佛若无其事的样子。待得菜上来，她也只是一勺子一勺子舀着那莼菜汤，舀得满满一汤碗了，仍没有住手，一直溢出碗外来。牧兰叫了一声："素素。"她才觉察，放下勺子说："这汤真咸，吃得人口干。"牧兰说："我瞧你脸色不好，我送你回去吧。"她摇一摇头，"不用，司机在下面等我。"牧兰只得站起来送她下楼，见她上了车子，犹向牧兰笑一笑，"你快回家吧，已经这样晚了。"

【二十一】

她越是这样平静无事的样子，牧兰越是觉得不妥，第二天又打电话给她，"素素，你没事吧？"素素说："我没事。"电话里不便多说，牧兰只得说了两句闲话挂掉。素素将听筒刚一放下，电话却又响起来，正是慕容清峰，问："你在家里做什么？我今天就回来，你等我吃晚饭好不好？"素素"嗯"了一声，说："好，那我等你。"他说："你怎么了？好像不高兴。"她轻声道："我没有不高兴，我一直很高兴。"他到底觉得不对，追问："你跟我说实话，出什么事了？"她说："没事，大约昨天睡着时着凉了，所以有点头痛。"

午后暑热渐盛，她躺在床上，颈间全是汗，腻腻的令人难受，恨不得再去洗澡。渐渐神迷眼乏，手里的书渐渐低下去，曚昽睡意里忽然有人轻轻按在她额头上，睁开眼首先瞧见他肩上的肩章灿然。没有换衣服，想是下车就直接上楼来了，走得急了呼吸未匀。这样的天气自然是一脸的汗，见了她睁开眼来，微笑问："吵醒你了？我怕你发烧，看你脸上这样红。"

她摇了摇头，说："你去换衣服吧，天气这样热。"他去洗澡换了衣服出来,她已经又睡着了,眉头微蹙,如笼着淡淡的轻烟。他不知不觉俯下身去,仿佛想要吻平那眉头拧起的结,但双唇刚刚触到她的额头,她一惊醒来,几乎是本能一样往后一缩,眼里明明闪过憎恶。他怔了一怔,伸手去握她的手,她一动不动任由他握住,却垂下眼帘去。他问:"你这是怎么了?"她只是摇了摇头。他问:"到底出了什么事?"她简单地说:"没事。"他烦躁起来,她明明在眼前,可是已经疏离,疏离到令他心浮气躁,"素素,你有心事。"她仍旧淡淡的,说:"没有。"

天气那样热,新蝉在窗外声嘶力竭。他极力按捺着性子,"你不要瞒我,有什么事明白说出来。"

她只是缄默,他隐隐生气,"我这样提前赶回来,只是担心你,你对我老是这样子,你到底要我怎么样?"

她哪里还有资格要求?他重新想起她来,已经是莫大的恩宠,她何必还妄图要求别的?唇边凄清的笑颜终究令他恼怒,"你不要不知好歹!"她向后退却,终究令得他挫败无力地转过脸去。他这样努力,尽了全力,小心翼翼,她不过还是怕他,甚至,开始厌恶他。前些日子,她给了他希望,可是今天,这希望到底是失却了。

他瞧着她,她脸色苍白,孱弱无力得像一株小草,可是这草长在心里,是可怕的荒芜。他压抑着脾气,怕自己又说出伤人的话来,她却只是缄默。他无声地握紧拳头,指甲深深地掐入掌心。她就在他面前,可是已经又距他这样远——仿佛中间横亘着不可逾越的天堑——惟有她,惟有她令他如此无力,无计可施无法可想,只是无可奈何,连自欺欺人都是痴心妄想。

他去双桥见过了父母,留下陪慕容夫人吃晚饭。吃完饭后在休息室里喝咖啡，慕容夫人挥退下人，神色凝重地问他："那个汪绮琳，是怎么回事？"他倒不防慕容夫人会提及此人，怔了一下才说："母亲怎么想起来问这个？"慕容夫人道："外面都传得沸反盈天了——我看你是糊涂了。我听说她有了你的孩子，是不是真的？"慕容清峰脱口道："不可能。我今年就没有和她见过面了。"慕容夫人面色稍豫，但口气依旧严厉，"这件事情，你甭想含糊过去，你老老实实地对我说实话。假若你不肯，我回头告诉你父亲，叫他来问你。"慕容清峰道："母亲，我不会那样荒唐。我确是和她交往过一阵子，自从过了旧历年就和她分手了。孩子的事必然是她撒谎，假若真有其事，至少已经六个月了，她哪里还能出来见人？"

慕容夫人这才轻轻点了点头，"这就好，我原想着也是，你不会这样大意。不过旁人传得沸沸扬扬，到底是往你头上扣。"

慕容清峰怒道："真是无聊，没想到她这样乱来。"慕容夫人道："到底是你不谨慎，你总是要吃过亏，才知道好歹。素素是不理你的风流账，若教她听到这样的话，真会伤了她的心。"慕容清峰想起她的样子来，突然醒悟，"她只怕是已经听说了——今天我回来，她那样子就很不对。"慕容夫人道："总归是你一错再错，她给你脸色瞧，也是应当的。"

他心里愧疚，回家路上便在踌躇如何解释。谁知回家后新姐说："少奶奶出去了。"他问："去哪儿了？"新姐说："您刚一走，少奶奶接了个电话，就出去了。"他见素素的车子仍在家里，问："是谁打电话来？少奶奶怎么没有坐车出去？"新姐摇一摇头，"那我可不知道了。"

夏季里的天，本来黑得甚晚。夜色浓重，窗外的树轮廓渐渐化开，像是洇了水的墨，一团团不甚清晰。他等得焦躁起来，在客厅里来回踱着步子。雷少功本来要下值回家，进来看到他的样子，倒不放心。于是说："三公子，要不要派人出去找一找？"他想起日间她的样子，那目光冷淡而无力的决然，猛然惊悚，只怕她竟会有什么想不开，心里顿时乱了。连忙说："快去！叫他们都去找。"

雷少功答应一声，出去安排。慕容清峄心里担心，踱了几个来回，倒想起一事来，对雷少功说："你替我给汪绮琳打个电话，我有话问她。"

汪绮琳一听慕容清峄的声音，倒是笑如银铃，"你今天怎么想起我来了？"慕容清峄不愿与她多讲，只说："你在外头胡说什么？"汪绮琳"咦"了一声，说："我不曾说过什么呀？你怎么一副兴师问罪的腔调？"他冷笑了一声，说："你别装糊涂，连我母亲都听说了——你怀孕？跟谁？"汪绮琳轻轻一啐，腻声道："你这没良心的，怎么开口就这样伤人？这话你是听谁说的？谁这样刻薄，造出这样的谣言来？要叫我家里人听到，岂不会气着老人家。"

他见她一口否认，只冷冷地道："你要我做的事，我已经替你办了，咱们是一拍两散，互不相欠。你以后最好别再这样无聊，不然，你一定后悔。"汪绮琳轻轻一笑，"怨不得她们都说你最绝情，果然如此。"他不欲与她多说，伸手就挂断了电话。

等到晚上十点钟都过了，他心里着急，坐下来翻阅公文，却是心不在焉。雷少功怕出事情，留下来没有走。偶尔抬头看墙角的钟，派出去找人的侍从们却一直没有消息。慕容清峄到底是担心，"啪"一声将手头的公文扔在案上，说："我亲自出去找找看。"话音未落，电话铃响起来。雷少功连忙走过去接，却是牧兰，像是并未听出他的声音，只当是寻常下人，说："请少奶奶听电话。"雷少功一听她这样讲，心里却不知为何微微一沉，只问："张太太是吧？三少奶奶不是和你在一块？"

牧兰说："我才出去了回来，听说这里打电话来找过我，所以回个电话，你是——"雷少功道："我是雷少功，三少奶奶今天不是约了您？"牧兰说："我和她在云华台吃过饭，她就先回去了，我去听戏所以现在才回来。"

慕容清峄一直在听，此刻越发担心起来。只怕是出了什么意外，关心则乱，当即对雷少功说："打电话给朱勋文，叫他派人帮忙。"雷少功欲语又止，知道他必是不肯听劝的，只得去打电话。

却说汪绮琳握着电话，里面只剩了忙音。她对面是一幅落地镜子，照着一身潋潋玫红色旗袍，人慵慵斜倚在高几旁，镜里映着像是一枝花，开得那样好。粉白的脸上薄薄的胭脂色，总不致辜负这良辰。她将听筒搁回，却又刻意待了片刻，冲着镜子里的自己"哧"地一笑，慢条斯理地理了理鬈发，这才穿过花厅走进里间，向素素嫣然一笑，"真对不住，一个电话讲了这么久。"

素素淡淡地道："这样晚了，汪小姐如果没有旁的事，我要回去了。"汪绮琳抿嘴笑道："是我疏漏了，留你坐了这样久，只顾絮絮地说话。我叫他们用车送少奶奶。"素素说："不必了。"汪绮琳道："今天到底是在你面前将事情讲清楚了。我和三公子，真的只不过是寻常的朋友，外面那些传言，真叫人觉得可笑。少奶奶不放在心上，自然是好。不过常言道'众口铄金，积毁销骨'，我只是觉得百口莫辩。今天难得遇到你，又当面解释，叫我心里好过了许多。"

素素道："汪小姐不必这样客气。"她本来就不爱说话，言语之间只是淡淡的。汪绮琳亲自送她出来，再三要叫司机相送，素素说："我自己搭车回去，汪小姐不用操心了。"汪绮琳笑了一笑，只得叫人替她叫了一辆三轮车。

素素坐了三轮车回去，夜已深了，街上很安静。车子穿行在凉风里，她怔怔地出着神。适才在汪府里，隔着紫檀岫玉屏风，隐隐约约只听得那一句稍稍高声："你这个没良心的。"软语温腻，如花解语，如玉生香，想来电话那端的人，听在耳中必是心头一荡——沉沦记忆里的惊痛，一旦翻出却原来依旧绞心断肠一般。原来他与她早有过交谈，在那样久远的从前。于今，不过是撕开旧伤，再撒上一把盐。

到了，仍是她自欺欺人。他的人生，姹紫嫣红开遍，自己这一朵，不过点缀其间。偶然顾恋垂怜，叫她无端端又生奢望。只因担了个名分，倒枉费了她，特意来自己面前越描越黑。最大的嘲讽莫过于此，电话打来，俏语笑珠，风光旖旎其间，不曾想过她就在数步之外。

她对车夫说："麻烦你在前面停下。"车夫错愕地回过头来，"还没到呢。"她不语，递过五元的钞票。车夫怔了一下，停下车子，"这我可找不开。"

"不用找了。"看着对方脸上掩不住的欢喜，心里却只有无穷无尽的悲哀……钱于旁人，多少总能够带来欢喜吧。这样轻易，五块钱就可以买来笑容，而笑容于自己，却成了可望不可及。

店里要打烊了，她叫了碗芋芳慢慢吃着。老板走来走去，收拾桌椅，打扫抹尘。老板娘在灶头洗碗，一边涮碗一边跟丈夫碎碎念叨："瞧瞧你这样子，扫地跟画符似的，我真是上辈子欠了你！"拿围裙擦了手，走过来夺了扫帚就自己扫着。老板嘿嘿笑了笑，搔了搔头又去洗碗。柴米夫妻，一言一行这样平常的幸福，她失了交臂，便是永远不能企及。

放下调羹，却怔怔地出了神。恍惚间抬起头来，发现面前伫立的人，终于缓缓展现讶异，"张先生。"

张明殊勉强露出微笑，过了片刻，才唤了一声："任小姐。"

他还是依着旧称呼，素素唇边露出凄苦的笑颜，这世上，终究还有人记得她是任素素，而不是三少奶奶。她却问："这样晚了，你怎么在这里？"

张明殊道："我回家去，路过汪府门前，正巧看到你上了三轮车。"他不过是担心，想着一路暗中护送她回去，所以叫司机远远跟着。谁知她半路里却下了车，他身不由己地跟进店里来，可是如同中了魔，再也移不开目光。

素素轻轻叹了一声，说："我没有事，你走吧。"他只得答应了一声，低着头慢慢向外走去。

一碗芋艿冷透了，吃下去后胃里像是压上了大石。她梦游一般站在街头，行人稀疏，偶然车灯划破寂黑。三轮车叮叮响着铃，车夫问："要车吗，小姐？"

她仍是茫然的，坐上车子，又听车夫问："去哪里？"

去哪里？天底下虽然这样大，她该何去何从。所谓的家不过是精致的牢笼，锁住一生。她忽然在钝痛里生出挣扎的勇气——她不要回那个家去。哪怕，能避开片刻也是好的。哪怕，能逃走刹那也是好的。

很小很小的旅馆，蓝棉布的被褥却叫她想起极小的时候，那时父母双全，她是有家的孩子。母亲忙着做事顾不到她，只得将她放在床上玩。她是极安静的小孩，对着被褥就可以坐上半天。母亲偶然回头来看到她，会亲亲她的额头，赞她一声"乖"。就这一声，又可以令她再静静地坐上半晌。母亲温软的唇仿佛还停留在额上，流水一样的光阴却刷刷淌过，如梦一样。她记得刚刚进芭蕾舞团时，牧兰那样自信满满，"我要做顶红顶红的明星。"又问，"你呢？"她那时只答："我要有一个家。"

锦衣玉食万众景仰，午夜梦回，月光如水，总是明灭如同幻境。他即使偶尔在身侧，一样是令人恍惚不真切，如今，连这不真切也灰飞烟灭，成了残梦。她终其一生的愿望，只不过想着再寻常不过的幸福。与他相识后短短的三年五载却已然像是一生一世，已经注定孤独悲凉的一生一世。

窗外的天渐淡成莲青色，渐渐变成鸽灰，慢慢泛起一线鱼肚白，夜虽然曾经那样黑，天，到底是亮了，她却永远沉沦于黑暗的深渊，渴望不到黎明。

她捱到近午时分才出了房间，一打开门，走廊外的张明殊突然退后两步，那神色又欣慰又惶然，见她看着自己，不由自主转开脸去。她渐渐明白过来，原来他昨晚到底放心不下，还是一直跟着自己，竟然在这里守了一夜。

他这样痴……又叫牧兰情何以堪？她抓着门框，无力地低下头去。他终于开了口："我……司机在外面，我让他送你回去。"

她脚下轻飘飘的，像踩在云上一样。她的声音也似精疲力竭，"我自己回去。"她深一脚浅一脚地往外走，刚刚走到穿堂，到底叫门槛一绊，他抢上来，"小心。"

头晕目眩的她本能地抓住他的手臂，恍惚间却仿佛看到熟悉的面孔，那双眼眸是今生今世的魔障，是永世无法挣脱的禁锢。

"任素素！"

她身子一颤抬起头，只看见雷少功抢上来，"三公子！"想要抱住他的手臂，慕容清峰一甩就挣开了，她只觉身子一轻，已经让他拽了过去。他的眼神可怕极了——"啪！"一掌掴在她脸上。

张明殊怒问："你为什么打人？"

她眼前一片天旋地转，只觉得他的手臂那样用力，仿佛要捏死自己了。只是说："不关他的事。"

一夜的担心受怕，一夜的彷惶若失，一夜的胡思乱想，一夜的若狂寻觅，他的眼睛仿佛能喷出火来，她惟一的一句，竟然是替那男人开脱！

他在乎她，这样在乎，在乎到这一夜熬得几乎发了狂，却只听到这一句。她那样脆弱轻微，像是一抹游魂，他永远无法捕获的游魂。他喘息着逼视着她，而她竟无畏地直视。她从来在他面前只是低头，这样有勇气，也不过是为了旁人。

雷少功一脸的焦灼，"三公子，放开少奶奶，她透不过气来了。"他一下子甩开她，她跌跌撞撞站立不稳，张明殊忍不住想去挽她一把，被他大力推开，"不许你碰她。"

她却几乎是同时推开他的手臂，"你别碰我。"

这一声如最最锋利的刀刃，劈入心间。她倔强而顽固地仰着脸，眼里清清楚楚是厌憎。她不爱他，到底是不爱他，明明白白，清清楚楚，终于说了出来。他倚仗了权势，留了她这些年，终究是得不到，得不到半分她的心。

他在她面前输得一塌糊涂，再也无法力挽狂澜。这么多年，这么多年——她已经是深入骨髓的疼痛，每一回的希望，不过是换了更大的失望，直至今天……终究成了绝望。他从心里生出绝望来，她这一句，生生判了他的死，以往还残存的一丝念想、一丝不甘也终究让她清清楚楚地抹杀。如溺水的人垂死，他从齿缝里挤出一句话来，"我不碰你！我这辈子再也不碰你了！"

意密弦声

【二十二】

天气这样热，因为当值穿着戎装，从廊上走过来，雷少功就出了一身的汗，一进值班室，随手取下帽子，那天花板上的电扇虽然转着，扇出的也只是阵阵热风。刚刚倒了壶里的凉茶来喝，就听到铃响。值班的侍从"咦"了一声，说："奇怪，先生不在，谁在书房里按铃？"雷少功道："大约是三公子吧，我去看看。"

慕容清峰不防是他，低着头说："把父亲昨天交代的档案都取过来我看。"雷少功问："那可不是一会儿的工夫，今天三公子就在这边吃饭？"慕容清峰这才抬起头来，"是你？你如今比他们还要啰嗦，连厨房的事都揽上了。"

雷少功说道："您有差不多一个月没回家了，今天是您生日，回去吃饭吧。"

慕容清峰"哼"了一声，说："我这不是在家里吗？你还要我回哪里去？"雷少功见他明知故问，可是怕说得僵了，反倒弄巧成拙，只得道："那边打电话来说少奶奶这几日像是病了，您到底回去瞧瞧。"见他不做声，知道已经有了几分松动，于是说，"我去叫车。"

正是黄昏时分，庭院里颓阳西斜，深深映着花木疏影。青石板上浇过水，热气蒸腾。阶下的晚香玉开了花，让那热气烘得香气浓郁。素素坐在藤椅上，四下里静悄悄的，只是热，热得人烦乱。一柄纨扇有一下没一下地摇着，新姐走过来说："院子里才浇了水，这里热得很，少奶奶到里面坐去吧。"她懒得动，也懒得做声，只是慢慢摇了摇头。新姐问："厨房问晚上吃什么，还是吃粥吗？"

她点了点头，新姐去了，过了片刻，却喜滋滋地回来说："少奶奶，三公子回来了。"她的手微微一抖，心里像是火焚一样焦灼，他到底是回来了。

她一双软底缎鞋，走在地板上亦无声无息。客厅里没有开灯，他的脸在晦暗里看不分明。她远远站定，孤零零地立在那里，等他开口。

她身后是朦胧的余晖，勾勒出单薄的身影。他久久凝望，隔着半间屋子，便是隔着一个天涯。不能逾越的天堑，他永远不能够令她为自己展开笑颜。在他面前，她永远只是低着头，沉默不言。

无力感油然而生，逼得他不得不转开脸去，面无表情冷漠地说出一句话来："听人说你病了，有没有叫许大夫来看？"她轻轻点了点头，他脸上只有冷淡的倦意，她忽然灰了最后一分心。新姐却终究忍不住，喜滋滋地说："三公子，少奶奶害臊不肯说——要给三公子道喜了。"

他转过脸来瞧她，她眼里却只是平静的无动于衷。那么这个孩子，她认为是可有可无，甚至，只怕是厌恶也不一定。她不爱他，连带连他的孩子也不愿意要，他竟然连开口问一句的勇气都失去了，只是望着她。

她眼里渐渐浮起苍凉的伤感……他到底是猜对了，这个不合时宜的孩子，不过替她添了烦恼，成了羁绊。他乏力地转开脸去，窗外暮色四起，花树的影子朦朦胧胧，天黑了。

雷少功想不到他这么快出来，知道必是不痛快，默然跟着他上车。最后终于听见他说："咱们去吃苏州菜。"

宜鑫记的茶房见了他，自然如得了凤凰一般。笑容可掬地拥着他进去，一路忙不迭地碎碎念："三公子可有阵子没光顾小号了，今天有极新鲜的鳜鱼。"一面又叫柜上，"去窖里取那坛二十年的女儿红来。"

说是二十年陈酿，也不过是店家夸口。但那女儿红后劲极佳，他与雷少功二人对酌，雷少功犹可自持，慕容清峰已有七八分的酒意。正上甜汤时，却有人推门进来，笑吟吟地道："三公子，今天这样的日子，我这个不速之客可要过来敬杯酒。"

雷少功抬眼望去，只见她穿一身秋香色的旗袍，娉娉婷婷，正是许长宣。她与锦瑞关系极好，锦瑞将她视做小妹妹，故而与慕容清峰也是极熟悉。慕容清峰醉得厉害，只是笑，"你不是在国外念书吗？是几时回来的？"许长宣道："回来可有一阵子啦。我记得今天可是好日子，你怎么一个人在这儿吃饭？少奶奶呢？"

雷少功见她哪壶不开提哪壶，连忙问："许小姐是回来度假，还是长住？"许长宣说："长住，以后可不走了。"见慕容清峄正瞧着自己，便缓缓低下头去。

慕容夫人从枫港避暑回来，锦瑞、维仪都来见她。孩子们都在院子里玩耍，母女三人便在小客厅里说话。维仪问："三嫂今天过来吗？"慕容夫人说道："她身子不方便，我叫她不用过来了。"锦瑞说："我瞧老三这回混账，素素这样子，他倒还在胡闹。"维仪道："也是奇怪，认识长宣那些年了，三哥怎么这会子瞧上她了？"

锦瑞道："我看长宣糊涂。"慕容夫人却说："长宣才不糊涂呢，是老三糊涂。"又说，"锦瑞，你可别小瞧了长宣。"

锦瑞心中不悦，隔了几日，便约许长宣出来喝茶。见她穿一身雪青色云纹暗花旗袍，不由道："怎么穿得这样素？"长宣微笑，"近来觉得淡雅一些好看。"锦瑞便说："长宣，我们家老三你是知道的，他顶会伤人心了，你可别上他的当。"长宣笑道："大姐说哪里去了，近来是和三公子常常一起，不过是吃饭喝茶罢了。"锦瑞见她这样说，心里倒明白了几分，不由颇有几分不悦，只说："那你好自为之吧。"

过了旧历年，慕容夫人惦着素素产期将近，怕她独自在外疏于照料，于是叫她搬回双桥，就近照拂。慕容清峄回家自然是蜻蜓点水，应个卯就走了。

天气一天一天暖和起来，素素在庭院里散步。刚刚走过花障，忽听到熟悉的声音，正是维仪，那声调却有几分气恼，"三哥就是糊涂，眼见着三嫂要生了，连家也不回。"那一个却是锦瑞，"可不是，许长宣倒拿得住他。"素素不欲窥听，转身便走，谁想急切之下扭到腰，腹中却是一阵抽痛，忍不住"哎哟"了一声。锦瑞与维仪连忙走出花障来看，见她痛得满头大汗，维仪先慌了手脚，"三嫂。"锦瑞说："这样子像是发作了，快，快去叫人。"一面说，一面上来搀她。

素素痛得人昏昏沉沉，慕容夫人虽然镇定，却也在客厅里坐立不安。坐了片刻，又站了起来，隔了一会子，又问："老三还没回来？"维仪说："这会子定然已经快到了。"锦瑞倒还寻常，只是道："母亲你也太偏心了，当年我生小蕊，也没见您这样子。"慕容夫人道："这孩子……唉……"正说话间一抬头，见慕容清峄回来了，只见他脸色苍白，于是安慰说："瞧那样子还早，你别担心。"话虽这样说，慕容清峄只是坐立不安，困兽样地在那里踱来踱去，不时向楼上张望。

入夜后下起雨来，过了午夜，雨势越发大起来。只听得窗外树木枝叶簌簌作响，那风从窗隙间吹来，窗帘沉沉的，微有起伏。慕容夫人只觉得身上寒浸浸的，回头轻声叫用人，"叫他们将壁炉生起来，手脚放轻些，别吵到素素。"又对锦瑞、维仪道，"你们两个先睡去吧，这会子也落了心了。"维仪低声笑道："这时候叫人怎么睡得着？总得等她们将孩子洗好了，抱出来咱们瞧瞧才睡得着。"

壁炉里的火生起来，红红的火光映着一室皆温。慕容夫人见素素是精疲力竭了，睡得极沉，几缕发丝粘在脸上，额上还有细密的汗珠，雪白的脸孔上只见浓密黑睫如扇轻合。慕容夫人一抬头，见慕容清峄目不转睛瞧着素素，不由又轻轻叹了口气。

护士小姐抱了孩子出来，维仪首先接过去，轻轻"呀"了一声，说："三哥你瞧，这孩子五官真是精致，长大后定然是个大美人。"慕容夫人微笑道："她爷爷已经打电话回来问过两次了。"锦瑞"哧"地一笑，说："父亲终于做了爷爷，只怕高兴得会提前赶回来呢。"又说，"老三，你是不是高兴傻了，连话也不说一句？"维仪却道："我知道三哥，他为生了女儿在赌气呢。"慕容夫人道："女儿有什么不好？明年再生个男孩子就是了。"又说，"咱们别在这里了，看吵醒了素素。孩子你们也看到了，快回房去睡吧。"

她们走出去了，慕容夫人又嘱咐了护士几句，这才回房去。孩子让护士抱去了，屋子里安静下来，素素昏昏沉沉，只觉得有人轻轻握住自己的手。那手是极暖的，叫人贪恋。她以为是慕容夫人，曚昽里含糊地叫了一声："妈。"又昏昏睡去了。

慕容清峰久久凝望着她，她的手还轻轻搁在他的掌中，柔软微凉，只有此时，只有此刻，他才能肆无忌惮地看着她，她才不会避开他。她受了这样的苦，不曾对他吐露过一句，不曾向他倾诉过一句，甚至，对着慕容夫人，也强如对他。

手伸得久了，渐渐发麻酸软，他却盼着天永远不要亮，这样的时刻，可以再长久一点，再长久一点。

慕容沣公事冗杂，第三天才回到双桥。慕容清峰去书房里见他，只见侍从在一旁研墨，慕容沣正搁下笔，见他进来，说："你来得正好。"慕容清峰见宣纸上，写得四个字，轻轻念出声来："慕容静言。"知道出自《诗经》中的"静言思之"。慕容夫人在一旁道："好固然好，就是太文气了。这两天大家都叫她囡囡，这个乳名看样子是要长久叫下去了。"

　　慕容家族亲朋众多，慕容沣素来不喜大事铺张，但此番高兴之下破例，慕容夫人将弥月宴持办得十分热闹风光。囡囡自然是由素素抱出来，让亲友们好生瞧上了一回。大家啧啧赞叹，汪绮琳也在一旁笑吟吟地道："真真一个小美人胚子。"又说，"只是长得不像三公子，倒全是遗传她母亲的美。"维仪道："谁说不像了，你瞧这鼻梁高高的，多像三哥。"汪绮琳笑道："瞧我这笨嘴拙舌的，我可不是那意思。"只见素素抬起眼来，两丸眸子黑白分明，目光清冽，不知为何倒叫她无端端一怔，旋即笑道："三少奶奶可别往心里去，你知道我是最不会说话的，一张嘴就说错。"

　　宴会至深夜方散，慕容清峄送完客人上楼来，先去婴儿室看了孩子，再过来睡房里。素素还没有睡，见他进来，一双黑漆漆的眼睛，如最冷清的星光，直直盯着他，不怒不哀，却叫他又生出那种彻骨的寒意来。这寒意最终挑起他本能的怒意，"你不要这样看着我，我说过不碰你，这辈子就不会再碰你！"

　　她的眼如深潭里的水，平静无波，许久，如常缓缓低下头去，像似松了口气。他心里恨毒了她，她这样对他，毁了他的一切。以后的半生，都会是这样无穷无尽的绝望与残酷。她轻易就将他逼到绝路上去，终究逼得他冷冷地说出一句话来，"你别以为可以如意，将我当成傻子。"

　　她重新抬起眼来，仍是淡然清冽的目光，仿佛如月下新雪，直凉到人心里去。她终于开了口，说："你这样疑心我？"

　　他知道她会错了意，但她眼底泫然的泪光终于令得他有了决然的痛快。她到底是叫他气到了，他宁可她恨他，好过她那样淡定地望着他，仿佛目光透过他的身体，只是望着某个虚空。对他这样视若无物，他宁可她恨他，哪怕能恨得记住他也好——她这样绝情残忍，逼得他连心都死了，他已经是在无间地狱里受着永世的煎熬。那么就让她彻底地恨他好了，能恨到记住他，能恨到永生永世忘不了他，总胜于在她心里没有一丝一毫。他脱口就说："不错，我就是疑心你，疑心那孩子——连同六年前那一个，焉知是不是我的儿子？"

她浑身颤抖，心里最大的痛楚却被他当成骗局。原来在他心里，她已经如此不堪。隔壁隐约响起孩子的哭声，原来她错了，连最后一丝尊严他都这样吝啬不肯给予，他这样恶毒，将她肆意践踏，而后，还可以说出这样冷血残酷的话来。孩子的哭声越来越响，她绝望地扭过头去，不如不将她带到这世上来，原来襁褓之中等待着她的就是耻辱。她被如此质疑，他竟然如此质疑她。

孩子的哭声越来越响，一声声仿佛能割裂她的肝肠，眼泪夺眶而出，她轻轻地摇着头，眼里只剩了最后的绝望。那神气令他心里狠狠抽痛，不祥的预感涌上来，他扑上来抓她的手，她死命地挣着，他不肯放，她用力向他手背上咬去，腥咸的血渗入唇齿之间，他依然死死箍住她不肯放。她到底挣脱了一只手，用力一扬，"啪"一声重重扇在他脸上，她怔住了。他也呆了，渐渐松开手，她猛然转身向门外冲去。他追上来，她几乎是跌下楼梯去，每一步皆是空的，每一步皆是跌落，痛已然麻木，只剩下不惜一切的绝望。她宁可死，宁可死也不要再活着，活着受这种屈辱与质疑，活着继续面对他。他这样对她，她宁可去死。

廊前停着送客归来的汽车，司机刚刚下了车子，还没有熄火。她一把推开司机上车去。她听见他凄厉的最后一声："素素！"

她一脚踏下油门，车子直直冲出去，仿佛一只轻忽的黑色蝴蝶，"轰"一声撞在合围粗的银杏树上。银杏刚刚发了新叶，路灯晕黄的光线里，纷纷扬扬的翠色扇子落下来，仿佛一场碧色森森的大雨。剧痛从四面八方席卷而至，无边无际的黑暗吞噬了一切，她只来得及露出最后一丝欣然的微笑。

漫漫的长夜，仿佛永远等待不到黎明。休息室里一盏灯，朦胧的光如流泪的眼，模糊刺痛。杂沓的脚步声终于惊起最沉沦的惊痛，如同刚刚回过神来才发觉与大人走失的孩子，巨大的恐慌连同绝望一样的痛苦，他只是直直盯着医生的面容。医生让慕容清峄的目光逼得不敢对视，慕容夫人缓缓地问："到底怎么样，你们就说实吧。"

"颅内出血，我们——止不住血。"

慕容清峄终于问："你这是什么意思？"他的眼里只有血丝，缠绕如同魔魇一样的绝望，看得医生只觉背心里生出寒意来。慕容夫人轻轻握住他的手，说："好孩子，去看看她。"维仪终于忍不住，用手绢捂住嘴哭出声来。慕容清峄微微摇头，过了片刻，却发狂一样甩开慕容夫人的手，跟跄着推开病房的门。锦瑞见他差一点跌倒，上前去扶他，也让他推了一个趔趄。

素素一只手臂无力地垂在床边，屋子里静得仿佛能听见点滴药水滴落的声音。他捧起她的手来，郑重地、缓慢地贴到自己脸上。她的脸上已经没有一丝血色，微微颤动的睫毛如同风中最脆弱的花蕊。氧气罩下每一声急促轻浅的呼吸，都像是一把刀，一刀一刀缓缓割绞着五脏六腑。他从来没有这样觉得寒冷，冷得像是在冰窖里，连浑身的血液都似要凝成冰。他宁可是他，是他要面临死亡，也好过要他面对这样的她。这样残酷，她这样残酷地以死反抗，她宁可死，也不愿意再面对他了。心灰到了极致，只剩绝望。原来如此，原来她宁死也不愿再要他。

这一认知令他几乎失却理智，他慢慢低下头去，绝望而悲痛，"我求你，我这一生从来没有求过人，可是我求你，求你一定要活着。我答应你从此可以离开我，我答应你，此后我再也不会出现在你面前。哪怕这一生一世我永远不能再见到你，我只求你活下去。"

尾声

　　天终于亮了，下了半夜的急雨，声音渐渐微弱至低不可闻。窗外天际青灰的一隅，渐渐发白，淡化成孔雀蓝，逐渐渗出绯红。半边天际无声无息绚出彩霞万丈，绮色流离泼金飞锦。朝阳是极淡的金色，窗外树木四合，荫翳如水。阳光从枝叶扶疏里漏下一缕，仿佛怯生生的手，探入窗内。窗下高几上一盆兰花，香气幽远沁人心脾，若有若无萦绕不绝。

　　我紧张地抱着母亲的手臂，问："后来呢？"

　　"后来？"她重新陷入沉思中，逆光照着她的侧影，仿佛淡墨的仕女，姣好的轮廓令人屏息静气。我紧紧抱着她的臂膀，像是害怕这美好是幻像，一松手她就会重新消失在故事里似的。卓正坐在另一侧的沙发上，表情也很紧张，他和我一样，第一次和母亲这样亲近。我们两个人的心都是揪着的。

她说："后来我一直昏迷，医生断定我再也不会醒来，你父亲终于绝望，也终于放手。"

我怒道："他就这样轻易舍弃了你？！"

母亲微笑起来，眼睛如水晶莹温润。她笑起来真是美，叫人目眩神迷。她轻声道："我一个多月后才醒来，等我醒来之后，我要求离婚，你父亲同意了。是夫人做主，对外宣布了死讯，给我另一个身份，安排我出国。"

我仰脸望着她，如同世上一切孩子仰望自己的母亲，她脸上只有从容平淡的光洁，我满心生出欢喜。我说："母亲，你是对的，父亲永远不值得原谅。"又说，"母亲，你真是不会说谎，世上表姐妹哪有同姓的？你一说我就起了疑心了。"

母亲微笑着低下头去，她仍是惯于低头。卓正想起《九张机》的题字，问："母亲，那个方牧兰呢？"母亲淡然道："不知道，我出国后就和所有的朋友断了联络。"

我一转念又想起来，"母亲，父亲这次派人接你回来，准是没安好心，不管他怎么花言巧语，你可别理他。你现在是自由的，他劣迹斑斑，不可原谅，再说他是有'夫人'的。"

母亲道："这次你父亲找到了你哥哥，他才派人去接我。"我向卓正扮个鬼脸，真有趣，他真的是我的哥哥，孤孤单单这么多年，突然有个哥哥的感觉真是奇妙。母亲却是极欣慰地牵着他的手，"你父亲能找到你，是我最高兴的事情。当年……"她轻轻叹了一声，"当年我是一万个不舍得……后来听说……"她声音里犹有呜咽，"天可怜见，你父亲说，大约是当年孤儿院弄错了孩子，我真如做梦一样。"

她的眼泪热热的落在我的头发上，她慢慢抚摸我的长发，那温暖令我鼻子发酸，"囡囡，你长这样大了……上次见着你，还是年前你父亲带你出国，我远远在酒店大堂那头瞧了你一眼。你不怪我吗？"我眼泪要掉下来了，脱口说："都是父亲的错，才让你离开我。"

母亲眼里也有泪光，她轻声说："没想到还有这一天，咱们三个人说了一夜的话，你们不困吗？"我说："我不困。妈，你一定累了，你睡一会儿，等你醒了咱们再聊。"卓正也说："妈，你休息一会儿吧。"她左手牵着卓正的手，右手牵着我的手，长久地凝视我们，说："那你们也去睡吧。"

我哪里睡得着，在床上翻来覆去了半天，终于跑到卓正的卧室前去敲门。他果然也没睡着，我可怜兮兮地问他："我可不可以进来和你说话？"他宠溺地揉了揉我的头发，说："当然可以。"我爬到沙发上去盘膝坐下，这姿势因为很不规矩，所以父亲从来不乐意见到。我突然对这十余年一丝不苟的家教起了厌倦，所以偏偏赌气要这样坐着。卓正的坐姿仍旧有种军人样的挺直，就像父亲一样。我抱着沙发上的软垫，茫然的无助感令我又要哭了，"哥哥，妈妈要怎么办……"我第一次叫他哥哥，他大大震动了一下，伸出双臂给我一个拥抱，然后安慰我说："会有办法的，母亲既然回来了，我们一定可以常常见到她。"他还说了很多的话来安慰我。我渐渐镇定下来，他温和地问："你饿不饿？"已经有十余个钟头没吃东西了，胃里真有点空空如也，我点了点头，他说，"我弄点点心给你吃，你吃饱了，心情就会好很多。"

他劝人的方式还真特别，不过他泡了一壶好茶，又拿了罐饼干来，我的心情真的逐渐好起来。饼干盒太紧打不开，卓正要帮忙，我偏偏要逞能，随手拿过他的瑞士军刀，使劲一撬，只听"嘭"一声轻响，盖子开了，手里的刀却失手滑挑过颈间，只觉微微一松，颈上的链子滑落，那只小金坠子"啪"一声跌在了地上。我懊恼地蹲下去拾起，卓正问："和我那个一样精致，是自小戴着的吧？"我说："是爷爷留下来的，临终前他已经说不出来话了，最后只是攥着这个，叫了我一声'静'。奶奶就将这坠子给我戴上了。不过这个和你那个不一样，这个是密封的，打不开。"

卓正突然"咦"了一声，我也看到了，坠子摔坏了，露出透亮缝隙，里面仿佛有东西。我想了一想，望着卓正，卓正明白我在考虑什么，说："不好吧，弄坏老人家留下来的纪念。"我说："反正是坏了，要送去珠宝公司修理，不如瞧瞧里面是什么。"

用刀尖轻轻一挑就开了，我们两个怔在那里。坠子里面贴着一帧照片，照片里的人静静地微笑着，因为年代久远，相片已经微微泛黄，可是笑靥如花盛放，一双澄若秋水的双眸，仿佛能看到人心底里去。我情不自禁地说："真是美。"家里有许多祖母的相片，总是雍容华贵。但是这一张旧相片中的女人，有一种叫人无法呼吸的明媚，仿佛六月阳光，璨然热烈。她与祖母完全是两个世界的人。我们静静地注视着这个过往中的女人，卓正轻轻地按在我肩上，让我阖上那坠子，说："我们已经不能惊动了。"我万万没有想到，爷爷的生命里，还有这样一段过去，那些前尘漠漠，定然又是另一个故事了。

我们吃完点心，因为通宵未眠，我累极了，脑子里乱糟糟的，有罢工的趋势。父母的故事已经叫我精疲力竭，我实在不能再去想象又露出冰山一角的往事。我回自己的房间去睡了一觉，等我醒来，已经是下午了。

母亲还没有起来，我下楼去，客厅里静悄悄的，我一转过头，竟然看到了父亲。他坐在沙发最深处，烟灰缸上的一支香烟已经大半化做了灰烬。我从来没有见过他有那样的表情，他只是远远望着那支烟出神，眼里神色凄苦而无望，仿佛那燃尽的正是他的生命一般。他坐在那里一动不动，像是可以坐上一生一世似的。

我看到史主任走进来，轻轻唤了一声："先生。"

父亲这才抬起头来，史主任说："您该走了。"

父亲"嗯"了一声，一转脸看到我，问我："你母亲睡了？"我点了点头，他瞧着我，我从来没见过他这样温和，他说，"回头等她醒来，你和卓正两个好好陪陪你母亲。"

我想起母亲吃的种种苦头，不由得说："我都知道。"若是在平时，我这种蓄意挑衅的口气准叫他生气，但这回他只叹了口气。卓正这时候也下楼来了，父亲对着他，总没有太多的话说，只叮嘱他要照顾好母亲。就在这当口，卓正突然失声叫了一声："先生！"他还不习惯改过口来。父亲眉头微微一皱，可是马上也觉察到了，伸手去拭，却拭了一手的血。史主任连忙帮他仰起脸来，侍从赶忙递上纸巾来。父亲用纸巾按住鼻子，说："不要紧，大约天气燥热，所以才这样。"

他衣襟上淋淋漓漓都是血点，史主任十分不安，说："打电话叫程医生过来吧。"父亲说："你们只会大惊小怪，流鼻血也值得兴师动众？"放下纸巾说，"你看，已经好了。"

梁主任见止了血，果然稍稍放心。侍从取了衣服来给父亲换上，史主任到底忍不住，说："先生，要不今天的行程就取消。

天气这样热……"父亲说："天气这样热，人家都等我一个，怎么能取消？"又回过头来对我讲，"我晚上过来，你和你哥哥好好陪着你母亲。"

我答应了，父亲走后不久，母亲就下楼来了。她也并没有睡好，可是见到我和卓正，就露出温柔的笑颜，坐下来和我们一起吃下午茶。我像是扭股糖一样黏着母亲，不停地跟她说话，母亲总是微笑着倾听。

电视里响起父亲熟悉的声音，他身后是熟悉的建筑。母亲远远看着电视里父亲的身影，卓正也转过脸去看，我笑着说了一句俏皮话："这样热的天气，慕容先生还要站在毒辣辣的太阳底下发表演讲……"话犹未完，只见屏幕上父亲身子晃了一晃，突然向前扑倒。臂膀将几只麦克风砰地触落，发出尖锐的啸音。全场的人这才失声惊呼——我连惊呼都忘了，眼睁睁看着电视镜头里已经是一片混乱。侍从室的人抢上去，镜头被无数的背影挡住了，嘈杂的声音里什么都听不到。电视信号被切断了，瞬间闪起一片雪花，旋即出现无声无息的黑暗，能吞噬一切令人恐惧到极点的黑暗。

父亲出事之后，母亲险些晕倒，我更是没了主意。幸好卓正十分镇定，起码比我镇定许多，在那一瞬间，他坚毅的表情给了我和母亲很大的鼓舞。他当机立断打电话给侍从室，要求到医院去。

我们见到父亲时，他仿佛已经安然无恙，神色很平静地半倚在病榻之上。专用病房宽敞明亮，像是一套寻常豪华公寓。若非室内淡淡的药水气息，很难让人想到这里是病房。母亲立在我身旁，她身上散发着淡薄好闻的香气，不是香水也不是花香，非兰非麝，若有若无，萦绕掩盖了药水的味道。当她走近时，我清楚看到父亲的脸色，仿佛久霾的天空豁然明朗。

父亲转过脸问我："你们怎么来了？"口气像是责备，"定然吓到你母亲了。"

医生说，他需要立刻动手术。

我很担心，不是没有风险的，看外面那些人如临大敌的表情就知道。父亲有话要同他们说，我于是和卓正一起，陪母亲去休息室里。过了许久，他派人来叫我们。

我以为他是想单独交待我们一些话，谁知房间里还有雷部长和霍先生。我们进去静静站在父亲的病榻前，父亲用手指一指我们，说："囡囡自幼调皮，好在你们从来都肯拿她当自己的女儿看待，我很放心。"他顿了顿又说，"我将卓正交给你们了。"

他们两个人都大惊失色，当即一下子站了起来，霍先生叫了一声："先生。"

父亲说："他从小不在我身边，未免失于管教。我只希望你们看待他，如同看待你们自己的儿子，替我好生教导他。"

雷部长说："先生过虑了——这叫我们如何当得起。"

父亲轻轻叹了口气，说："其实我只希望他能够和平常人一样，做他想要做的事情，平静幸福地度过一生。"他转过脸来瞧我们，那目光宠溺温和，好像我们都还是很小的孩子。我终于懂得了，其实在他心里，他是极累极累的。

等大家都离开，他疲倦地闭目养神，这时母亲来了。她的脚步非常轻，可是父亲一下子就睁开了眼睛，仿佛有着第六感似的。他望着母亲微笑，母亲也微笑起来。

母亲的笑容就像是夜明珠，整个房间都仿佛突然明亮，父亲轻声地说："对不起。"母亲眼里朦胧泛起水汽，闪烁着泫然的泪光，她说："我明白。"

他们都只说了三个字，可是倒仿佛交谈了千言万语一样，四目相投，目光里都只有一种欣慰的安详。父亲的笑容渐次温暖，如同阳光熠熠生辉。他伸出手来，母亲轻轻将手放在他掌心里。

他们就这样执手相望，像是要望到天荒地老。

我回过头去，卓正也看着我，他轻轻走过来拉我，"咱们走吧。"我还要说什么，他已经将我半推半搡地拉出去，顺手关上病房的门。我冲他翻白眼，瞪着他。他刮刮我的鼻子，"你不觉得咱们在这儿多余么？"

他带我顺着走廊往外走，天气很热，夕阳隔着玻璃照进来，温热地烙在人身上。窗外可以望到远远的草地上，两个小孩子嘻嘻哈哈在玩秋千，到底是孩子，病了在医院里也可以这样快乐。在他们的头上，天空那样湛蓝，一洗如碧，如同要滴下水来，半空皆是绮丽的晚霞，渐渐绯，而后橙，继而紫，落下去，是荡漾的朱灰金……

【终】

番外 · 花月正春风

"噗"一口气吹灭蜡烛，周围的同事们都笑着叫嚷起来，"花月快许愿！快许愿！"花月便双手合十，念念有词："保佑我嫁个有钱人！嫁个有钱人！嫁个有钱人！"

　　最要好的朋友小周一个爆栗敲在她头上，"花月你有点出息好不好？你才二十岁耶，你今天才二十岁耶！竟然想嫁个有钱人就完了？真没出息！"语气一转，义正词严，"怎么样也得嫁个有钱兼有势的，方才叫许愿。"

　　花月哀叫一声，"真的很痛耶。"

　　小周再重重敲上一记，"记住，要嫁就嫁有钱有势的！"

现世报啊……虽说她方花月爱财如命，可这最多也只能算小奸小恶，没这么快天打雷劈吧？

"咔嚓"一声紫电闪过，黑沉沉的天幕狰狞地撕裂出伤口，风吹得雨刷刷地打在窗子上，砸得玻璃劈劈啪啪，天公不作美，中午大家凑份子替她过生日时，还是风和日丽，春光灿烂，等下午她一接班，居然就狂风骤雨，天像要塌下来一样，泼泼洒洒的大雨竟一直下到晚班的同事来交接的时候，也丝毫没有停的意思。她望了望外面的雨，看来淋回去又会变落汤鸡。

要不要花一块钱坐三轮车回去？要？不要？要？不要？激烈的思想斗争……一块钱……一块钱可以吃一碗香喷喷的酸辣肉丝面，一块钱可以买半盒饼干，一块钱可以买一斤芒果……一块钱可以做的事情太多了，还是冒雨跑回家吧，反正住得不远。

随手在护士值班室拿了厚厚一沓报纸，顶在头上就冲进雨幕中。倾盆大雨，还真是倾盆大雨，就像四面八方都有人拿盆往她身上泼着水一样，全身上下顿时浇了个透。她三脚并作两步，跳过一洼积水，突然听到尖利的刹车声，一部黑亮的汽车生生在她身后不足一公尺处刹住了。她眯起眼来，这样无声无息开到近前都听不到引擎声的车子，定然是名牌。果然的，是今年新款的雪佛兰。呵……有钱人！她双目炯炯有神，竟然是今年新款雪佛兰，一准是个有钱人。

车后座窗玻璃摇下来，她看到一张英俊的脸庞。"小姐，你没事吧？"醇厚凝重的男低音，她仿佛听见天使的羽翼在空气中扇动，她仿佛听见身后花坛里的月季花绽放的声音，她听见自己的一颗心扑通扑通跳得又急又快。雪佛兰王子！坐着锃亮黑色雪佛兰的王子啊……雨丝纷纷扬扬地落着，就像电影场景一样浪漫。她拨开面前垂着的湿淋淋的头发，甜甜一笑，"我没事……"

还没等她将自己颊上两个漂亮的酒靥完全展示出来，身后突然伸出一只手臂将她一拉，旋即一把硕大的黑伞遮在她头上，挡去那浪漫的雨丝。她回头一看，不由横眉冷对，"三块五，怎么又是你？"

她就知道今天天有不测风云，先是天公不作美，在她二十岁生日这天狂风暴雨，将她淋成落汤鸡。好容易自己这只楚楚可怜的落汤鸡遇上了风度翩翩坐着雪佛兰汽车的王子，偏偏这个三块五又冒出来搅局，看见他那张俊朗的面孔她就有气，"臭小子，你怎么在这里？"

他闲闲道："这里是医院，我当然是来探望病人的。"她扭过头去，眼睁睁看着那部锃亮的黑色雪佛兰驶出医院大门。她——的——王——子！呜呜……

气愤愤地盯着面前的臭小子，呸！每次看到他就没好气，他实在是个瘟神。每次他来，都正巧是全医院大忙特忙的时候。可是她们那一科的护士都很喜欢他，有事没事都喜欢跟他搭腔。他也喜欢凑热闹，见她们忙得团团转，偏偏到交接班后就请她们吃雪糕、吃河粉、吃甜瓜……所以每次一见到他，人人都兴高采烈，恨不得马上交班。

他见她像是想用目光嗖嗖地在自己身上剜出两个透明窟窿，不由好笑，"你怎么好像跟我有仇似的。"她咬牙切齿，她当然跟他有仇，从他向她借三块五毛钱的那一天起，他们的梁子就结大了。

那是个燠热的下午，她从家里走到医院，已经是汗流浃背。太阳毒辣辣的，仿佛将身体内的最后一滴水分也蒸干了。她实在是口干舌燥，竟一时忍不住跑到医院旁边的小店去，奢侈地买了一瓶汽水。咕嘟嘟一口气灌下去半瓶，凉彻心扉。她心满意足地小口抿着剩下的汽水，不无感慨地想，三毛钱果然是三毛钱……三毛钱的汽水，就比五分钱的凉茶来得清凉解暑。大约是老天惩罚她这突发奇想的奢侈之举，身后突然传来一个声音，"对不起，小姐，可以借我三块五毛钱吗？"

老实说，第一眼见到三块五时，对他的印象还真不错。有个词怎么形容来着？玉树临风……他身材挺拔，翩然而立，真的是玉树临风。尤其是他微微一笑时，黑亮如夜色似的双眼似闪过星光，那一口细白的牙，使他的笑容更加皎洁明亮，"真不好意思，我买了包香烟，却没有带钱。"

她差点眼前一黑咕咚一声栽倒在地上，这样英俊帅气的男人，居然身上没钱？真是暴殄天物，她鬼迷心窍，一定是鬼迷心窍，才会鬼使神差般借给他三块五毛钱。每一次她一想到当日的情形，就愤愤地痛心疾首，认定自己当时真是鬼迷心窍。自己一向警惕而节俭，说得不好听点，就是吝啬。对，她从来自诩的吝啬。

她一时鬼迷心窍借给他三块五毛钱的后果，就是那天下午，自己正在上班，三块五突然出现在护士房的门口，自然而然引起了一阵骚动。你想啊，一大帮如狼似虎……呸呸，是如花似玉的小护士，乍然见到一位玉树临风的帅哥——虽然她痛恨这个臭小子，不过从来都是实事求是地承认他长得还算不赖——那帮如花似玉的小护士自然个个觉得目眩神迷，最后还是小周问："先生，请问有什么事吗？"

他微微一笑，笑容像是外面的太阳一样灿烂照人，"请问这里有位方花月小姐吗？"

小周不折不挠地问："你找方花月有什么事？"

"今天中午我向她借了三块五毛钱，现在过来还给她。"

就是这句话！就是这句话将她置于万劫不复之地！万劫不复啊！就因为他这一句话，人人传说江山总医院第一瓷美人——因为一毛不拔，所以她向来被同事戏称为瓷美人。她倒不在乎这个，反正比铁公鸡要好听许多。她堂堂江山总医院第一瓷美人，竟然被一个帅哥破了一毛不拔之铁布衫。她的一世英名，毁了，全毁了。她居然耽于美色借给素不相识的人三块五毛钱。这还能有什么理由？还能有什么原因？当然是她耽于美色！被这帅哥迷晕了头，才会一改瓷美人本性，竟然借出三块五毛钱的巨款。三——块——五啊！

在同事们的窃笑声中，他手上那三块五毛钱的钞票被她一把夺过，冷冷道："你可以走了！"

偏偏他还不识趣，"谢谢你方小姐，我当时真是尴尬极了，真不好意思，下班可以请你吃水果冰吗？"

她将眼睛一翻，"本小姐没兴趣。"

小周在旁边惟恐天下不乱地插话，"咱们花月拯救你于水火，难道请吃水果冰就算完了？要请得请吃西餐！"

哼！臭小子，别仗着长得帅就妄想来跟本姑娘搭讪。一时大发善心借给他三块五已经是大错特错，岂能给他机会一错再错。真要答应了他的邀请，她还不被全院的同事笑死？笑她竟然耽于美色，答应一个身上连三块五毛钱都不带的臭小子的追求？别说请她吃西餐，就是东餐她也没兴趣。

结果这臭小子竟像牛皮糖一样黏上了，隔三岔五地出现在护士房里。人长得帅起码有一点好处，不招人讨厌，任谁看了他那张英气俊朗的面孔都不生气，他又很会用手段讨女孩子欢心，每次都小恩小惠，请客吃这个，吃那个。哼，结果就是收买人心，收买得她们全部向着他，每次他一来，就有人意味深长地向她叫嚷："花月！花月！三块五又来了！"三块五这个绰号，是她们全科的护士替他取的，这个绰号，一直是她的奇耻大辱，每次听到就仿佛在提醒自己，自己的一世英明就毁在这臭小子手里。哼！

比如今天，他就又突然冒出来了，这么大的雨，他竟然还好整以暇地带了伞，摆出一副及时出现替她遮风挡雨的架势。他以为他是谁？许仙？可惜她不是凡心大动的白素贞。或者倒是蛇妖又好了，狠狠咬他一口，毒得他十年怕井绳，再也不敢出现在她面前才好。百般庆幸现在她已经下班了，不用听那帮同事聒噪，不过照例恶狠狠瞪他一眼，"你好像很闲？成天往咱们医院里跑，你做哪行的？这么闲不用上班？"

他答："我在海军——现在正休假，舰艇去大修了，全舰的人都放假。"

据说军队的福利很好，休假还照发全薪。她无限垂涎了一下，马上回过神来，照样没好气，"你休假怎么天天往咱们医院里跑，你有病啊？"

他也不生气，不过笑容里不知不觉掺杂了一丝忧郁，"我倒真心希望病的那个人是我。"他从来笑得像阳光一样，独独此时仿佛有乌云掠过，她不知不觉地问："是你的亲人？病得很严重？"他轻轻点了点头，她忽然觉得他这样子很让人同情，忍不住又问，"住在咱们医院哪一科？要不要我介绍相熟的医生替他好好检查一下？"

他的声音低下去，"已经确诊是鼻咽癌早期。"

她心里生出怜悯来，亲人的不幸比自己的不幸更令人痛心，那是至亲至爱的人，眼睁睁看着却无能为力，她知道那种无助，只听伞外的雨哗哗落着，急急地打在地上，冒起一个一个的水泡。伞下一时寂静无声。

她轻轻咳了一声，笨嘴拙舌安慰说："你不要难过，吉人自有天相。"

他倒是极快振作起来："谢谢，专家也说过手术后到目前为止一切都还顺利，有望不复发。"忽然又问她，"下这么大的雨，你怎么没带伞？"

她怨愤不平，"天知道这老天发什么神经！"话音未落，忽然白光一闪，眼前一花，一个霹雳似乎近在眼前，震得她两耳中的鼓膜都在嗡嗡作响。

他眼疾手快，"小心！"

她跌跌撞撞被他拖开，身后不远处的一棵大树轰然跌落巨大的枝桠，焦煳的味道传来，那雷竟然劈在这么近的地方，若是再近一点，她不敢往下想，心中怦怦乱跳，好半天才呼出一口气，只觉得心惊肉跳，喃喃自语："可真不能再胡说八道，不然真的会天打雷劈。"他哧地笑了，她只觉得他笑得那气流痒痒地拂在耳上，这才突然发现自己还被他紧紧箍在怀中，他身上有好闻的剃须水与烟草的芳香，她从未曾这样真切地感受过男子的气息，心里就像有一百只兔子在乱窜，脸上一红挣开去，他也觉察过来，不好意思地松了手。

她不知为何有点讪讪的，"我要回去了。"

他不假思索地递出手中的伞，"那么这伞你拿着，你这样淋回去准会生病。"

她又没了好气，"哎！今天我生日耶！你别咒我行不行？"

他的眼睛突然一亮，"今天你生日？我请你去吃长寿面行不行？"

她脱口答："当然不行！"

他摸了摸鼻子，"那我正好省下五块钱。"

哼，臭小子，就知道你是虚情假意，她凭什么要让他省钱？他成天施那些小恩小惠，哄得同事们全向着他，他天天慷慨解囊地收买人心，她替他省钱做什么？一个念头一转，她笑容可掬地，"我要吃加蛋肉丝面。"

加了荷包蛋后的肉丝面果然好吃，她深深吸了一口气，香！真香！她得意洋洋地告诉他："这附近方圆五里之内的面馆我全部吃过，就这一家肉丝最多、最香，面条也最实在！"

果真是实在，一碗荷包蛋铺肉丝面下肚，胃里满满的，心情也似乎好起来。连天公都作美，雨已经细如牛毛，蒙蒙地下着，如雾如烟。碎石小街的石子皆是湿漉漉的，路旁有人卖兰草花，整条街上都浮动着那幽远的暗香。他停下买了一把送给她，她欢喜不禁，捧着粲然微笑，"好香！"忍不住问他，"是多少钱一把？"

他说："便宜，才一毛钱。"她喜滋滋地说："真奢侈，下次不要了。"他的唇角不禁浮起笑意，她忍不住又瞪了他一眼，"一毛钱可以买很多东西呢。"他轻声道："一毛钱可以买来你的快乐，就值得了。"她忍不住那眼角眉梢的笑意，两旁的路灯亮起来，他发梢上皆是细密的雨珠，像是璀璨的碎星，他的眼睛里也闪烁着星光一样。

她说："我妈妈千辛万苦将我和姐姐带大，我知道每一分钱都是血汗，都恨不得掰成两瓣来花，我知道每一分钱都有它的用处。现在姐姐嫁了人，我也从护校毕业可以挣钱，我就有个愿望，希望有一天可以攒够了钱，可以买一套房子，有小院的房子，让妈妈可以在院子里晒太阳、种花，而不是像现在，挤在潮湿狭小的公寓里，每天阳台上只能见到三个钟头的阳光。"

她不知道自己是怎么了，自己藏在心里的话，对谁都没有说过，可是偏偏告诉了他。可是他那样和气，就像一个最好的倾听者，让她不知不觉娓娓道来。她讲了那样多的话，讲了医院里的笑话，讲了同事们的可爱，讲了家里细碎的琐事，她讲得眉飞色舞，他听得津津有味。她最后突然好笑，"哎呀，三块五，我一直都不知道你到底叫什么名字呢。"

他也觉得好笑，却一本正经向她伸出了手，"方小姐，幸会，我是卓正。卓越的卓，正常的正。"她好笑地与他握手，"又卓越又正常的先生，幸会。"停了一停，她问，"你姓卓？这个姓真特别。"他脸上忽然掠过一丝阴影，"其实我不姓卓。"他坦率地望着她，"我是孤儿院里长大的，我的养母姓卓。前不久……前不久我才见到了我的亲生父母，我亲生母亲姓任。我想我或许也应该姓任。我的父亲……他永远不可能公开承认我的身份。"

她的心里柔柔地划过刺痛，他向她坦白了最难堪的身世，同情油然而生，他们是同样没有父亲的孩子，只不过她的父亲是早逝。而他却是有父不能认。她脱口问："你恨你的父亲吗？"他缓缓地说："恨，当然恨过，尤其是恨他令母亲吃了那样多的苦——可是当真正面对他时，我很快心软，其实他很可怜。他只是一个孤独的人，而且他失去了那样多，远比他所拥有的要多。"他怅然地注视着她怀中的芳香的兰草花，"每次我看到他独自徘徊在那些兰花丛中，我就会觉得，其实他心里的苦更深。"

她觉得他这样子，微微的忧郁里带着不可名状的哀悯，叫她心里某个角落楚楚生疼。她有意地岔开话去，"你家里养了许多兰花？你家里是卖花的？"

他怔了一怔，忽然笑起来，"是，我家里是卖花的。"他这样一笑起来，就仿佛阴霾的云层一扫而空，整个人又光彩明亮起来。

他们又顺着街往下走，晕黄的路灯下，丝丝的细雨像是明亮的玻璃丝，千丝万缕透明闪亮。那捧兰草花幽幽的香气氤氲满怀，有轻风吹来，一点微凉的水汽，却并不让人觉得冷。他不知不觉低声道："沾衣欲湿杏花雨，吹面不寒杨柳风。"

她左顾右盼，"这里没有杏花，也没有杨柳。"

他哈哈大笑起来，"那就是'沾衣欲湿兰花雨，吹面不寒电杆风'。"

她打量着街边的电线杆，也忍俊不禁。

他忽然说："你哪天休息，我带你去一个地方，有杏花杨柳。"

她说："公园里就有杏花杨柳。"

他立在路灯下，漫天雨丝里整个人亦是熠熠生辉，"不一样的，公园里只有三五株，那里却是整个堤上都是杏花与杨柳，杏花如云如霞，杨柳碧玉妆成，举头望去只能看见红的杏花与绿的柳丝遮住天空，就像是仙境一样。"

她让他描绘得动心，不由道："乌池怎么可能有这样美的地方。"

他微微一笑，"乌池也有世外桃源。"

她这才发现，他不仅会施小恩小惠，口齿也伶俐，怪不得哄得那帮同事团团转。

不过那一天他们讲了那样多的话，似乎快把一辈子的话都要讲完了。她讲起小时候，父亲去世时，那样艰难的日子，小小年纪帮忙母亲收拾家务。后来大一些，边上学边去邻居开的小吃店里帮忙挣学费，竟然读完了护校。

他也讲起小时候在学校里受同学的欺侮，骂他是没爹没娘的野孩子，他狠狠地跟人打了一架。他轻松地笑着，"小时候真是勇猛，后来念书，考奖学金，终于毕业。最后见着母亲，小时候的事一句也没对她讲。她每次见着我就十分难过，总觉得有负于我，我不能再让她觉得伤心。其实都过去了。"

是的，其实都过去了。她与他小时候都吃过许多苦，物质上的，精神上的。可是她与他同样是乐天的人，这样轻描淡写的一句，就觉得过去的一切都早就揭过，如今都是云开月明。她欣喜地说："雨停了。"

雨真的停了，路灯照着两旁的电线，上面挂着一颗颗的雨珠，滴滴答答地落着。路灯照着她与他的影子，那明亮橘黄的光线，将一切都镀上淡淡的暖意。到底是春天里，夜风吹来温润的水汽，巷口人家院墙里冒出芭蕉的新叶，路灯映着那样嫩的绿色，仿佛可以滴下水来。她站住脚，"我到了。"

他猛然有些惆怅，"这么快。"

是啊，这么快。身后就是熟悉的楼洞，她将脸隐在那楼房的阴影里，"再见。"他也轻轻说了"再见"。她已经走到楼洞里了，他突然追上几步，"你到底哪天休息，我带你去看杏花。"她说："我也不知道哪天休息——医院里这两天是特别状态。"他极快地说："那我明天去等你，反正我每天都要去探病的。"

她心里忽然满满溢出欢喜，平日那样窄小气闷的楼梯，突然仿佛敞亮起来，一步一步踏上去，步子也轻快起来。一个仇人突然能变成朋友，这感觉倒还真不错。

他果然每天都等她下班。一到交接班时，准时能看到他笑嘻嘻地冒出来，手里拎着种种小吃，或是凉粉，或是小蛋糕，或是甜酥饼。这天晚上他请她吃虾饺，她忍不住问："你一个月多少薪水？"他似乎被烫到的表情，她忙将茶递给他。他瞅了她一眼，还是老老实实地答了："我每月的薪俸是三百七十六块，你问这个做什么？"怪不得，原来他薪水还是很优渥的。她说："我看你每天请客，差不多都要花七八块钱，这样大手大脚。"

他从来没有被人管过，养母收养他时他已经十来岁了，他从小知事，所以养母一直待他像个小大人，也很客气。后来与生身父母相认，整个世界似乎一下子颠覆过来，生母对他是一种无以言喻的歉疚，而且她本身柔弱如菟丝花，事事倒是他在替她打算，至于生父……他更觉得亏欠他似的，所以对他是一种溺爱的纵容。今天她这样的口气，半嗔半怒，他的心里却怦地一动。仿佛有人拿羽毛轻轻刷着，又好受又难受，说不出那一种轻痒难耐。

他轻声说："谢谢你。"

她说："谢我什么啊？"照例拿眼睛瞪他，"自己的钱都不晓得自己打算，没一点积蓄将来怎么办？我将你当朋友看待，才提醒你的。"

他嘿地笑了一声，虾饺皮是半透明的，透出里面红红的虾仁与翠色的叶菜，他蘸着醋吃，吃到嘴里却只有虾仁的甜香。她拿他当朋友……他会努力百尺竿头，更进一步。

第二天忙得鸦飞雀乱，病人多，这两天她们又抽调了几位同事去了专用病区，所以更显得人手紧张。一台手术做到下午四点钟才结束，肚子早饿得咕咕叫。交了班出来在休息室里见着小蛋糕，双眼差点冒红心。小周嘴快，"三块五买的，他在这儿等你一下午，说是今天突然接到命令晚上归队，可惜没有等到你。"

"哎呀，没缘分，不过只要有蛋糕可以吃，见不见他那张帅脸倒也无所谓，虽然帅哥很赏心悦目，虽然与他谈话十分投机，不过还是雪佛兰王子比较令人垂涎。"她一面努力吃蛋糕，一面无限惋惜那日偶遇的王子，若不是三块五跳出来搅局，她没准可以与王子有一个浪漫的开始。

小周怪叫起来："你什么时候竟然觉得跟他投机了？"

她拍拍手上的蛋糕屑，"就是这几天啊。一接触才发现他这个人其实蛮有趣的，可惜不是雪佛兰王子。"一提到雪佛兰王子，小周马上也双眼冒红心，兴味盎然地告诉她："今天上午我从专用病区前的花园里走过，远远看见走廊上站着两三个年轻人在谈话，都是一表人才。喔哟，定然是非富即贵，所谓世家子弟，比电影明星还要出众。"

她又解决了一只小蛋糕，不以为然地以资深花痴的专业口吻告诫小周："想认识他们，简单啊。端着药盘走过去，不小心哗啦一声掉在地上，他必然会帮你收拾，电影里不都是这样的桥段。"

小周忍不住又敲了她一记，"花痴！那是专用病区耶，严密得连只苍蝇都飞不进去，你有什么法子端着药盘去接近王子？除非你变身成蝴蝶飞进去。"叹了口气，一脸的向往，"要是调我去专用病区就好了。"

她艰难地从噎人的蛋糕中挣扎着说出两个字："做梦！"

做梦！果然是做梦！

花月狠狠地拧了自己大腿一把，疼得倒吸一口凉气，不是做梦，真不是做梦。刚刚主任是宣布调她去专用病区。天啊！专用病区。心里就像有一百只兔子，不，是五百只兔子在乱蹦。

虽然只是最外围的工作，不过当班第一天，竟然就见到雪佛兰王子。他从走廊上迎面过来，是他，真的是他……她一眼就认出来那张英俊的面孔。他仿佛也认出她来，向她微微颔首一笑。天啊……让她晕一下先……他难道还记得她，过目不忘的王子啊。

果然的，那醇厚低沉的声音又响起来，"小姐，那天你没事吧？"

她笑得眼睛都要眯成一条线，"没事没事。"终于成功地向他展示了自己那对可爱的笑靥。他彬彬有礼地伸出手来，"还没有自我介绍，我姓穆，穆释扬。双桥官邸第一办公室的秘书。"好幸福，好幸福……知道了雪佛兰王子的名字，还知道了他的身份，还可以和他握手……她笑眯眯地答："我姓方，方花月，江山总医院血液科的护士，刚刚抽调到专用病区。"

雪佛兰王子笑起来真是迷人啊，他接下来那句话，差点叫她幸福得晕过去，他竟然彬彬有礼地问："不知道方小姐几点下班，我是否有幸请方小姐去喝杯咖啡？"

有幸！太有幸了！

今天真是太有幸了，先是被抽调到专用病区，然后就是巧遇雪佛兰王子，最后竟然是他邀请她喝咖啡。二十岁生日一过，一波接一波的幸福，真是幸福啊，幸福得要将她溺毙了。

美中不足的是，雪佛兰王子竟然不是单独赴约，他竟然带了两位同伴。足足两千瓦的大灯泡照着，他是怎么想的？穆释扬介绍说，一位名叫霍明友，一位名叫李涵年。两人亦是气度不凡，与雪佛兰王子竟然不相上下。看在是三位王子的面子上，她就不计较了。

不过这三位王子有点怪怪的，三个人都兴味盎然地看着她，那目光倒有三分好奇与探研的意味，好在他们都是很警醒的人，一发觉她有所觉察，马上收敛。穆释扬很客气地向她推荐餐厅的招牌甜点车厘子布丁。

果然很好吃，又香又甜又爽又滑。她吃得津津有味，接着霍明友又向她推荐覆盆子冰淇淋，李涵年又提议她尝试葡国蛋挞，她开始有翻白眼的冲动了。他们究竟当她是什么，猪啊？穆释扬那样点头醒尾的人，马上含笑解释，"对不起，我们都觉得你吃得很香，跟你在一起吃饭也觉得很有胃口。"

这帮大少爷将她当成什么人了？专业陪吃？不过话还是要说的，"其实健康的食欲是最重要的了，民以食为天，人类几乎所有的热量都是从食物中摄取的。你看你们三个大男人，吃东西还没有我的胃口好。"

霍明友笑眯眯地答："我们陪先生吃过下午茶，所以现在还没饿。"

没饿干吗请她上这么贵的西餐厅来？等等，他刚才说什么？陪先生吃下午茶……她差点忘了，面前这三位大少爷皆是世家子弟，位居显贵。她感慨了一声，"我想若是跟这样的大人物在一块儿，再美味的东西吃在嘴里，八成也味同嚼蜡。"

不过在专用病区工作的好处，就是不但可以见着风度翩翩的少年显贵，还可以见着美女，美女啊！

真的是美女，不过十七八岁年纪，可是明眸皓齿，落落动人。虽然只是一身最简单的短旗袍，偏偏穿在她身上就格外好看。看她立于中庭左右顾盼的样子，就让人觉得明眸流转。她忍不住问："小姐，有什么事可以帮忙吗？"

美人就是这样，未语先笑，已经令人倍感亲切，"啊，谢谢，我已经看到我的朋友了。"她转过头去，穆释扬从走廊那端过来，美少女粲然一笑，亲昵地挽住穆释扬的手臂。穆释扬说："我以为你今天不会过来呢。"那美少女说："母亲总不放心，非得叫我过来。"两人相视时，连那目光都是如胶似漆的。

他们两人站在一起，真是瑶台仙璧。所谓神仙眷侣，也不过如此吧。她在心里叹了口气，完了，雪佛兰王子名草有主，自己的花痴梦再次无疾而终。

低头整理药盘中的药棉，偏偏穆释扬留意到她，"方小姐。"她抬起头来，微笑展示自己那对可爱的笑靥，虽然雪佛兰王子没指望了，不过败给这样的美少女，虽败犹荣。穆释扬替她们介绍道："这位是慕容大小姐。这位就是方花月方小姐。"

这个姓氏令她倒吸了一口凉气，那慕容大小姐却笑逐颜开，"啊，方姐姐你好。"看不出这位大小姐倒并无半分骄矜傲慢，开口就叫人姐姐。不过为什么这位大小姐乌溜溜的眼珠直往自己身上打量，笑得像只偷到腥的小花猫。她不卑不亢叫了声："大小姐。"那慕容大小姐笑眯眯地说："家里人都叫我判儿，方姐姐也可以叫我判儿。"

这位大小姐对她可真亲热，怎么她老觉得这亲热里有丝阴谋的味道？

总之这些豪门显贵都有点古古怪怪的。专用病区虽然规矩严格，事情繁琐，可工作其实是很轻松的。每天一个班不过四个小时，这天刚交班，一出来就在走廊里遇上熟悉的身影。

　　她脱口喊道："卓正！"

　　他回过头来，吓了一跳的样子，见是她，更像是吓了一跳，"你怎么在这里？"

　　她也觉得奇怪，"你怎么在这里？"

　　他怔了一下，才说："我陪上司来的。"

　　她问："那你是不是马上要回去？我调到专用病区来了。"

　　他拍着脑门，说："等等，你说你调到专用病区来了。你什么时候调来的？"

　　他这样子好奇怪，就像很不情愿在这里看到她一样。哼，她还不稀罕看见他这个臭小子呢。真是阴魂不散，自己调到专用病区竟然也可以见到他，再白他一眼，"我早就调过来了，就是你归队的那天。"

　　他又怔了一下，问："你下班没有？我有事跟你谈。"她哧地一笑，"你这样子好正经，你一正经，我就觉得好笑。"结果他也笑起来，带着她走到一间休息室去。真奇怪，一剩下他们两个人，她就觉得有点怪怪的。或许是因为他注视着她的缘故。她咳嗽一声，"你为什么盯着我看？"他答得倒坦白，"因为我觉得你很好看。"饶是她这么厚的脸皮，也禁不住红了脸。算他狠，竟然有本事令她脸红。他问："我不在的时候，有没有人找你麻烦？"

　　找麻烦的人倒没有，可他这算什么表情，脉脉含情？

　　气氛真是有点怪怪的哦，他干吗离她这样近，近得她都有点心跳加快脉搏加速呼吸急促，她一下子从椅子上跳起来，正好撞在他下巴上，她捂住额角，"好痛！"真是倒霉，更倒霉的是内间的门突然开了，有人进来了。

　　竟然是那位慕容大小姐，她一见到卓正就张开手抱住他，兴高采烈的样子，"你可回来了。你再不回来我就要给你打电话了。"依恋之情，溢于言表。卓正反手揽住她的腰，一脸的宠溺，"那么多人围着你团团转，你还要我回来做什么？"

慕容大小姐将嘴一撇，"他们能做什么啊？你又不是不知道。"

这位慕容大小姐怎么回事？前几天还跟穆释扬亲亲热热，今天又跟卓正搂搂抱抱。那穆释扬她反正不管了，也管不了。自己一向重友轻色，穆释扬是色，可以轻之，这卓正可是友，万万不能眼睁睁看着他吃亏上当。

那慕容大小姐却一把拖住了卓正，"父亲问过好几遍了，叫你进去呢。"

卓正望了她一眼，欲语又止。慕容大小姐将他轻轻一推，"你快去，方姐姐有我照应，不会有人吃了她的。"

卓正说："那好吧。"又转脸轻声对方花月说，"我先去见先生，回头再向你解释。"

解释？不知道他还要解释什么？心里不知为何有点酸溜溜的。一定是痛恨这位大小姐不仅抢走了雪佛兰王子，还丝毫不知道珍惜，竟然一脚踏两船。真是天使般的面孔，魔鬼般的心灵。

天使般的面孔上都是笑意，"方姐姐，我可不可以请你去喝杯茶？"

"我赶时间去菜市买菜。"

天使却一脸的向往，"我想买菜这件事一定有趣极了。"

是啊，这位十指不沾阳春水的大小姐怎么能知道讨价还价铢毫必计的乐趣。一说到这个她就眉飞色舞，"我告诉你，买菜可是大学问，看准了菜的成色，讨价还价时最要紧。首先要不动声色，其次要落地还钱，再次要步步为营……"还价兵法还没讲到一半，突然有护士敲门进来，"大小姐，你的电话。"

天使快快地去接电话，犹恋恋不舍，"方姐姐，那你先去买菜吧，有机会你再跟我讲还价秘诀哦。"

这位大小姐倒也有趣，方花月走出休息室，刚刚穿过中庭，忽然听到一个沉稳有力的声音，"方小姐请留步。"

是位老者，略有几分面熟。目光如电，往她身上一绕，她不由自主打了个激灵。那老者十分客气地说道："我姓雷，不知可否请方小姐移步，有些话想与方小姐谈谈。"

瞧这来头不小，她方花月从来没做过亏心事，怕什么？于是施施然跟着他走过那七拐八弯的走廊，一直走到她从来没到过的地方。像是一间极大的套间，窗子皆垂着华丽的丝绒落地帘，地上的地毯一脚踏上去，陷进去一寸多深，让人走起路来无声无息。四处都是鲜花与水果，沙发背后是十八扇紫檀牙雕的屏风，晕黄的光斜斜照出那屏风上精致的镂花，这样华丽的地方她只在电影布景里见过，真让人想不到这竟是在医院内。

那姓雷的老者在沙发上坐下来，淡淡地道："方小姐请坐。"

她终于想起他是谁了，她终于知道自己为什么觉得这个人面熟了，原来他竟然是雷少功。怪不得这样有气势，不过瞧他这样子来意不善，肯定没好事。果然他一开口就说："方小姐，十分抱歉，恐怕我们得请你离开卓正。"

离开卓正？她只觉得好笑，这是什么说法？不过言情电影里最最常见的台词出了炉，下面的话她也猜了个八九不离十。果然雷少功说："卓正有他的大好前程，方小姐，我认为你跟他的感情是不合适的。"真是让人失望，怎么只有这样老套的台词啊？就不能换个新鲜点的说法？他为什么要求自己离开卓正，自己跟他可只是朋友关系。再说了，卓正怎么能惊动这样一位大人物出来当说客？

啊哈！她明白了，这位卓正与慕容大小姐的关系，看来已经是公认的。照刚才的情形看，慕容先生也对这位准乘龙快婿是相当满意的。所以才会差了这位大人物出来棒打鸳鸯——虽然她跟卓正还不算是鸳鸯。不过她就瞧不惯他们这样仗势欺人。那慕容大小姐自己脚踏两船，竟还振振有词地叫人来命令自己"离开卓正"，呸！她想得美！

她淡然答："雷先生，我想你的要求我不可能办到。你不如去问卓正的意思，看他肯不肯离开我。"切，虽然只是朋友，不过总不能眼看他陷于红颜祸水却不管不顾，先将话扔出来再说，起码叫他们知道，那慕容大小姐也不是船船都可以踩得稳的。

那位雷先生却丝毫不动声色，"方小姐，我想你定然知道，我们并不是来请求你的。"

她身子微微前倾，仔细打量着这位不怒自威的政界要人。从容镇定地说："雷部长，我也不打算接受你的任何威胁。"

他眼底掠过一丝异样的神采，"小姑娘，胆子倒不小。你开个价吧。"

是啊！怎么能少了开支票这一最最最重要的桥段？小说电影里都是必不可少的，看着他取出支票簿，她真有捧腹大笑的冲动。真滑稽，没想到她还真能有这样的机会。她接过那张轻飘飘的纸片，仔细端详了上面的金额，竟然是五十万，出手果然慷慨。她一字一顿地说："五十万，对你不是大数字，对我也不是！用来买你良心的平安，它太便宜；用来买我的爱情，它也太便宜！所以，你省省吧！"她用嘴对那支票轻轻一吹，支票斜斜地飘到地毯上去了。

看到雷少功虽然仍旧不动声色，可是眼里有一抹未及掩饰的诧异，她就忍不住得意洋洋。自从看过《秋歌》后，这段台词她背得滚瓜烂熟，没想到有一天真能派上用场。他缓缓开口说："方小姐，根据我们的调查，你十分喜爱金钱。"

潜台词就是说她拜金喽，没错，她是拜金。可是像她这么有风格的人，拜金当然也要拜得独树一帜。她坦然望着他，"是，我确实爱财如命。可是我不会为了钱财，出卖我的自尊、我的感情、我的人格。"

雷少功笑起来，"你不要以为可以放长线钓大鱼，你要知道，假若卓正坚持，他可能会失去现在的一切。到时你仍旧是竹篮打水一场空。"

那当然，当不成慕容先生的乘龙快婿，损失可只能用"惨重"二字来形容。她黯然一笑，"雷部长，卓正是否坚持，请你去要求他。假若他坚持要娶慕容大小姐，那是他的选择。他如果竟然为了我放弃做慕容先生的东床快婿，那也是他的选择，我想你不能左右他的决定。"

为什么这位雷部长的表情突然之间看起来好奇怪？他突兀地问："他要娶慕容大小姐？"

"是啊，你们不就是为这个将我带到这里来威胁利诱的？"

他脸上的表情不知是否叫啼笑皆非，不过看起来真的好怪。不管了，反正该说的她都说完了。想了想她再加上一句重话，"至于你们那位大小姐，先教导她怎么样去爱护别人吧。别仗势欺人，脚踏两条船。虽然卓正每个月薪俸只有三百七十六块，可他和那位少年得志的穆释扬先生一样，是堂堂的男子汉。她这样是对他们两个人的侮辱。"

他脸上的表情更有趣了，"你怎么知道卓正每月的薪俸是多少？"

她将脸一扬，"他告诉我的。"

他的脸隐在窗帘的阴影里，不知是什么表情，隐约看去还是古怪。他说："三百七十六块，可真不少了。"

"是啊，就一般薪水的水准来讲，是不少了。不过我看他成天大手大脚，花钱没半分算计，恐怕一年下来也存不了半分钱，倒是天生招驸马的好材料，反正慕容家有钱，他若娶了大小姐，倒也不用着急养家糊口。"

她忽然听到隐约一声轻笑，倒像是从屏风后传出的。她不由扭过头去，难道屏风后有人？雷少功却咳嗽一声，说："方小姐，不得不承认……"他的话音还未落，房门突然被人大力地推开，竟然是卓正，他一脸的气急败坏，"父亲……"

她瞠目以对，他怎么这副样子，活像一只被惹毛了的狮子。等等，他刚刚那声叫什么来着？她下意识转过脸去看沙发上的雷少功，他徐徐起立，从容道："怎么了，小卓？"

她脑子里怎么这么乱，可是卓正那样子像是已经极快地镇定下来，"对不起，雷伯伯。"可是他的声音里仍挟着隐隐的怒气，"请你们不要干涉我与她的交往，任何人也不能阻止我爱她。"

晕了！晕了！他说爱她，他说爱她耶……让她先晕一下，然后马上爬起来。好感动，她第一次听见这样直接的表白，虚荣心一下子得到大大的满足。对，满足。没想到他这样有志气，竟然不稀罕做驸马。想不出这家伙成天嘻嘻哈哈，事到临头倒颇有担当，十分有男子气概。还没等她出口夸他，他已经拖着她的手客气地说："雷伯伯，我和方小姐还有事，失礼了。"

哇！好帅！劫人耶！真不枉她替他力挽狂澜。真没想到他板起脸来竟然盛气凌人，虽然这个词据说是贬义词，可是他盛气凌人的样子真的是十分养眼！似乎全身都散发出凛冽之意，竟然比雪佛兰王子还要有气质，叫人情不自禁仰望。

一直走出来老远，他突然又站住脚问她："他们对你做了什么？"

她笑容可掬，"他们还能做什么，威胁利诱老一套。"她踮起脚拍拍他的肩，"你放心吧，我已经替你滴水不漏地挡回去了。他们拿咱们没法子。"

最后一句话，令他眼中突然显出异样的神采，他笑起来，那笑容又如阳光般灿烂，"对，他们拿咱们没法子。"

她两颊开始发烧，想起他刚刚说的话，他说爱她耶……他牵起她的手往外走，"我带你去看杏花。"

她一下子摆不正自己的位置，她这短短的时间内经历的事情太复杂，她要好好想想，"我要去买菜，天都要黑了。"

他忽然生起气来，拖着她就往外走，"你今天非跟我去看杏花不可。"

她正要反驳，突然看到那位慕容大小姐与穆释扬手挽着手站在中庭那边，那慕容大小姐还向他们扮了个鬼脸。

喔哟，原来是受了刺激，怪不得这样反常。不过长痛不如短痛，他早早见到这一幕倒是正好，让他早点迷途知返。也许他是受了刺激才突然说爱她，虽然这让她的自尊心大大受打击，不过眼下还是先顾及他的自尊心好了，毕竟男人很要面子。她顺从地跟着他往外走，一边走一边安慰他，"其实穆公子出身名门，与慕容大小姐门当户对，他们才是最合适的一对。"

他不由叹了口气，说："是啊，只有穆释扬才受得了她那脾气。"

她顺势再接再厉地安慰他，"天涯何处无芳草，其实慕容大小姐虽然长得美，可是人贵求知己，两情相悦，心灵的契合才是最重要的。"

他回过头来看了她一眼，他的视线怎么令她有点发烫的感觉？反正今天她也有点失常，老觉得脸红心跳。她坐上了车后才想起来，"你怎么有汽车？"

他说："是我父亲叫人派给我的车子。"

她突然想起来，"啊！我忘了那个雷部长就是你父亲。"真没想到他竟然是政界要人的私生子，怪不得他说他的身份一辈子都不能见光。这下子麻烦了，她可没打算跟一位大人物扯上关系。

他一怔，旋即哈哈大笑，"谁说雷部长是我父亲？"她理直气壮，"你自己啊，刚刚你一冲进去，就叫了一声'父亲'。"他呻吟了一声，她难道听错了？应该没有啊……他语无伦次，"刚刚我以为是父亲在和你谈话……不……父亲其实大概也在场。"他的表情好奇怪，不过她也被弄糊涂了，下午的太阳暖洋洋的，照着街上车如流水马如龙。他的手还紧紧攥着她的手，安慰似的轻轻拍了拍她的手背，"都过去了，从今往后有我在，你什么都不要怕了。"其实她并没有觉得害怕，不过他的手好暖，她也并不想要挣开。他回过头来又望住她一笑，害她差点失神。她今天一定是让那位大人物吓到了，尽胡思乱想去了。

乌池原来果真有世外桃源。

　　她屏住呼吸，春水渐渐涨至堤角，芳草绒绒地延翠堤蜿蜒，堤上全是杏花与垂柳。那杏花有几十株，或许有几百株，开得如云蒸霞蔚，一枝枝一团团的花，如簇锦如剪绒，垂柳千条万丝，嫩翠的枝叶拂在人身上，低处的垂柳拂过水面，碧水泛起涟漪。斜阳里一切如梦如画，她在这美景里神色迷离，看了看不远处熟悉的山脉轮廓，喃喃问："这是在岐玉山公园里？"他微笑道："是离岐玉山公园不远。"她左右顾盼，四面皆是垂柳与杏花，花红如锦，柳碧垂条，遮天蔽日。举目望去，一望无际的花与树，她辨了辨方位，"这肯定还是在岐玉山公园里，不过这一片我从来没来过。"

　　他轻轻"嘘"了一声，悄声道："你真是聪明，咱们可是从小门溜进来的，没买门票，别让人抓住了。"她明明有看到他和门外的更亭打过招呼，她白了他一眼。骗人！他准是认识那更亭，所以才可以这样大摇大摆从侧门溜进公园里来。他伸出手折了一枝柳条在手中，捋去了叶子，掐断了做成柳哨，轻轻地吹起来。她自告奋勇也要做，他手把手地耐心教她，"将里面的茎抽出来，好了。"柳哨微涩带苦，含在口中，用力吹出来，声调却极是明亮好听。她喜滋滋与他一起吹着，哨声清亮悠扬，就像是两只快乐的小鸟，在柳荫与杏花疏影里叫闹不休。

　　正在高兴的时候，忽然听到隐约如轻雷般的响声。她停下不吹，他也停下来。他说："是马蹄声。"她又忍不住要瞪他，"胡扯，这里又不是动物园，怎么会有马……"结果话音还未落，就见到一骑分花拂柳迎面而来，那马跑得并不快，却触得小径两侧杏花花瓣如雨，纷扬落下。那骑手一身黑色骑装勾出窈窕的体态，颈中系着的胭脂色丝巾让风吹得飘飘扬扬，及至近前勒住了马，她仰面看着，那骑手竟是个极美丽的女子。这里本来就美得如同世外桃源，这女子却美丽得不似凡俗之人，竟然丝毫看不出她的年龄。那女子也细细打量着她，忽然向卓正粲然一笑，下马来亲热地揽住他，"真难得，你竟然带了客人来。"

她心里不由自主冒出酸溜溜的一丝妒忌，天知道她在妒忌什么。不过面对这样的美女，是女人都会妒忌吧。上天实在是太眷顾她，给了她这样绝色的容貌，但凡是男子，都会为她怦然心动吧。不过为什么总觉得这女子好生面熟？

卓正却说："妈，这是方花月。"

这一声不啻五雷轰顶，她张口结舌地看着面前这绝色女子，那女子已经向自己伸出了手，"方小姐，你好。正儿一向顽劣，让方小姐见笑了。"

竟然真是他——的——母——亲！

回去的路上她一直沉默不语，他有几分忐忑不安地注视着她，最后终于说："对不起，我太心急。其实我只是想保护你……所以我带你去见我的母亲，希望他们能明了我对你的重视。"

她狠狠瞪了他一眼，"真没出息，我都不怕，你怕什么？"

他又气又好笑的样子，"你当然不怕，你连雷部长都敢叫板——"他的声音忽然就低下去，"你不知道，我真的很担心你，我知道他们不会赞成我们的交往。"

她心里泛上甜甜的一缕，这样的感觉还真是妙不可言。她不由说："我向你坦白，假若雷部长填的不是五十万，而是五百万，我可能真的会动心。"

他怔了一下，旋即咬牙切齿，"方花月！"

她轻轻拍了拍他的脸，"别生气啊，生气可就不帅了。你